Giuseppe Bonaviri

Die blaue Gasse

Giuseppe Bonaviri

Die blaue Gasse

Roman

Aus dem Italienischen
von Annette Kopetzki

C. H. Beck

Titel der Originalausgabe: «Il vicolo blu»

Zuerst erschienen 2003 bei Sellerio Editore in Palermo

Für die deutsche Ausgabe:

Druck und Bindung: Kösel, Altusried-Krugzell
Gesetzt aus der Aldus Roman im Verlag C. H. Beck
Gedruckt auf säurefreiem, alterungsbeständigem Papier
(hergestellt aus chlorfrei gebleichtem Zellstoff)
Printed in Germany
ISBN-10 3 406 54206 9
ISBN-13 978 3 406 54206 0

www.beck.de

Damit gewisse Bedeutungsnuancen erkannt werden, halte der Leser sich vor Augen, daß der Autor zwei Schwestern verloren hat, Maria (Rom, 9. Juli 1996, durch einen Schlaganfall), Vincenzina (Rom, 30. Oktober 2000, durch einen Schlaganfall), außerdem den Bruder Salvatore (Mineo, 17. August 2000, durch arteriosklerotische, mehrfach infarzierte Enzephalopathie).

So sind von den fünf Kindern von Don Nanè, dem Schneider aus der Stradalunga, und seiner Frau Giuseppina Casaccio im Juli 2002 nur noch zwei geblieben: Giuseppe, der Älteste, der diesen Roman geschrieben hat, und die Jüngste, Ida oder Idolina, die in Rom lebt.

Erster Teil

I.

Wir fuhren los, als der Morgen rosenfarben zwischen den Feigenkakteen anbrach. Wie überall auf dem Land war auch der Ort schon wach. Dort läuteten die Glocken, und ihr Klang verlor sich in Schluchten und Höhlen oder in den kleinen Wasserläufen, die davon erzitterten.

Mein Vater war vor uns hinuntergegangen, hatte Rondello, den Esel, aus dem Stall auf die Gasse geholt und ihn mit dem verzierten Geschirr vor die Kutsche gespannt. Rondello, der auf den Ruf der Hähne aus den Sträßchen horchte, bewegte bei jedem Kikeriki im Takt die Ohren. Unsere Mutter hatte uns fünf Kinder angekleidet: mich, den Ältesten, und meinen Bruder mit Anzügen aus Trikotstoff und runden Mützen, Ida, die Kleinste, Maria und Vincenza mit Jäckchen aus Organza und wollenen Hütchen. Auf der Straße, die sich in scharfen Kehren dahinschlängelte, begegneten wir ein paar Ziegenhirten. In Gruppen führten sie die Tiere, die das Klingeln der Glöckchen um ihren Hals hinter sich ließen.

Die Kutsche mußte auf der abschüssigen Straße langsam fahren. Mein Bruder und ich saßen auf der vorderen Sitzbank, mit dem Rücken zum Esel, meine Mutter hielt die fünfjährige Ida im Arm, und die beiden anderen, Maria und Vincenza, saßen neben ihr. Mein Vater hielt die Zügel, die er rhythmisch auf Rondellos Rücken klatschen ließ. So lenkte er vorsichtig dessen langsames Hufeklappern.

Der Ziegenhirte Tatà Vitale, dürr, hager, um die zwanzig, schwang seinen Stock und fragte uns: «Hallo, wohin fahrt ihr?»

«Auf unser Land, Tatà», antwortete unsere Mutter.

«Grüßt mir Massaro Angelo, meinen Onkel, der dort arbeitet, wie ihr ja wißt.»

Nachdem wir die Piazza Buglio hinter uns gelassen hatten, die sich von Minute zu Minute mehr mit den kleinen Wellen des Tages anfüllte, erreichten wir Fuoriporta.

Im Scherz sagte mein Vater: «Wir lassen das Reich der Schatten hinter uns und betreten das des Lichtes.»

In solchen Momenten wurde die Stimme meines Vaters noch sanfter und schmeichelnder, mit einer Spur bebender Schüchternheit.

Meine Schwester Maria, oder Mariuccin, die von Natur aus zu Späßen neigte – damals war sie sechs Jahre alt –, fragte: «Papa, aus was sind die Schatten?»

Auf diese Frage lächelte Don Nanè, wie unser Vater genannt wurde, und indem er die Zügel um Rondellos Ohren schnalzen ließ, schien er ihn aufzufordern, munterer voranzutraben. Manchmal sprangen sogar Funken aus den Steinen, die von den Hufeisen des Esels getroffen wurden.

Um den Vater anzustacheln, forderte meine Mutter ihn auf: «Antworte deiner Tochter, hochgeschätzter Schneider.»

Er blieb stumm, aber Vincenza oder Vincenzuccia, wie wir sie mitunter nannten, die sieben Jahre alt war, sagte: «Vielleicht sind die Schatten ja die Gedanken von Feen, die sich nicht klar ausdrücken können?»

Mein Bruder und ich lachten. «Oho», sagten wir, «denken die Feen denn?»

Nach der ersten Kurve ließen wir die gezackten Flecken aus Feigenkakteen auf der gelben Erde hinter uns; dann erblickten wir, als kämen sie uns durch die optische Täuschung von Rondellos raschem Trott entgegen, die vier Brunnen, mit denen 1898 zum ersten Mal das frische, weißschäumende Wasser aus den Bergen nach Mineo gelangt war. Die Fahrt ging weiter auf der einsamen großen Straße, vorbei an Oregano und Majoran, Thymian und anderen duftenden Kräutern. Von Zeit zu Zeit sang eine Amsel im Gebüsch. Und nicht weit entfernt antwortete ihr eine andere.

«Schneller, Rondello», sagte Don Nanè, wenn wir auf eine ebene Wegstrecke kamen.

Diesmal ließ er die Peitsche zischen, so daß sie die Luft um uns herum zu durchschneiden schien, und während wir unter ein paar Olivenbäumen hindurchfuhren – ihre Kronen beugten sich über die Straße –, hörten wir das laute Tschilpen vieler Spatzen.

Die braunroten Gebäude des Schlachthofs lagen schon hinter uns, daneben die Tränke mit ihrem ganz von Moos bedeckten Grund, aus der jetzt durch den Lichtreflex der erste schmale Streifen der Sonnenscheibe aufzutauchen schien.

«Hier», flüsterte mein Bruder Salvatore mir leise zu, «tötet unser Großvater Papè die Ochsen, die Ziegenböcke und die kleinen Lämmer.»

Als Vincenzuccia das Wasser in der Tränke sah, fragte sie laut: «Gibt es Quellen, aus denen grünes Wasser kommt?»

Unsere Mutter, Giuseppina Casaccio, fein herausgeputzt mit einem Hut, an dessen hinterer Krempe eine zitronengelbe Schleife saß, fragte lächelnd: «Oh, Don Nanè, mein Gatte, kannst du deiner Tochter Vincenzuccia denn keine Antwort geben?»

Er erwiderte mit einem jungenhaften Lächeln: «Laßt mir Zeit zum Nachdenken.»

Im Schwung ihrer momentanen Laune fügte meine Schwester hinzu: «Vom grünen Wasser trinken bestimmt Finken und hellgrüne Vögel.»

Rondello war jetzt in einen gemächlichen Trott verfallen. Während die Sonne langsam im Osten aufstieg, wurde sein Schatten auf der Straße immer länger. Salvatore wies mich mit dem ausgestreckten rechten Zeigefinger auf den breiten Feldweg hin, der zu den Ländereien der Giummarras führte. Er war ganz milchfarben wegen der großen Kalksteine, die an vielen Stellen wie Buckel aus ihm hervorkamen. Junge Bauern holten zu bestimmten Zeiten im Jahr Bruchstücke dieser Steine, um sie auf mancherlei Weise zu bearbeiten. Sie machten daraus zum Beispiel Madonnen mit dem Jesuskind, die Köpfe ihrer Geliebten, Pferdchen, kleine Amphoren und schiefe Häuschen, die sie in verschiedenen Farben bemalten.

Nun trabte der Esel fröhlich vor sich hin, und zur Linken des abfallenden Feldwegs sah man den kleinen Pinienwald von Ballarò mit seinen runden Wipfeln. Von Felsblock zu Felsblock wuchsen die Bäume bis ins Tal hinunter. Mittendrin glänzte die Morgenröte, die zwischen den Zweigen ein dunkles Karmesinrot annahm.

Unser Vater Don Nanè sagte: «Niemand weiß, warum diese Pinien zwischen den Felsvorsprüngen wachsen können, darum sind sie ja auch so verkrüppelt.»

Und Giuseppina, unsere Mutter, ergänzte: «Kinder, bekreuzigt euch, diese Bäume sind Menschen, die in Pinien verwandelt wurden und jetzt geduckt zwischen diesen Felsspalten und Steinen leben müssen.»

Als wir die Steigung beim Albero Bianco genommen hatten, sahen wir Don Mario Raia, der Unkraut aus einer Querrinne riß, mühevoll seiner Arbeit als Straßenwärter nachgehend.

«Oh, Gevatter Nanè», sagte er, «fahrt Ihr nach Camuti mit der ganzen Familie?»

Don Mario war ein Mann mittleren Alters mit einer verschossenen Mütze, ausgemergelt, die Arme mager, ebenso der Oberkörper. Er hustete. Es war ein wiederholtes, trockenes Husten. Unser Vater nickte, grüßte ihn mit einer Bewegung der rechten Hand, und die beiden Freunde wechselten ein trauriges, sanftes Lächeln. In der Nähe stand, von blühenden Weißdornbüschen umgeben, die kleine Kapelle von San Giuseppe. Auf der Wandmalerei in einem verblassenden Rosarot sah man den jungen Jesus, der sich mit dem Hobel in der Hand an die Arbeit macht. Rings um ihn flammte der Tag auf, so daß Idolina, unsere kleinste Schwester, bemerkte: «Seht ihr nicht, daß dort drinnen der Tag anfängt zu brennen?»

Bei diesen Worten kehrte das Lächeln auf Don Nanès Lippen zurück. Donna Giuseppina schaute neugierig in die Kapelle.

Nachdem wir über die Ebene der Nunziata gefahren waren, sahen wir auf den Hügeln oberhalb der Straße Ziegen mit weißrosafarbene Fell grasen. Der Hirte, ein etwa fünfzehnjähriger Junge, versuchte, sich mit einem Messer eine Hirtenflöte aus Schilfrohr zu schnitzen. Neben ihm schlief ein Hund.

Unterhalb der Böschung wuchsen im Straßengraben Oregano und Majoran in grünen Büscheln zwischen Sträußen von Dißgras. Der Geruch war so stark, daß Salvatore und ich niesen mußten.

Wenig später zügelte Don Nanè den Esel, und wir hielten auf der rechten Straßenseite vor einer Tränke, auf deren Grund Moosflocken hin und her wogten. Weiter oben floß murmelnd aus dem eisernen Rohr eines kleinen, von Lavasteinen begrenzten Brunnens mit der Aufschrift *1898* klares Wasser. Alle fünf riefen wir aus: «Oh, Vater, Vater, wir wollen trinken! Wir sind schon am Canalicchio angekommen!»

Vorsichtig begannen wir zu schlürfen, unser Mund wurde frisch, darin gurgelte das helle Wasser, in welches sich das Licht ergoß.

Nachdem wir die Steigung auf den Ländereien der Cirmeni genommen hatten und am Haus des Arztes Stancanelli mit den orangerot gestrichenen Mauern vorbeigekommen waren, fuhren wir weiter in Richtung Vizzini und Licodia Eubea und gelangten auf das Gebiet des Corvo. Hier wurde das Land trocken, mit baumlosen Anhöhen voller Höcker. Die Stille wurde noch tiefer, ja düster, und mir schien, als hallte sie in meinem Körper nach. Idolina und Mariuccia sagten: «Oh, Mutter, jemand macht in uns Musik!»

Donna Giuseppina antwortete: «Seid ruhig. Wir wollen die Stille achten.»

Rondello zockelte unwillig, *klack-klick-klack*. Über die öden Hügel flogen Gabelweihen, die langsam gleitend höher und höher über die glühende Luft hinausstiegen. Vincenzina, die sie beobachtete, glaubte, der Himmel dort oben bestehe nur aus einer großen Fläche brauner Vogelflügel.

«Oh, Mutter», fragte sie ängstlich, «gibt es da hinten keinen Himmel?»

Giuseppina blickte hoch, und unser Vater bemerkte: «Es ist eine traurige Gegend.»

Und um Rondello anzutreiben, der seinen Schritt wieder verlangsamt hatte, schlug er mehrmals mit der Peitsche, ohne ihn zu treffen.

Nach etwa einem Kilometer verließen wir diese staubige Straße, wo an der Böschung hier und da Macchia aus stacheligen Feigenkakteen wuchs. Endlich bogen wir rechts in den Feldweg ein, der uns nach Camuti führen würde. Da tauchte das obere Mineo auf, ganz eingeschlossen in das Licht, das über den Häusern und, wie Fialen, über den drei Kirchtürmen loderte.

Giuseppina sagte zu uns: «Kinder, im Mai kann unser Geist bei dem gleißenden Licht manchmal verwirrt sein.»

Unterhalb des Weges lagen Olivenhaine, die als glitzernde graue Fläche über die Felsen talwärts zum Fluß abfielen. Am Wegrand voller Steine und schwarzer Kiesel erhob sich, inmitten Hunderter kleiner Schattenflecken, die seine Zweige auf den Boden warfen, ein Johannisbrotbaum.

Unter dem Baum sahen wir, langsam, elegant und stark gebogene Windungen vollführend, eine Natter vorbeigleiten, die in einem Beifußgestrüpp verschwand.

Wir zeigten sie uns gegenseitig (schau, schau, schau!), sie ließ eine unmerkliche Spur hinter sich. Giuseppina sagte: «Fahr weiter, Nanè, fahr weiter.»

Das Sträßchen war nun weiß vom Kalkstein und voller Steine und Schlaglöcher. Unser Vater war abgestiegen, um

Rondello mit der Hand am Halfter zu führen, damit die kleine Kutsche sowenig wie möglich durchgerüttelt wurde. Am linken Wegrand gab es eine natürliche kleine Mauer aus weißem Stein, in deren Spalten sich Rosen von einer aschgrauen Farbe ausgesät hatten.

«Sie duften sehr stark», erläuterte Don Nanè, pflückte mit großer Anmut ein einzelnes Blütenblatt und gab es uns.

«Riecht, atmet das Aroma ein», fuhr er fort. Tatsächlich hatte das Blütenblatt einen feinen Duft, den wir wahrnahmen, wenn wir mehrmals einatmeten. Mitten durch das Blatt fiel das Licht. Ich reichte es meinem Bruder, er gab es Vincenzuccia und sie Maria, und zuletzt roch Idolina daran.

Zu unserer Rechten bildeten große, ineinander verkeilte Blöcke aus blendendweißem Kalkstein einen Steilhang. Ganz unten sah man auf einer Ebene einen stillgelegten Gipssteinbruch. Das schiefe Gebäude hatte ein flaches Dach, die Mauern waren voller Risse.

«Das ist der Steinbruch von Michele Nascarella», erklärte unser Vater, «der vor einigen Jahren gestorben ist. Er machte den besten Gips in der ganzen Gegend.»

Melodiös rief Mariuccin (die jetzt tot ist), eine ihrer musikalischen Ideen verfolgend: «Oh, Don Michele Nascarella, wo bist du nur?»

Ihre Mädchenstimme mit Zwischentönen voller Süße schallte bis zu den Schluchten des Trezzito, und wenig später hörten wir das Echo zurückkehren wie das schwache Geräusch des Windes. Einige Augenblicke lang herrschte vollkommene Stille. Weiter vorn wurde der Lauf des Sträßchens eben, mit vielen Olivenbäumen zwischen den Feldern, auf denen wir das vergilbte Grün des Korns sahen. Kleine, karmesinrote Ackerwinden wuchsen an den Rainen dieser Äcker, und einige Büschel sprossen sogar zwischen den Steinen auf dem Weg hervor. In der weiten Fläche des Kornfelds stand an einer einzigen Stelle eine Gruppe Mohnblumen, deren Rot so stark war, daß wir die Augen schließen mußten.

«Kinder», sagte Giuseppina, «dies ist ein zu gewaltiger Frühling. Bekreuzigt euch, damit ihr beschützt seid.»

Zuerst machte Vincenzuccia, dann Maria, Ida, ich und mein Bruder ein Kreuzzeichen. Es kam mir vor, als würden die Zeichen unbeweglich in der Luft stehenbleiben.

Mein Bruder, der einen wachen Kopf und flinke Augen hatte, flüsterte uns zu: «Seht mal, seht dort hinten!»

Im Olivenhain, wo das Licht sich mit verzerrten Halbschatten abwechselte, erblickten wir zwei Bauern.

«Seht ihr sie, seht ihr?» fuhr Salvatore fort, der sich wegen der Hitze die blaue Baskenmütze abgenommen hatte.

Als wir uns an die langen Halbschatten gewöhnt hatten, die sich wieder mit ihrem eigenen Ende verknüpften, sahen wir zwei Bauern, die schliefen, die Arme um zwei Olivenbaumstämme geschlungen.

Der junge Bauer war in Hemdsärmeln, neben sich hatte er eine Hacke. Seine schwarzen Haare glänzten auffällig. Der Alte trug eine Jacke aus dunklem Strickstoff, zu seinen Füßen lag die Sichel, an deren Schnittfläche ein paar zerquetschte Mohnblütenblätter klebten.

Ida und Maria, die kleinsten von uns Kindern, fragten: «Vater, warum schlafen sie um diese Zeit?»

Don Nanè, der wieder in die Kutsche gestiegen war, die auf dem nun grasbewachsenen Pfad ein sehr leises, seidiges Geräusch machte, antwortete: «Kinder, hier hat der Frühling solche Wirkungen. Plötzlich läßt er Schläfrigkeit aufsteigen, die sich wie ein Schellenhalsband um einen legt. Und schon ist man in Schlaf gefallen, ohne es zu merken. Wir wollen sie nicht stören.»

Auf jenem Erdwall wuchs im Unterholz zwischen den Olivenbäumen Affodill. Einige dieser Pflanzen umgaben die beiden Männer wie eine Krone.

Don Nanè, ein sehr belesener Mann, murmelte vor sich hin: «Es scheint, daß wir im Reich des Hades angekommen sind.»

«Was meinst du, Vater?» fragte mein Bruder, dessen schwarzes Haarbüschel ihm auf der Stirn hüpfte.

Der Vater antwortete nicht, er betrachtete einige Olivenbaumkronen, die über diesen kleinen Wald hinausragten, streckte eine Hand aus und zeigte uns Spatzen, die dort mitten im Geäst in zinnoberroter Luft schliefen. Stumm, ohne zu singen, saßen sie da, mit angelegten Flügeln.

Giuseppina lächelte und lachte dann mit einem klingenden Ton. «Die ganze Welt schläft», sagte sie.

Nanè, oder Settimo, wie er in Wirklichkeit hieß, fügte hinzu: «Hier in Vallenuova ist der Schlaf in diesem Monat ein Rauch von Kräutern, der aus der Erde aufsteigt. Ich halte einen Moment an, damit ihr sein leichtes Wehen spüren könnt.»

«Bewahre den Kindern ihre Unschuld. Verneble ihnen nicht den Geist», warnte unsere Mutter.

Doch Settimo zog an Rondellos Zügeln und schlug ihm damit auf die Ohren, um ihm zu bedeuten, daß er anhalten sollte.

Wir lauschten alle, auch Idolina, die ihre Kinderaugen ein wenig aufriß.

Tatsächlich hörte man ein Flügelsummen, das nicht von Marienkäfern oder Insekten stammte und auch kein Zittern von Blättern war, sondern ein sachtes Flüstern, das aus den Erdschollen und den reglosen Affodillen kam.

«Hört ihr es?» fragte unser Vater.

Salvatore und ich antworteten: «Jemand bläst uns ganz leicht auf die Augenlider und nimmt uns unsere Kraft.»

Giuseppina sagte scharf: «Fahr weiter, Nanè, fahr weiter!»

Rondello trottete wieder los, bis wir an der Biegung vor dem Haus von Don Nicolao standen, der Pallino genannt wurde. Die Lichtung rings um das Haus, das wegen des Todes von Don Nicolao jetzt leer stand, war über und über mit weißem Wermut bedeckt. Gerade verging die üppige Blüte im Fallen der Blütenblätter, deren bitterer Geruch sehr stark zu riechen war.

«Oh», rief unsere Mutter aus und rollte all unsere Namen zusammen ab, «Pippinototòvincènzamarìaidolìna, ihr dürft diesen Geruch nicht einatmen, denn er hat den Geschmack des Todes!»

Eingeschüchtert betrachteten wir die große Wiese aus Wermut, dessen kräftiges Aroma sich durch die abertausend winzigen Körperchen, die er aussandte, mit einem violetten Blau sogar auf unseren Händen ausbreitete.

Das Haus war verschlossen, die Außentreppen und der Laubengang standen voller Wermutpflanzen, und wegen der Lichtreflexe in all diesen Blütendolden erschien es sehr hell, fast, als schwebte es in der Luft.

Auch dieses Mal riefen meine Schwestern mit Kleinmädchenstimmen: «Oh, Don Nicolao, wo bist du? Wo wohnst du jetzt? Unter der Erde mitten im weißen Kraut?»

«Schsch», machte Giuseppina, «stört die Menschen nicht, die nicht mehr sind.»

Hinter einer zweiten Kurve – wir waren schon fast in Camuti angekommen – veränderte die Landschaft sich schlagartig. Nachdem wir die weite Wermutfläche durchquert hatten, auf der die Kutsche mit rutschenden Rädern vorankam, wurde der Weg steinig, uneben, mit Furchen und Vorsprüngen des Felsens, der links, hinter dem Grundstück der Familie Carcò, steil zu einem Tal hin abfiel, wo der Tag am heißesten brannte.

Auf einer Anhöhe aus gewaltigen, glühenden Steinen sah man die Kapelle von Santa Agrippina, der Schutzheiligen von Mineo. Ihre Statue war zum größten Teil von trockenen Kräutern verdeckt, kaum sah man den gehörnten Teufel, den die Heilige unter ihren Füßen zertrat, ihre blonden Haare und die sehr lebhaften Augen. Das Gesicht war mit ockerfarbenen Flecken übersät, denn die kleine Kapelle befand sich in einem verwahrlosten Zustand.

Giuseppina bekreuzigte sich mehrmals, und wir taten es ihr, einer nach dem anderen, gleich.

Links, am Saum des steilen Abhangs, wuchsen Dutzende sehr hoher Agaven, die an der Spitze dichte, fleischige Blütenstände trugen.

Während Don Nanè abgestiegen war, um Rondello am Halfter zu nehmen und ihn über den krummen, steinigen Pfad zu führen, hatte unsere Mutter sich der Kapelle genähert und sagte nun: «Oh, heilige Agrippina, laß dort, wo meine Kinder ihren Fuß hinsetzen, Minze, Basilikum und Rosen wachsen.»

II.

Unser Haus bildete eine Einheit mit dem von Don Carmine Manduca, einem mittlerweile pensionierten Angestellten der Stadtverwaltung. Einen Monat im Jahr kam er hierher, immer im September, wenn die samtigen Blüten der Feigenkakteen abgefallen waren und die Früchte zur Reife kamen. Das restliche Jahr über wurde das Haus vom Halbpächter Massaro Angelo Gulizia bewohnt, der seinen Enkel Pippuzzo Amarù, unseren Altersgenossen, bei sich aufgenommen hatte, nachdem dessen Mutter gestorben war.

Als Massaro Angelo uns über die Ebene ankommen sah, wo das Getreide bereits Körner ansetzte und gelb wurde, eine weite Fläche, unterbrochen nur vom Grün der Vierecke mit Ackerbohnen, riefen er und seine Frau, die Signa Concetta:[1] «Oh, hallo, seid willkommen, seid willkommen. Hier werdet ihr ganze Gärten mit Ackerbohnen, Zichorien und Senfkraut finden. Riecht ihr den Duft nicht?»

Es war weniger ein Duft als etwas irgendwie Umherschwebendes aus winzig kleinen Körperchen, welche die Luft mit feinsten gelben Wolkenspuren durchwimmelten.

Kaum waren wir auf der Lichtung vor dem Haus angekommen (der Esel hatte sehr langsam über die schmalen, verschlungenen Feldwege gehen müssen, die sich in dem Meer aus Getreide kaum abzeichneten), stiegen wir, erhitzt von der langen Fahrt, aus der Kutsche. Mein Bruder und ich nahmen die Mützen ab, Vincenzuccia das runde Samthütchen, Mariuccin das Käppchen in hellem Violett, und Idolina zog sich das Seidentüchlein vom Kopf. Das Tuch und andere Sachen hatte unsere Mutter mitgebracht, als sie im März 1923 aus New York zurückkehrte, wo sie mit ihren Brüdern und Schwestern in verschiedenen Hemdenfabriken gearbeitet hatte.

Als Pippuzzo Amarù uns erspäht hatte, kam er uns entgegen. Während er vorsichtig durch die dichten Reihen der Ähren lief, flüchteten Lerchen, die im Kornfeld nisteten. Sie flogen schräg auf, eine Flugbewegung, die weiter oben zu einem vertikalen Hinaufschrauben in die unbewegliche Luft wurde.

Gemeinsam mit Pippuzzo, der Kornblumen in der Hand hielt, gingen wir alle auf das Haus zu. Unsere Mutter Giuseppina stieg die drei Steinstufen vor dem Eingang hinauf und öffnete die Tür, deren roter Anstrich abblätterte und allmählich zu einem hellen Karmesinrot verblich. Rechts, an die Wand des ersten Zimmers, hatte Don Nanè eine Landkarte von Italien genagelt, die Halbinsel war von leuchtendpurpurroter Farbe, und das Meer ringsumher schien sich im weißen Schäumen niemals stillstehender Wellen zu bewegen. Weiter hinten führte eine zweiflügelige kleine Tür in einen Abstellraum, dessen dunkler Wandschrank mit Tellern, Blechgabeln, Gläsern, Löffeln mit krummem Stiel, Kesseln und Töpfen gefüllt war.

Das Schlafzimmer lag rechts. An seiner Decke trugen Balken aus Olivenholz den rundum laufenden Gipssockel, von dem wiederum die Schilfrohre zusammengehalten wurden, die als Dachfüllung dienten. Wir schliefen alle hier, in zwei Betten, die Matratzen waren mit Stroh ausgestopft, das man zuvor mit Wasser und den Strahlen der Nachmittagssonne behandelt hatte.

Der schönste Teil des Hauses befand sich links, zwei weißgestrichene Zimmer, die beim bloßen Anschauen ein Gefühl von luftiger Frische vermittelten.

In diesen beiden Räumen blickten alle Fenster auf die ebene Fläche vor dem Haus. Dort wuchs zur Mitte hin wilder, stark riechender Fenchel, außerdem gab es hier und da Tupfen aus Malve oder Klee, der schon vertrocknete («Es gibt allerhand zu tun», sagte Giuseppina, als sie sich umblickte), und entlang der Umfriedungsmauer Minze, die sich von Jahr zu Jahr erneuerte, ein Büschel neben dem anderen, mit kleinen Blättern von einem dunklen Grasgrün.

Unvermittelt fragte uns Pippuzzo: «Könntet ihr einen Duft vom anderen unterscheiden? Wißt ihr, wie viele Herzschläge der Sonnenduft der Malve braucht, um sich auszubreiten? Oder kennt ihr die Schläge vom Duft des krausen Fenchels?»

Meine Mutter mahnte ihn: «Oh, Pippuzzo, störe meine Kinder nicht, die eben erst angekommen sind. Ihre Nasen sind noch erfüllt mit den Gerüchen von Mineo.»

Vom ersten Zimmer aus gelangte man links über ein paar abgewetzte Ziegelsteinstufen in die Küche, wo dickbauchig der Backofen stand; er schien zu schlafen, weil ihm kein Rauch entströmte. Die Töpfe, die Pfannen, weitere Teller und die irdenen Gefäße in verschiedenen Formen, die für die Marmelade aus Kaktusfeigen benutzt wurden, standen aufgereiht in den Fächern eines Holzregals. Über die Kochstelle aus zwei großen, mit Gips verbundenen Steinen, unter der Zweige, Blätter und ausgerissene, tote Stämme von Olivenbäumen entzündet wurden, war ein großer Kessel gestellt worden. Durch die Gitter des halbgeschlossenen

Fensters sammelte er die gedämpften Lichter des Nachmittags, der sich nach und nach auf der Ebene abzeichnete.

Ging man den schmalen Weg hinauf, der rings um diesen Teil des Hauses lief, lagen weiter oben, mit einem eigenen Eingang, der Stall, der Raum für das Stroh, der *pagliarola* genannt wurde, und schließlich gelangte man über wenige dunkle Stufen in das Zimmer von Massaro Agrippino Carbone, unserem damaligen Halbpächter. Der saß, als wir ankamen, ganz ruhig vor der Stalltür und rauchte eine Zigarre. Er begrüßte uns mit bedächtiger Herzlichkeit.

Unser Haus, das mit seiner Mittelachse in ganzer Länge nach Südosten ausgerichtet war, fiel über mehrere terrassierte Ebenen nach unten in eine kleine, runde Senke ab, an deren Flanken sich Felsen auftürmten. In der Mitte dieses architektonischen Gebildes aus Böden mit fruchtbaren Schollen befand sich der Brunnen.

Noch mehr Felsen – viele davon hatten sich im Laufe der Jahre durch die Unbilden des Wetters abgeflacht – ragten vor dem Haus auf. In diesen Felsen konnte man fossile Überreste von Muscheln oder Pekten sehen, die aus einer Zeit vor ungefähr acht Millionen Jahren stammten, als sich hier fischreich das Meer ausdehnte oder schlafend unter dem Mond zusammenrollte.

«Kommt, kommt her», riefen Idolina, Maria und Vincenza mit ihren Kinderstimmen nach uns.

Wir gingen zu ihnen.

Bevor wir ein paar Muscheln herausrissen, bückten wir uns, um sie zu berühren. Rauh fühlten sie sich an und weich entlang der Linien, welche die verschiedenen Abschnitte kennzeichneten. Wir fuhren ihre konzentrischen

Kreise nach, die dicht aufeinanderfolgten, weil die Pekten alle in demselben Felsblock eingeschlossen waren; das Licht sprang in Wellen über sie hinweg, und sobald wir uns bewegten, zuckte es mitten zwischen uns auf.

«Laßt uns das Geräusch hören, das sie machen», sagte mein Bruder mit den scharfen Fuchsohren.

Flach ausgestreckt über den Muscheln liegend, klopften wir mit den Fingerknöcheln darauf und lauschten den leisen Echos, die aus diesen nackten Steingebilden oder aus den darunterliegenden leeren Höhlungen kamen.

Auf dem nahegelegenen Stück Land, das sich steil abfallend zu einem Buckel krümmte, standen Affodillen in voller Blüte. Wir blieben liegen, um dem Zirpen, den verzerrten Schwingungen, dem Brummen unserer eigenen Ohren zu lauschen. Doch als wir uns erhoben, war Salvatore, den wir auch Totò oder Turi nannten, verschwunden.

«O Totò, wo bist du?» riefen Idolina und Vincenza. Auch Pippuzzo wunderte sich: «Hier in unserer Nähe ist kein Graben und keine Öffnung zwischen den Steinen. Sonst hätte er dort hinuntersteigen können. Wo ist er nur?»

Ich bemerkte: «Er hat sich bestimmt zwischen den Affodillen versteckt.»

Also krochen wir vorsichtig auf die Büsche zu, die zum Abhang hin in immer dichteren weißen Trauben und Haufen zusammenstanden.

Man mußte auf die Steine achtgeben, von denen es viele auf dem Hang gab. Wir bewegten uns also nicht nur auf dem Bauch vorwärts, sondern auch mit Hilfe der Hände, setzten eine Hand vor die andere und prüften erst die Zakken und Kanten dieses ganz aus Felsigkeit zusammengesetzten Grundes.

«O Turi», riefen Pippuzzo und ich, «bist du vom Erdboden verschwunden?»

Meine Schwestern, auf die aus den Blumendolden Blüten oder Blumenköpfchen ohne Blütenblätter herabfielen, riefen: «O Totò, o Totò, antworte uns!»

Vincenzina blickte suchend mit ihren blaubraunen Augen umher, schwarz und keck waren dagegen die von Mariuccina, die ausrief: «Da ist er, da, da, ich sehe einen Schatten aufspringen!»

Doch unter der raschen Folge fliehender Halbschatten, die über ihn hinweggingen, während er sich bewegte, erschien uns mein Bruder blaß wie ein unreifer Granatapfel. Darauf Mariuccina: «Oh, oh, ist Totò etwa gestorben zwischen all diesen Blumensträußen, die ihn bedecken?»

Dann endete das Spiel. Es endete, wie das Leben meines Bruders am 17. August 2000 wirklich endete, der uns damals gestaltlos in jenem weißen Meer aus Affodillen umherzuirren schien. Diese wurden nach oben hin spärlicher, und auf der großen Ebene sah man gerade noch einen Streifen, an der Grenze zum blonden Schimmern des Korns, das sich ganz auf eine Seite neigte.

Da er uns entwischt war, begannen wir ihn jenseits der leuchtenden Affodillenhecken zu suchen, in Richtung des endlosen Kornfeldes in der Ebene.

Pippuzzo riet uns, durch die Furchen zu gehen, in denen keine Halme standen, und da rief Massaro Angelo, der drüben hinter unserem Grundstück das Korn von Lolch und Quecken befreite, uns schon zu: «Ihr müßt leise gehen, am besten auf Zehenspitzen, damit ihr den Schlaf der Ähren jetzt nicht stört!»

Diese waren, recht besehen, schon sehr prall. Sie beugten sich übereinander, sie berührten sich ganz leicht, und hier und da umschlangen die schwarzen Grannen einander.

Der Bauer hatte es uns schon gesagt, aber jetzt sahen auch wir, daß der Schlaf des Korns von der Sorte Margherito und Tuminìa, wie man es hier in der Gegend anzubauen pflegte, in diesem Moment wirklich tief war. Und daß die Ackerbohnen, die Gerste und das Senfgras, das sich zu gelben Vierecken zusammengerollt hatte, den gleichen Schlaf schliefen. Da die große Ebene außerdem von Steinen übersät war, einzeln, in Haufen, in spindelförmigen Reihen liegend, von der heißen Sonne zu einem dunklen Braunton erhitzt, meinte Mariuccia, und Idolina antwortete gleich, «Ja, ja», daß auch die Steine schlafen würden. Überdies schienen die Kalanderlerchen und die Feldlerchen, die, aus ihren Nestern zwischen Erdschollen und ringförmig angeordneten Blumengarben gescheucht, plötzlich aufflogen, uns mit ihrem Piepen zu sagen: «Psst! Psst!»

Als wir einen kleinen viereckigen Ausschnitt im Feld gefunden hatten, wo kein Margherito-Korn stand, warfen wir uns zu Boden, und Mariuccin und Idolina, sogar Vincenzuccia, die Älteste von den dreien, legten ein Ohr an die Erde und sagten: «Horcht nur, horcht!»

So konnten wir die Schritte unseres Bruders hören, die mitten aus dem Dickicht der Affodillen kamen, und Vincenzinuccia sagte leise: «Salvatore ist immer noch da hinten in den Blumen, aber er kommt jetzt auf uns zu.»

Wir blieben flach auf der Erde liegen und spähten nach ihm, und als wir ihn aus dem schneeweißen Gebüsch herauskommen sahen, schrien wir: «Wir haben dich gesehen, wir haben dich gesehen!»

Er lachte auf seine besondere Weise, ein schiefes Lächeln

zwischen Trotteligkeit und Schläue. Staunend beobachteten wir, wie er sich mit schnellen Armbewegungen von den Spuren der weißen Blüten befreite, die ihn überall bedeckten, so daß sein Körper in wenigen Minuten vollständig sichtbar wurde, als käme er unter der Erde hervor.

Er sagte: «Mariuccin, Idolina, Giuseppe, Pippuzzo, Vincenza, haha, ich kehre ins Leben zurück!»

So schloß er sich uns wieder an, und gemeinsam wanderten wir alle zufrieden durch die große Ebene mit Getreide. Er blickte sich um, in seinem Gesicht klebten noch einige Blütenblätter der Affodillen und kleine Raupen, die sich hin und her bewegten, weil sie von seinem Kinn zu fliehen versuchten. Mariuccia und Idolina sagten beide: «Jetzt, wo Tutù ins Licht zurückgekehrt ist und wieder bei uns ist, wollen wir einen Ringelreihen um ihn herumtanzen.»

Mariuccia hatte ihr silbernes Lachen erklingen lassen und sagte nun, während wir alle sie im Reigen nachahmten:

Hurra! Tutù, sei uns willkommen,
du bist dem Reich der Affodillen
und seinem Todeshauch entronnen.
Komm, jetzt gehn wir durch die Ähren,
und wer aufpaßt, der kann hören,
wie sie, wenn sie leise schnarchen,
die Schlaftrompete blasen.

Als wir dann durch die freien Furchen und über schnurgerade Feldwege gegangen und in der Mitte der großen Ebene angekommen waren, hielten wir an, um zu lauschen.

Ich sagte: «Wollen wir denn wirklich dem Schnarchen des Korns zuhören? Haha!»

Pippuzzo machte mir ein Zeichen, still zu sein. «Ich weiß nicht, ob es das Getreide ist, das schnarcht, man hört ja nur ein Zirpen, aber es ist so weit weg und so zart, daß man dabei nicht an Zikaden denkt, deren Zeit ja noch nicht gekommen ist.»

Wir legten alle ein Ohr auf die Schollen und hörten wirklich so etwas wie einen Seufzer, das seufzende Kommen und Gehen eines Atems.

«Hört nur, hört», sagte Vincenzuccia, deren Augen ich von der Seite sah, als sie sich bückte. Sie waren von einem bläulichen Braun, wie die unseres Vaters.

Tutù aber, dessen Stimme mit jedem Augenblick freier, natürlicher wurde und nicht mehr stockte, weil er seine ganze Kraft zurückgewann, bemerkte: «Unter der Erde, ich weiß das, gibt es Regenwürmer, die jetzt brünstig sind, Raupen, Maulwürfe, Spinnen, Schlangeneier, und dort wachsen feuchte Steine und Wurzeln. Und wir, die wir schon tot sind, betrachten sie ängstlich, denn dort unten geht man allein, umgeben von einer Dunkelheit, so dicht wie schwarzes Blut.»

Maria widersprach: «Du bist zu lange zwischen den Affodillen gewesen, darum redest du so. Wir feiern jetzt deine Rückkehr. Laß uns rennen.»

Wir durchquerten die ganze Ebene, allen voran lief Vincenzina mit ihren schnellen Füßen, die fast keine Spur auf der Erde hinterließen.

Wir hielten am Saum des Hügels Su' Santo an, wo die Aprikosen zu reifen begannen – einige rötlich, viele andere, auf demselben Zweig vereint, noch blaß.

«Laßt uns davon essen», schlug ich vor. «Ihr säuerlicher Geschmack hat etwas Zuckriges.»[2]

III.

Wenn in Camuti aus den Schluchten und Felsspalten und sogar aus den endlosen Wiesen mit Affodillen der Abend kam, veränderten sich alle Dinge.

Bevor die Dunkelheit uns in Augen und Hände drang und aus unseren Haaren aufstieg, ging meine Mutter ins Haus, um die Betten und das Abendessen vorzubereiten. Sie zündete die Petroleumlampe an, die sie auf den alten Tisch im ersten Zimmer stellte. Und sie kochte für jeden von uns ein Ei. Wißt ihr, wie sie das machte? Sie legte eines nach dem anderen auf den oberen Rand des Lampenschirms, drehte es ein wenig herum, und in wenigen Minuten war es weich gekocht.

Wir fünf und manchmal, wenn er eingeladen war, auch Pippuzzo vergnügten uns an jenen Abenden damit, die zitternde Lichtzunge der Lampe zu beobachten. In der Mitte nahm sie ein fahles Blau an, an den Seiten flammte sie, eine Krone bildend, in die Höhe (wo der Platz sehr begrenzt war), und dann schrumpfte sie wieder, um einen Augenblick lang in sich zusammenzufallen.

«Seht ihr, wie sie ihre Form verändert?» sagte Vincenzina oder Zinuccia, wie wir sie manchmal nannten.

Wir starrten unentwegt auf die Lampe, unsere Blicke folgten alle der gleichen Richtung, und so bemerkten wir, daß das Flämmchen trotz seines mühevollen Flackerns ein eiförmiges Aussehen beibehielt. Darum glaubten wir in der Mitte viele Dinge zu erblicken: kleine Pferdchen, die übereinandersprangen, tanzende Mücken, reglose schwarze Schmetterlinge und sogar winzige Zwerge mit roter Weste. Ich sagte: «Warum spazieren nicht auch wir darin herum?»

«Oh, wie denn? Wie?» fragte Ida, die Kleinste. «Sag mir, was ich tun muß, ich will auch in dem Zünglein herumgehen, zusammen mit den Zwergen.»

Einer nach dem anderen glaubten wir tatsächlich, mitten hineinzuspringen, aber in Wirklichkeit waren es unsere Abbilder, die sich dort drinnen spiegelten. Also sahen wir uns klitzeklein durch die gelben Labyrinthe der Flamme wandern und dort sonnenglühende Rosensträucher finden und Weizen mit reifenden Körnern oder Täubchen, auf deren Rücken wir flogen. Beim Gehen knisterten unsere Schritte in dem Licht wie die Eier, die auf der Lampe kochten. Der Unsicherste in der Gruppe schien mir Salvatore zu sein, veilchenfarben das Gesicht, die Stimme sehr schwach, und unwillkürlich rief ich ihm zu: «He, wohin gehst du, Turi? In den blauen Graben des Todes? Komm zurück, kehr um!»

Wenn die Kochzeit der Eier beendet war, setzten wir uns nach draußen auf die kleine Mauer, die links die Lichtung begrenzte, und Giuseppina gab jedem sein Ei und dazu mehrere Scheiben Brot, die sie mit Umsicht abgeschnitten hatte. Einer nach dem anderen öffneten wir die Eierschalen, indem wir mit einem Löffel auf die Spitze des Eis klopften und ein Stückchen abnahmen. So konnten wir, wenn wir das Brot hineintunkten, in jene unendliche Welt eintreten, welche ein Ei ist.

Behutsam lutschten wir das leicht geronnene Eiweiß heraus, damit nichts davon verlorenging. Da es aus mehreren Schichten bestand – zuerst der fädenziehende Hautfilm –, drangen wir mit einer über grobkörniges, schneeweißes Salz gezogenen Brotscheibe langsam bis zum Eigelb vor. Wenn sie sparsam benutzt wurden, nahmen die Scheiben einen köstlichen Geschmack an, den einer feinen Blume, wenn man sie kaut, mit einem Beigeschmack von Muttermilch. Giuseppina lächelte, als sie sah, wie sich unsere Gesichter nach und nach mit sanfter Heiterkeit überzogen, mit der Glückseligkeit der Zunge und der Nasenlöcher, während aus dem ersten Zimmer das Licht der Petroleumlampe nach draußen fiel.

Sobald wir diese Mahlzeit beendet hatten, gingen wir noch einmal im Umkreis des Hauses spielen. Auf den Feldern hatte das Singen der Grillen eingesetzt. Zunächst waren es kaum wahrnehmbare Triller, dann wurde der Gesang, da es sich um Lockrufe zwischen den Tieren handelte, musikalisch und unaufhörlich. Es war ein Trillern, das in immer weiteren Geweben aus vibrierender Luft schließlich den ganzen Raum ausfüllte, sowohl die kleine Senke, in welcher der Brunnen lag, als auch unsere große Ebene mit den Kornfeldern. Wir blieben meistens auf der kleinen Anhöhe links vom Haus stehen, wo eine Trockenmauer aus säuberlich aneinandergereihten Steinen ein Gärtchen mit Feigenkakteen umgab, zwischen denen in üppigen Mengen Bergmelisse mit ihrem scharfen, nachhaltigen Geruch wucherte. Durch ein Spiel von Luftströmungen verband dieser sich mit dem der Minze, die entlang der Außenmauern des Hauses auf dem Vorplatz wuchs. Diesem Ineinander entstieg ein leicht stechender Duft, vermischt mit sehr frischen Aromen.

Vincenzina, Mariuccia und Idolina niesten und sagten: «Oh, dieser Duft ist zu stark. Wie können wir ihn von uns fernhalten? Wir können doch nicht immer mit zugehaltener Nase herumlaufen!»

Unterdessen begannen aus den nahen Hügeln, die sich in einer Linie von Westen nach Osten erstreckten, wo der Tag zuerst dämmerte, die Zwergohreulen zu rufen.

Bekanntlich sind dies Nachtvögel von traurigem Wesen. Im Unterschied zu dem der Grillen schien ihr Gesang den Raum ungleich zu machen, er verwandelte ihn nämlich in runde Klanginseln, unterbrochen von Pausen der Stille. Diese bildete sich zwischen Granatapfelbäumen, Johannisbrotbäumen und Mandelbäumen, oder sie sank in die Grotten und die tiefen Erdspalten.

Pippuzzo sagte zu uns: «Auch die Gräser hören diesem Gesang zu, *kiu, kiu, kiu.*»

Meine Schwestern berührten die ersten Reihen der Ähren, die um die Terrasse mit den Feigenkakteen herum wuchsen, und sagten, sie könnten spüren, wie die Ähren vibrierten, und daß sie dagegen stillhielten, sobald die Zwergohreulen verstummten.

Wenn die Vögel ihren Gesang dann wieder aufnahmen, kam er aus den Kronen der Mandelbäume oder der Olivenbäume, sogar aus denen, die zwergenhaft blieben, klein wie Kinder, weil sie auf den Felsen wuchsen.

Mein Vater und Massaro Angelo hatten sich auf das Mäuerchen vor dem Haus gesetzt und sprachen über Aussaaten, über die kargen Jahre, die aufeinandergefolgt waren, oder über Mussolini, der, wie sie sagten, zum Krieg gegen Abessinien rüstete.

Mein Bruder und Pippuzzo meinten, wir müßten die Zwergbäumchen als unsere Geschwister betrachten.

«Unsere Geschwister?» Ich lachte. «Was redet ihr denn da?»

Mit dem gleichen Klang in der Stimme antworteten die

beiden: «Warum können sie nicht unsere Geschwister sein?»

Und darauf erklärte Salvatore, daß sie so groß seien wie wir, daß sie das Licht sähen, daß ihnen kalt sei wie uns, wenn es regnete, daß sie sich mit ihren Zweigen aufeinander zu bewegten, um sich zu küssen, daß sie sich ebenso wie die Menschen fortpflanzten, wenn eine ihrer Mandeln oder Oliven zu Boden fiel.

Pippuzzo folgerte: «Das stimmt, genau so ist es, sie sind unsere Geschwister. Wir können sogar mit ihnen spielen, wenn wir wollen.»

Im Grunde aber war das Schauspiel, das uns an jenen Abenden am meisten fesselte, das der Sterne.

Wie überall auf dem ganzen endlosen Erdkreis kamen sie einer nach dem anderen hervor, *pling-plong*; es schien, als schössen wir selbst sie an den Himmel, der sich, je mehr er an Glanz verlor, mit unzähligen zitternden kleinen Punkten füllte. Hier in Camuti aber wurde das Firmament noch dunkler – weil die Schatten der Hügel, der Berge, der Täler, der steinigen Wege und sogar der Olivenhaine nach oben geworfen wurden –, so daß es sich sogar bis auf die Weiten der Felder herabsenkte. Tatsächlich verwandelten sich die Sterne, wenn die letzten feinsten Schimmer des abgestorbenen Sonnenuntergangs vom blauen Ozean verschluckt wurden, in glitzernde Unendlichkeiten. Darum ängstigten wir uns, mein Bruder, Pippuzzo, ich und meine Schwestern, wenn wir sie betrachteten.

«Wie sollen wir da bloß hindurchgehen», sagte Vincenzina, «ohne uns dort drinnen zu verirren und ohne Angst zu bekommen und zu schreien?»

«Don Nanè, mein Großvater und meine Großmutter

Concetta könnten uns hier unten nie hören, und sie könnten uns auch nicht helfen», überlegte Pippuzzo, der den Kopf senkte, um nicht in den Himmel zu blicken.

Kurz darauf wies er uns, indem er die Hand ausstreckte, die an den Fingerknöcheln leuchtete, auf einige Sternentrauben hin; es war ein dichter, stark glänzender Haufen, der das Korn, die Ackerbohnen, sogar die Erdschollen zu berühren schien.

Übrigens gab es im August und auch im September (in diesem Monat kehrten wir noch einmal in die Sommerfrische zurück, weil es dann so viele Feigenkakteen gab, die man essen konnte) dort oben in Camuti, wo die Luft so dünn war, daß man sie sich um die Finger wickeln konnte, einen wahren Regen aus Sternschnuppen. Dieser Meteoritenfall ereignete sich auch im Mai, dem Monat, in dem wir uns gerade befanden. Überall ringsumher sahen wir ein Stauben ersterbender Lichtpunkte, die sich in der großen Ebene verloren.

Ich muß erzählen, daß Pippuzzo uns, als wir vor ein paar Stunden angekommen waren – da er vom Großvater die Kunst des Flechtens von Körben und Taschen erlernt hatte –, kleine selbstgemachte Körbe geschenkt hatte, mit einem Boden aus kurzen Weidenzweigen, der nach und nach kreisförmig in ein Geflecht aus langen, zu Streifen geschnittenen Schilfrohren überging und schließlich ein Körbchen formte. So trugen wir jeden Abend, über den Arm gehängt, eine kleine Kiepe mit uns herum, die wir unterwegs mit den seltsamsten Dingen füllten. Zum Beispiel mit kleinen Feuersteinen, Kieseln, Felsbröckchen, mit Poleiminze, Oregano, mit Ackerbohnen, die wir an den Feldrainen gepflückt hatten, mit Ähren, deren Körner von einem milchfarbenen Saft troffen, oder mit fliegenden Skarabäen, sogar mit Ameisen, die große Flügel hatten, und mit Hüpfgrillen, die nicht leicht zu erwischen waren, ja selbst mit Hornissen, im Flug geschnappt, indem wir sie zwischen zwei Blätter einschlossen, oder mit Schmetterlingen, die beim Geräusch unserer Schritte die Orientierung verloren hatten. Wir schafften es, mitten im Saatfeld den einen oder anderen Zaunkönig, den wir Nestscheißer nannten, einzufangen, weil er nicht fliegen konnte, wir sammelten kleine weiße Schnecken, die sich in Gruppen um die Gersten- und Haferhalme wanden; oder, wenn September war, wieder Schnecken, die dann in sehr dichten Haufen auf den abgesengten Stoppeln saßen.

Meine Schwester Mariuccin (jetzt ist sie tot, wie mein Bruder, wie Vincenzina), die von uns allen den raschesten Verstand und ein schnelles Mundwerk hatte, brach an jenem Abend in ein silberhelles Lachen aus und sagte: «Wißt ihr, was mir eingefallen ist? Wir sammeln die Sternschnuppen ein.»

IV.

Wir lernten sofort.

Wie Salvatore, der Erfinder des Spiels, uns riet, mußten wir uns zunächst hinknien und nur die höchsten Ähren beobachten, welche aus dem Meer des Kornfelds herausragten, denn über diesen erschien von Zeit zu Zeit unversehens ein Leuchten, das sich erst in einen Kranz glühendheller Fäden zerstreute und dann verschwand. Dies war das eindeutige Zeichen, daß dort, genau an jener Stelle, eine Sternschnuppe gefallen war.

Idolina hielt sich die Hände vor die Augen, um nicht von dem hellen Widerschein getroffen zu werden. Ich bemerkte, daß man auch Stellen beobachten konnte, wo die Eier in den Nestern mitten im Saatfeld plötzlich aufglimmten.

Dann begriffen wir, daß die Sterne nicht schlagartig fielen, *pamm! pamm!*, sondern daß man zunächst, meist in Richtung Westen, einen hellweißen Faden erblickte, der sich schnurgerade senkte, bis über das Korn oder auf die Ackerbohnen. Und gleich darauf vermehrten sich diese Fädchen, was vor allem im August oder im September geschah, und lösten sich vom Firmament: Bevor der erste Faden ganz zerflockte, folgte ihm schon ein anderer, bis sie sich in dichten Bauschen im Feld verloren. Mineo, das hinten, weit weg auf einem anderen Berg, vor uns lag, schien mitten durch dieses Sternengespinst zu segeln.

Ich sagte: «Hört her, dies ist genau der richtige Moment, um sie einzusammeln.»

Auf meine Worte hin stellte jeder von uns sich neben eine Ackerfurche oder, besser, auf die schmalen Erdwälle, wo nichts wuchs, hielt seinen Korb in die Höhe und richtete ihn beim Laufen auf jene Stellen, wo wir die meisten Sternschnuppen fallen sahen. Immer wenn sie fielen, flammte über den Ähren ein funkelndes Licht auf, um gleich darauf zu verlöschen, und so ging es in einem unaufhörlichen Wechsel.

Etwas davon konnten wir einsammeln, meine Schwestern mehr, weil sie die Kiepen oder Körbchen geschickt auszurichten wußten. Doch auch uns – meinem Bruder, mir und Pippuzzo – gelang es, wenngleich mit mehr Mühe, in den Körben Staubkrumen anzuhäufen, die noch warm waren, oder schwarze Konkretionen, die sich, wenn sie auf der Erde ankamen, zu milchweißen Häkchen oder flüchtigen Rauchwölkchen zersetzten.

Da wir uns im Eifer dieses Spiels über die Ebene entfernten, suchte meine Mutter uns in dem dichten Kornfeld, und sie rief nach uns, in der Hand die brennende Petroleumlampe, die manchmal erlosch, wenn sie von dem Sternenstaub getroffen wurde.

«O verflixte Brut», rief sie, «wohin habt ihr euch verirrt? Seht ihr denn nicht, daß die Sternschnuppen mir die Flamme der Lampe ausgelöscht haben?»

Die Signa Concetta rief ebenfalls: «Wohin habt ihr euch verlaufen? In den Bauch des schwarzen Ochsen?»

Als wir zurückkehrten, freuten sie sich, weil sie uns sahen, und fragten: «Was bringt ihr in euren Körben?»

«Schaut hinein», antwortete Vincenzina; und Mariuccia lachte schallend und rief: «Seht ihr nicht, wie alles glitzert in dem Korb?»

Staunend betrachteten die beiden diese winzigen Lapilli, die eine gelbe oder eine intensiv karmesinrote Farbe hatten und schwach rauchten. Darum fragte die Signa Concetta, während sie die Steinchen untersuchte, ihren Mann, der herbeigekommen war: «Angelo, könnten das Goldklümpchen sein?»

Der lachte, auch mein Vater lachte, laut sangen die Grillen. Mein Vater berührte einige der Lapilli oder Klümpchen, die noch warm waren, und sagte: «Diese Steinchen enthalten in konzentrierter Form die Zeit der Sterne.»

Meine Mutter meinte: «Hört nicht auf ihn, Kinder, er denkt sich alles mögliche aus. Er wird euch sogar noch von Gott entfernen, wenn ihr seinen sinnlosen Ideen folgt.»

In den Kiepen waren auch Körnchen aus Licht, die zu Staub zerfielen, sobald Signa Concetta und Donna Giuseppina sie berührten; außerdem gab es unbestimmbare schwarze Kerne, denen zitternd mal grüne, mal rötliche Dämpfe entströmten. Sie sandten einen merkwürdigen Geruch aus, zwischen schweflig und brenzlig, und wenn wir sie anpusteten, sogar den Wohlgeruch eines neugeborenen Kindes.

V.

Wir schliefen alle fünf im gleichen Bett. Die Matratze war mit Stroh ausgestopft, das immer wieder der Sonne ausgesetzt worden war, damit es ein wenig weicher wurde. Im selben Zimmer, weiter hinten, schliefen unsere Eltern. Donna Giuseppina legte uns quer über das Bett, denn so brauchten wir weniger Platz. Draußen wurde das Zirpen der Grillen unterdessen lauter, es erfüllte Wiesen, Täler und Hügel. Sogar die wenigen Rinnsale, die es in den Erdspalten oder in natürlichen Rissen der Erdschollen gab, klangen davon wider.

Wenn wir uns bewegten, gab es in der Matratze ein Knistern von Strohhalmen, von Stengeln, die hart geblieben waren. Doch nach und nach hörte ein jeder von uns – während er ersten eigenen Träumen nachging oder den Bildern, die während des Halbschlafs im Geist umherflitzen –, wie aus diesem Geräusch ein eintöniges Lied wurde, und schließlich war uns, als käme es aus dem großen Gesang, den die Nacht selbst anstimmte. Sobald Donna Giuseppina, unsere Mutter, die Petroleumlampe löschte, indem sie die Flamme ausblies, fanden wir uns eingetaucht in die Dunkelheit; und jeder von uns Geschwistern spürte, daß es eine gute Dunkelheit war, die sich aus unserem Atem bildete und mit einem leichten Seufzen in Wellen um uns herum ausdehnte. In einer undefinierbaren Ferne hörten wir die Hunde heulen.

Da mein Bruder, Pippuzzo und ich schon zur Schule gingen, weckte unsere Mutter uns in diesem Mai sehr früh. Schlaftrunken wuschen wir uns das Gesicht mit dem Brunnenwasser aus den Waschkrügen; der Brunnen lag unten in der großen Senke, und sein Wasser roch nach Erdschollen voller Blüten, ein wenig so wie früher der Geschmack einer frischen Quelle. Wir aßen einen Salat aus dünn geschälten und in Scheiben geschnittenen Zitronen, angemacht mit Olivenöl, mit Minzeblättern, auf denen noch der Tau lag, und mit Salz. Das in Stücke geschnittene und in den Salat getauchte Brot hatte den Duft von Rosen: Wir spürten, wie er sich langsam auf der Zunge entfaltete.

Pippuzzo kam aus dem Haus seines Großvaters, das direkt an unseres grenzte. Er war schon fertig zum Gehen und hatte den Schulranzen auf dem Rücken. Auch wir beiden Brüder hatten unsere Ranzen geschultert. Bevor wir auf den Abhang zugingen, ermahnten uns Signa Concetta und Donna Giuseppina: «Geradewegs zur Schule, nach Mineo! Laßt euch von all den Stimmen, die ihr aus den Feldern kommen hört, nicht ablenken und verzaubern.»

Wir nahmen den felsigen Pfad, der nach unten in die «Grube» führte, das kleine Tal unterhalb des Hauses, das nur ganz allmächlich heller wurde.

«Seht nur», rief Amarù, «die leichteren Schatten steigen schon in die Höhe, die schweren färben die Erde und die Zweige des großen Feigenbaums blau.»

«Los!» sagte mein Bruder. «Wir wollen sehen, wer als erster bei den Portelle ist.»

Auf ging es mit raschen oder hüpfenden Schritten, so daß die unzähligen Steine des Feldwegs davon widerhallten. Nachdem wir an dem niedrigen quadratischen Haus der Familie Cappellano vorbeigekommen waren, hielten wir vor einem Johannisbrotbaum mit breiter Krone an, in der sich das erste Schimmern der Dämmerung zeigte.

Pippuzzo meinte: «Kommt, wir wecken die Geister dieses Baumes. Worauf warten wir noch?»

Wir näherten uns dem schemenhaft erhellten Stamm und riefen: «He, was tut ihr? Schlaft ihr noch?»

Ein Ohr an die aschfarbene Rinde gelegt, lauschten wir, und ein Gemurmel war zu hören, als würde dort im Inneren leise Wasser rauschen. Hinter unserem Rücken, nicht weit entfernt, schalt uns Massaro Santo Cappellano, ein hochgewachsener, magerer Mann, der schon die Hacke, die Hippe und die Picke nach draußen brachte: «Ihr Bonaviri-Söhne und du, Amarù, was tut ihr um diese Zeit bei den Portelle? Könnt ihr nicht schlafen? Sogar die Bienen schlafen um diese Zeit in den Büschen! Warum stört ihr die Geister?»

Seine Frau, Signa Lucia, die im Hof den Kleiebrei für die Hühner zubereitete, fügte hinzu: «Oh nein, Kinder, oh nein! Die ganze Nacht sind die Geister draußen gewesen, um das Korn, die Ackerbohnen und die Vögel zu beschützen. Laßt sie in Ruhe, laßt ihnen ihren Schlaf, der ganz anders ist als unserer.»

Als wir weitergehen wollten, fragte uns Massaro Santo: «Wohin lauft ihr um diese Zeit durch den Tau? Wohin?»

Alle drei antworteten wir gleichzeitig: «Nach Mineo, zur Schule, zur Schule, um Lesen und Schreiben zu lernen!»

Der Bauer sagte: «Wenn ihr eines Tages lesen und schreiben könnt, werdet ihr euch aus unserer Welt entfernen, ihr werdet sehr weit weg sein, und wir werden uns nicht mehr verstehen.»

Den langen, kurvigen Weg hinunter ins Tal, voller Schlaglöcher und mit Olivenhainen zu beiden Seiten, legten wir im Laufschritt zurück. Und während wir liefen, erklärte uns Pippuzzo, dessen Stimme sich schon vom Schleier des Schlafes befreit hatte, daß wir uns eine Uhr aus Blumen hätten basteln können, um den Ablauf der Stunden zu erkennen.

«Was meinst du denn damit?» fragte ich.

Er antwortete: «Hör zu» – wegen des Laufens sprach er, als hätte er einen Schluckauf –, «die gelben Blüten der Ringelblumen öffnen sich ungefähr um diese Zeit, etwa um sechs, und bis zum Nachmittag bleiben sie geöffnet. Die Malve – seht ihr diesen Malvenbusch, der entlang des Weidepfades wächst? – wacht später auf, gegen zehn. Die Wunderblumen öffnen sich am Abend. Also könnte ich dir mit Sträußen aus unterschiedlichen Blumen eine Uhr basteln.»

Mein Bruder lachte, das heißt, sein Mund deutete das Lachen nur an. In Wirklichkeit lachte sein ganzes Gesicht.

Wir waren in der Gegend angelangt, wo sich die Olivenhaine unseres Großvaters Don Papè Bonaviri erstreckten. Der Boden des Unterholzes war noch von Schatten geschwärzt.

Ich sagte: «Warum sammeln wir die Schatten nicht ein und füllen unsere Schulranzen damit? Wir bringen sie in die Schule zu Siragusa dem Dicken, meinem Lehrer.»

Siragusa der Dicke hieß so, weil er stattlich war, feist auch im Gesicht, das ins Rötliche spielte. Er war mein Lehrer bis zur vierten Grundschulklasse. In der fünften hatte ich dann seinen Cousin, den Lehrer Siragusa, genannt *pala atturrata*, denn er war so dürr, daß er einem vertrockneten

Feigenkaktusblatt ähnelte. Pippuzzo und Salvatore, die in der gleichen Klasse waren, hatten den Lehrer Pìtari.

Diesmal riefen alle beide aus: «Was du immer für Ideen hast!»

Nachdem wir dem Feldweg etwa eine halbe Stunde lang wie gewohnt hüpfend und springend gefolgt waren, vernahmen wir, erst schwach, dann deutlich, das Murmeln von Wasser.

Mein Bruder streckte den rechten Zeigefinger auf seine besondere Weise aus, nämlich ein wenig gekrümmt, und sagte: «Seht ihr Fiumecaldo da hinten?»

Das Tageslicht breitete sich aus, und so sahen wir, daß aus den Wassern die letzten schwarzen Blasen der Nacht aufstiegen.

«Das sind Schatten, die sich erheben», erkannte Pippuzzo mit seinen scharfen Bauernaugen.

Kaum tauchten die Blasen über dem Fluß auf, fransten sie aus, zerteilten sich in viele dunkle Punkte und lösten sich auf.

Mein Bruder sagte: «Oh, oh, dort, wo vorher diese Blasen waren, beginnt das Wasser jetzt zu glänzen.»

Pippuzzo meinte: «Die Dämmerung verschwindet, bald wird die Morgenröte kommen und dabei viele Farben auf die Steine im Tal malen.»

Mein Bruder drängte: «Weiter, schnell!»

In Fiumecaldo begegneten wir den ersten Bauern, die aus Mineo kamen, um auf ihre Felder zu gehen. Als sie uns erblickten, sagten sie: «Ah, ihr Schlingel, wohin geht ihr um diese Zeit? Wenn eben erst ein paar Amseln in den Brombeersträuchern pfeifen?»

Die Esel trotteten hufeklappernd über die glatten Steine,

die quer zum Flüßchen in dem strömenden Wasser verteilt waren. Oft blieben die Tiere stehen, um mit gespreizten Beinen einen vollen Strahl in die kleinen Wellen zu urinieren, die kleine Strudel bildeten, und dabei stießen sie einen seltsam klagenden Laut aus. Dann richtete sich bei anderen Eseln im Reflex der lange Penis auf, schwärzlich, mit kreisförmigen Rändelungen.

Ich sagte: «Seht nur, seht, er ist schwarz wie Rauch aus dem Herd. Nicht mal unsere Väter haben einen so langen!»

Pippuzzo lachte, Salvatore überlegte: «Ob er bei uns wohl auch so groß wird?»

Einige Tiere gingen sogar in die Knie, um den angeschwollenen Penis in das weiche, frische Wasser zu tauchen.

«Hü, hü», sagten die Bauern, damit die Esel weitergingen.

Einer mit einem dichten Haarbüschel auf der Stirn und schmalen, länglichen Augen sagte lächelnd zu uns: «Ihr schaut wohl lieber zu, statt zur Schule zu laufen, ihr kleinen Teufel.»

Das Flüßchen hieß Fiumecaldo, weil in den nahen Felsen, die überwuchert waren mit Farnkraut und zartem Frauenhaar, das sich bei Tagesanbruch wie ein Mund öffnete, eine Quelle aus einer Felsspalte sprang. Wenn man die Hand hineinsteckte, was wir gerne taten, war das Wasser warm wie ein Ziegeneuter.

Gleich danach begann, ebenfalls mit vielen Kurven, der Aufstieg, bei dem uns jedesmal die Füße schwer wurden.

Pippuzzo sagte: «Ein großer Magnet, oder wer weiß was, unter der Erde zieht uns an und lähmt unsere schnellen Füße.»

Ich für meinen Teil riet: «Wir tun einfach so, als hätten

wir Quersäcke auf dem Rücken. Wir machen einen Buckel und gehen dadurch langsamer. Sogar die Esel machen es so, wenn sie einen steilen Weg hinaufgehen müssen.»

Als wir den Fluß hinter uns gelassen hatten und uns kurz umdrehten, sahen wir, daß sich aus den hohen Felsen, die das Tal bildeten und begrenzten, dichte Zweige tiefgrüner Hängebirken, junger Johannisbrotbäume und heranwachsender Oliven zum Wasser neigten. An manchen Stellen verhakten sich die Bäumchen ineinander und umschlangen sich ähnlich wie Männer und Frauen, während ihre Wurzeln in die hohen Felsvorsprünge gekrallt waren.

Häufig blieben wir auch vor einer Höhle stehen, wo uns schien, als könnten wir im einfallenden Licht die Enden der Schatten hin und her zucken sehen, und wir schrien in die Öffnung hinein.

«Worauf wartet ihr noch, verschwindet endlich, ihr häßlichen Höhlenwesen!»

Von oben, vom breiten Feldweg, kam ein Trappeln, das durch die akustische Übertragung in der Höhle widerhallte.

«Hört ihr?» sagte mein Bruder. «Es kommt aus der Höhle. Wer mag da wohl wohnen?»

Pippuzzo erklärte: «Ach was, nein! Das sind die Wäscherinnen, die aus Mineo kommen, um Tücher, Laken und Hemden zu waschen und sie auf den Steinen in der Sonne auszubreiten, die Fiumecaldo bald überfluten wird.»

Tatsächlich trafen wir sie ein paar Kurven weiter oben. Sie trugen abgewetzte Schuhe, die an den Spitzen aufgeplatzt waren, einige gingen barfuß, und flink liefen ihre Füße über den Weidepfad. Sie konnten dicke Wäscheballen so mühelos auf dem Kopf balancieren, daß es schien, als gehörten sie zu ihrem Körper.

«Seid ihr immer noch hier?» fragte uns eine Wäscherin in einem langen, bis zu den Knöcheln reichenden Kittel, mit weißen Haaren, die ihr in Strähnen in die Stirn fielen, und einem auffälligen Kropf, der ihren Hals verunstaltete.

Das war Pippuzzos Tante, Signa Marannella Singarella, die dieses Gewerbe schon ausübte, seit sie ein junges Mädchen war.

Sie grüßte uns, indem sie lächelnd mit den Händen wedelte, so daß das Wäschebündel auf ihrem Kopf ein wenig ins Wanken geriet.

«Ha», sagte ich, «auch die Wäsche lacht.»

Alle drei betrachteten wir das Bündel. Die *truscia,*[3] wie die Tante im Dialekt genannt wurde, zitterte. Wir wußten, daß die Frauen erst bei Sonnenuntergang ins Städtchen zurückkehren würden, wenn sie die trockene Wäsche auf den Steinen und den umliegenden Feldern eingesammelt hatten.

Pippuzzos Tante gab uns etwas Käse und Brot und setzte dann in kerzengerader Haltung ihren Weg mit den anderen fort. Wir steckten das Brot und den Käse in unsere Schulranzen und begannen beim Aufstieg, an den Lakritzwurzeln zu saugen, die wir, bevor wir zum Fluß gekommen waren, auf einem kleinen Feld ausgegraben hatten. Dort wuchsen sie, ineinander verschlungen, in den tiefen, schokoladenbraunen Erdschollen.

Etwas weiter oben, wo der ansteigende Weg weniger steinig wurde, wuchs an den Wegrändern Borretsch in dichten Garben. Gerade öffneten sich seine blauen Blüten, umschwirrt vom Gesumm der Bienen, die um sie herum- und in sie hineinflogen.

Mein Bruder riet uns: «Wenn wir die Bienen mit unseren Mützen verscheuchen, können wir ganze Händevoll Borretschblüten pflücken und den Honig heraussaugen.»

Das taten wir. Von unten kam noch einmal die Stimme von Pippuzzos Tante: «Nun geht endlich zur Schule, verirrt euch nicht zwischen Hecken und Schmetterlingen!»

Da der Borretsch stachelig ist, mußten wir die Blüten vorsichtig herausziehen. Auf dem Boden lagen bald unzählige violette Blütenblätter.

Wieder begegneten wir Bauern, die hintereinander talabwärts gingen. Manche hatten ihre kleinsten Kinder in Körbe gesetzt und ließen sie von den Eseln tragen, viele andere Kinder, die ihren Eltern bei der Arbeit helfen sollten, gingen zu Fuß. Angeregt von der frischen Luft, die über Thymian und Wasserminze und Bergmelisse strich, iahten ein paar Esel.

Einige Bauern verspotteten uns: «Oha, ihr geht zur Schule! Seid ihr vielleicht die Söhne von Adelsleuten? Warum macht ihr es nicht wie unsere Kinder, die mit uns gehen, um auf den Feldern zu arbeiten und sich so ihr Brot zu verdienen? Wozu ist das Lesenlernen nütze? Nach den Geschichten, die man die Alten erzählen hört, konnten früher nicht mal der König und die Königin lesen und schreiben!»

Als wir die strahlendweißen Steinmauern von Sant'Ippolito unterhalb von Mineo erreichten, kam uns ein Getuschel von Frauen entgegen und wurde aufgesaugt zu nicht mehr hörbaren Tönen, die sich in unterirdischen Gängen und im Dickicht verloren.

Wir sahen viele Eidechsen. Sie flitzten über die Steinhaufen, um dann in Löchern zu verschwinden oder, das

Köpfchen vorgereckt, darin sitzen zu bleiben und zitternd herauszuschauen.

Von Zeit zu Zeit zog mein Bruder eine Schleuder aus einer seiner Hosentaschen. Die Hosen waren meist aus Strickstoff und wurden hinten, wie damals üblich, mit runden Flicken verstärkt, die *culate*, also Sturz oder Schlag auf den Hintern, genannt wurden. Unser Vater, der Schneider, nähte sie für uns.

Wenn er einen ausreichend spitzen Kieselstein in die Schleuder legte, gelang es meinem Bruder manchmal, eine Eidechse so zu treffen, daß ihr Kopf zerbarst, der dann als milchfarbener Brei über den Oregano ringsumher spritzte.

Pippuzzo meinte: «Wenn die Sarazenen Eidechsen gewesen wären, hätten wir drei alleine sie fertiggemacht.»

«Wie kommst du ausgerechnet auf die Sarazenen?» fragte ich.

«Na, siehst du denn nicht, wie häßlich die Sarazenen im Marionettentheater sind, wenn Don Mariddu der Puppenspieler aus Catania nach Mineo kommt? Und außerdem waren sie unsere Feinde: Es heißt, sie beteten einen Gott an, der anders war als unserer; es heißt, er soll neben einem Fluß aus Milch geschlafen haben.»

«Allah war bestimmt eine Schlafmütze. Allah, lalala, lalalararalala», machte ich.

Aber gleich fügte ich hinzu: «Allah schläft um diese Zeit oder trinkt die Milch von irgendeiner wunderschönen Frau, und er schaut uns nicht zu. Was meint ihr, wenn unser Gott, den Kopf mit einem goldenen Helm geschmückt, diese zerquetschte Eidechse sieht, lacht er dann wie wir? Oder weint er?»

Mein Bruder schaltete sich ein: «Ich bekomme große

Lust auf Milch, wenn ich euch so höre. Ich würde sie sogar direkt von unserer Ziege Clarice trinken.» Clarice hieß eigentlich die Frau des Helden im Rolandslied.

«Klar, er lacht natürlich, unser Herrgott», sagte Pippuzzo. «Für IHN ist jede Eidechse ein Sarazene.»

Und ich fuhr fort: «Worauf warten wir dann noch? Wollen wir nicht endlich auf diese Erzschleiche und auf die Smaragdeidechse da zielen, die uns so frech anschauen und gleichzeitig versuchen, sich im niedrigen Gras zwischen den Steinen zu verstecken?»

Pamm, pumm, pumm – den beiden Tierchen, auf die mein Bruder und ich gezielt hatten, barsten die kleinen Köpfe, und als sie in die Luft flogen, blickten ihre Augen einen Moment lang erschrocken um sich.

Am Ende des Weidepfades mit seinen vielen Windungen gelangten wir auf die große Straße. Wenn wir nach links schauten, wo die Hügel gelb von Margeriten waren, sahen wir weit in der Ferne den Ätna («Der Berg!» schrie mein Bruder) mit einer dünnen Rauchfahne über dem Vulkankrater, der das Blau so in sich konzentrierte, daß es undurchdringlich wurde.

VI.

Mineo tauchte nun in der Flut der Sonne vor uns auf. Das Viertel Santa Agrippina lag ganz offen da, denn seine niedrigen Häuser aus weißem Kalkstein erstreckten sich nach unten bis zum Tuffstein und auf die vorspringenden Felsen bis zur großen Straße.

Wir waren ziemlich pünktlich und hörten um acht Uhr die harten, deutlich getrennten Schläge der Glocke von der Kirche des Kollegs, die von Straße zu Straße wanderten und über Dächer und Kamine flogen. Die Glocke trug ihren Klang über das ganze Städtchen, um zu verkünden, daß die Stunde gekommen war, in die Schule zu gehen. Wenige besaßen damals einen Wecker oder Uhren, denn jeder spürte die Zeit anhand innerer biologischer Mechanismen, die sich im Körper bemerkbar machten. Der Ablauf der Stunden war damals völlig anders als heute, er war wie eine Folge von Luftwellen, die sich aus den Tälern erhoben, um schließlich Steine, Büsche, Vögel und Menschen zu durchdringen.

Bevor wir den Ort durch das Stadttor von Fuoriporta betraten, in dessen runden Bogen die Worte *anno domini 1747* eingemeißelt waren – das war das Jahr, in dem Mineo von den Bourbonen zur *urbs vetustissima et jucundissima* ernannt worden war –, blieben wir stehen, um rechts in die große Werkstatt des Eisenschmieds aus Militello zu schauen. Der stand im Hintergrund dieser dunklen Höhle, in der die Flammen der Esse aufzuckten, einander züngelnd verfolgten und sich verbanden, so daß es aussah, als entzündeten sie sich über seiner Gestalt, um dort wenig später mit einem rußigen Aufflammen zu verlöschen. Riesengroß und in fortwährender Bewegung erschien der Schatten von Don Severino – so hieß der Mann aus Militello – an der rußverkrusteten hinteren Mauer in einem Kranz aus Funken. Wenn er mit dem Hammer auf das glühende Eisen schlug, das so hell leuchtete, daß wir die Augen schließen mußten, hörten wir ihn unter der großen körperlichen Anstrengung keuchend atmen.

Als wir auf die Piazza dei Vespri und die größere Piazza Buglio gelangten, kamen aus den Straßen, die dort strahlenförmig endeten, Kinder mit Schulranzen aus braunem Karton und liefen zur Schule, die sich in einem Flügel des großen ehemaligen Jesuitenkollegs befand.

Aus der Luft senkte sich ein unaufhörliches Kreischen auf uns herab, und als wir nach oben blickten, sahen wir Scharen von Schwalben, die sich zu runden Kugeln verbanden und so das Licht des Tages mit sich trugen und verstärkten.

Wir gingen unter dem Turm mit der Uhr hindurch. Durch all die Lichtreflexe des Tages schien sie viele Zeiger zu haben, die einen Wirbel irre gewordener Stunden anzeigten.

Das Handelshaus unseres Großvaters Bonaviri war schon geöffnet, die Türen standen sperrangelweit offen. Als wir daran vorbeikamen, sahen wir den langen Flur, der sich auf beiden Seiten in Form eines Kreuzes zu zwei inneren Räumen ausdehnte. Überall standen Kisten und Körbe mit Äpfeln, Mandarinen, Orangen, Fenchel, Paprika, Artischocken und grünen Bohnen. Ein starker Geruch von

Kräutern und Früchten kam heraus, vermischt mit dem der Exkremente der an die Futterkrippen gebundenen Maultiere und Esel, die man aber von draußen nicht sehen konnte, da die Krippen in den inneren Seitenflügeln lagen. Ein paar Maultiere wieherten, und Esel antworteten ihnen mit einem heiseren, schluchzenden Iahen.

Pippuzzo sagte: «Hört ihr, das sind Liebesrufe. Der Frühling entzündet allen das Herz, sogar den Fischen in den Flüssen.»

Gevatter Orazio aus Licodia, untersetzt, dickbäuchig, die geflickten Hosen von Hosenträgern gehalten, die Haare schon weiß, begrüßte uns, da er uns kannte: «Aha, ihr seid schon in Mineo. Müdigkeit kennt ihr wohl nicht.»

Viele der Händler schliefen auf Decken oder Säcken, die sie auf dem Boden des Lagerhauses ausgebreitet hatten. Sie kamen aus den benachbarten Dörfern: aus Licodia Eubea, wie der Gevatter Orazio, oder aus Vizzini, von wo sie Lupinensamen oder in Öl eingelegte Oliven brachten, und sogar aus Vittoria, um auf ihren Karren Fässer mit Wein nach Mineo zu transportieren. Gevatter Orazio schenkte uns ein paar Spätorangen, Gevatter Ciccio, der Vizzineser, etwas Bergziegenkäse.

«Nehmt ruhig, nehmt, eßt», sagten sie. «Essen ist gut fürs Blut, und das Blut ist gut fürs Denken, und das ist es, was ihr Schüler braucht.»

Die Karren wurden mit hochgeklappten Deichseln im Inneren des weiträumigen Handelshauses abgestellt. Immer wenn wir hineingingen, blieben wir stehen, um die Wandgemälde mit Schlachtszenen zwischen den fränkischen Paladinen und den Sarazenen zu betrachten. Im hellen Tageslicht leuchteten die Christen in einem feurigen

Rot, sie ritten oder hatten ihre Schwerter gezückt, und in ihren Rüstungen schimmerte der aufleuchtende Tag. Die Mamelucken waren als große Scharen aus schwärzlichem Licht gemalt; sie saßen auf Pferden mit dunklem Fell oder hielten, wenn sie zu Fuß kämpften, ihre furchtbar scharfen Krummsäbel in der Hand, bereit, auf die Gegner einzuschlagen.

Unser Großvater Bonaviri (Großvater Turi Casaccio war vor zwei Jahren gestorben, im November 1933, im Alter von sechsundachtzig Jahren, und unsere Mutter erzählte uns oft, daß er ein großartiger Brotbäcker gewesen war) hatte die Metzgerei geöffnet. Er war kräftig, hatte dichtes, graumeliertes Haar und eine Narbe auf dem Nasenrücken und hängte nun die Viertel von Rindern, von Schweinen und von Ziegenböcken mit schwarzweißem Fell auf die Haken, die draußen in die Hauswand eingeschlagen waren. Elegant und sicher nahm er die verschiedenen Stücke, die innen im Laden lagen, und schleppte sie alleine nach draußen. Sie färbten die ganze Wand rötlich, und an manchen Stellen bekam sie eine blasse Fleischfarbe, die die Wespen anzog. Man hörte ihr Summen.

Als er uns sah, sagte Großvater Bonaviri: «Ihr müßt die Dinge in der Schule gut lernen. Euer Vater war sehr tüchtig. Als er die Grundschule beendet hatte, haben sie für ihn eine Bühne gebaut, auf der die Lehrer ihn beglückwünschten, vor vielen Leuten, die eigens herbeigekommen waren.»

Während sein Vater fortfuhr, saftige Lebern, Hammelköpfe, Schweinezungen und Würste aufzuhängen, verhandelte sein Sohn Agrippino, oder Pinuzzo, wie wir ihn nannten, mit zwei Ziegenhirten, die ihm Zicklein gebracht hatten, über den Preis der Tiere. Einer der beiden war klein, unter seiner Mütze quollen die schwarzen Haare hervor, das Gesicht war müde, die Hände knotig und die Jacke geflickt. Er hatte das Tier mit den Vorderfüßen an einen Stock aus Olivenholz gebunden, den er über der Schulter trug. Das Zicklein war gezwungen, seinen Kopf zur Seite hängen zu lassen. Es gab nur ein leises Blöken von sich, wie ein ersticktes Weinen. Der andere Mann war ziemlich groß, etwa einen Meter siebzig (eine Körpergröße, die damals über dem Durchschnitt lag; unser Vater und seine Brüder waren auch so groß), und er trug das zweite Zicklein, das ein Fell aus weißem, gelocktem Flaum hatte, in einem Quersack. Er hatte ihn mit Streu und sogar mit Vogelfedern gut gepolstert. Dieser Mann war Don Pedro Sivìllica, dessen sanftmütiges Wesen alle kannten, doch manchmal konnten seine Augen dunkle Blitze sprühen, wie Salvatore mir zu verstehen gab, indem er mir zweimal seinen spitzen Ellenbogen in die Seite stieß.

«Don Pedro Sivìllica», erzählte mein Bruder uns später, «tötete, wie ihr wißt, seine Frau, die er im Bett mit dem Gevatter entdeckt hatte. Er schnitt ihr mit einem Messer die Kehle durch wie einer Ziege. Seit kurzem ist er wieder aus dem Gefängnis heraus.»

Pinuzzo war noch sehr jung, er hatte ein freundliches Aussehen und einen sanften Blick (er starb 1990 mit sechsundachtzig Jahren); wie alle Bonaviris war er von Natur aus sehr großzügig. Nachdem er den Preis für die beiden Tiere vereinbart und sofort bezahlt hatte (seltsam, Sivìllica küßte das Zicklein auf die Schnauze, bevor er es ablieferte), sagte er, als er uns erblickte: «Kommt, ich gebe jedem von euch einen Groschen.»

Er zog die glänzenden, kleinen Münzen aus einer Tasche

seiner Weste, zu der er gewöhnlich auch eine Fliege trug, und zu unserer großen Freude gab er jedem von uns eine, auch Pippuzzo.

Pinuzzo spielte sehr gut Geige. Wenn Don Mariddu der Puppenspieler im November während der Olivenernte mit seinen Marionetten aus Catania kam, lud er Pinuzzo ein, zusammen mit einem Barbier, der Mandoline spielte, und einem Schneider, der sich gut auf die Gitarre verstand. Nein, eigentlich erwartete Don Mariddu die drei vor dem Eingang des großen Raumes, der als Theater diente. Er gehörte einem Eisenschmied, der Esse, Hammer, Blasebalg und andere Werkzeuge für einen Monat daraus fortgeschafft hatte.

Ich erinnere mich – mein Bruder und ich waren dabei –, daß einmal die Geschichte von Rinaldo aufgeführt wurde, der nach dem Streit mit seinem Onkel Karl dem Großen in die Wälder der Ardennen aufbricht. Um die Traurigkeit des Königs und seines Neffen wiederzugeben, stimmten die drei Musikanten, von denen Pinuzzo mit seiner Fliege der Jüngste war, eine Musik an, bei der aus jeder Schwingung Melancholie troff: Die Geige hatte eine zarte, klagende Stimme; die Gitarre betonte diese Empfindung mit einer getragenen Tonfolge; und die Mandoline schien von weit her zu erklingen, als sei sie das schluchzende Weinen der Edelfräulein.

Jedenfalls zog sich Pinuzzo, nachdem er uns die drei Münzen geschenkt hatte, auf die in funkelnden Reflexen der Tag von den Dächern herunterkam, den weißen Kittel an, ergriff mit ungewohnter Schnelligkeit und zu unserem Entsetzen ein Zicklein und umklammerte es mit den Beinen. In der Hand hielt er ein spitzes Messer.

Wir drei sagten zu ihm: «Was tust du, Pinuzzo? Was tust du? Hast du kein Mitleid mit diesem Tier, das dich mit erstaunten Augen anschaut und blökt, um seine Mutter zu Hilfe zu rufen?»

Pinuzzo drehte den Kopf zu uns herum. Auf seinen Lippen lag sein jungenhaftes Lächeln, und er entgegnete: «Wie hätte ich euch zwanzig Centesimi geben können? Wie hätte ich mir die Geige kaufen können? Wie könnte ich überleben, wenn ich diese Tiere nicht töten würde?»

Das Blöken war nun laut geworden. Gleichgültig stellten unterdessen die Händler Artischocken, Orangen, Endivien- und Kopfsalat, Lupinensamen, junge Bohnen in Hülsen, Fenchel und Paprika in Kiepen und Körben oder auf Säcken ausgebreitet vor das Lagerhaus, oder sie reihten Fässer mit Wein auf, während ihre Diener in den Seitenflügeln des großen Gebäudes den Mist der Esel und Maultiere in löchrigen Behältern sammelten.

Mit einer entschlossenen Geste stieß Pinuzzo das Messer in den Hals des Tieres, dessen Augen zuckend hervortraten und sich sofort grau verschleierten. Der letzte Schrei blieb erstickt in der Vormittagsluft stehen.

Zuerst spritzte ein einzelner roter Blutstrahl aus der Kehle, er verschmutzte sogar den Gehweg. Dann folgten weitere, langsamer und mit Unterbrechungen. Das Zicklein konnte nichts mehr sehen, sein Kopf baumelte zwischen Pinuzzos Beinen, und rings um uns her schien alles dunkel zu werden. Nur ein paar Schwalben, wer weiß, warum, kamen im Flug herab und berührten das weiße Fell des Zickleins mit den Flügeln.

«Laßt uns weglaufen, los, weg!» rief Salvatore, der zartfühlendste von uns dreien.

Pippuzzo sagte im Laufen: «Habt ihr gehört, wie das Zicklein nach seiner Mutter gerufen hat?»

Mein Bruder sagte zu unserem Onkel: «Du bist wie Kain. Du tötest, als würdest du Brot schneiden.»

Pinuzzo antwortete, während er mit den Händen wedelte, um sich das Blut abzuschütteln: «So ist das Leben. Es ist eine große Nebelwolke. Nichts bleibt. Abends, wenn mich Traurigkeit überkommt, die sich mit vielen Schleiern in meinen Geist senkt, denke ich an diese Ziegenkinder und spiele die Geige für sie, dann beruhigt meine Seele sich wieder. Ja, Tutuzzo, mein lieber Neffe, ich komponiere sogar gerade eine Lauda über das Sterben der Vögel, der Zicklein, der Lämmer und der Mohnblumen auf den Feldern.»

Seine Stimme erreichte uns undeutlich, zitternd, denn wir hatten uns inzwischen der Außentreppe des großen Palazzos genähert, der einst den Jesuiten gehört hatte und worin sich nun die Schule befand.

VII.

Zwei Türen weiter, nach der Schlachterei, befand sich die Polizeistation, wo noch immer eine Max-Leuchte brannte. Diese entzündet bekanntlich über einem kleinen Kolben ein kugeliges Geflecht von Fäden, die nach kurzer Zeit anfangen zu glühen. Daneben schliefen zwei Wachleute, Sidoti und Ceràulo, während das verschwenderische Licht der Lampe sich ringsumher auf den Wänden ausbreitete. Sie hatten sich den Schirm ihrer Mütze ins Gesicht gezogen. Mein Bruder trat in die Tür, um sie anzuschauen, und erklärte uns, daß die Menschen und Dinge sich je nach dem Standpunkt, von dem aus man eine Szene betrachtet, mitunter in einzelne Teile zerlegen können. Tatsächlich sahen wir, als wir seinem Zeigefinger folgten, daß Sidotis wegen des verschwenderischen Lichtscheins losgelöst über seinem Körper zu baumeln schien und seine Augen riesenhaft an die linke Wand projiziert wurden.

Unwillkürlich entfuhr es Pippuzzo: «Hat sein Kopf sich etwa losgerissen, und die Augen irren auf der Mauer umher?»

Bei Ceràulo, dem älteren der beiden Polizisten, konnte man sehen, wie seine Mütze sich über ihm auf und ab bewegte; die verschränkten Arme sahen aus, als wären sie auf den Boden geworfen worden und zerbrochen, die Nase hatte sich in viele, einander vollkommen ähnliche Nasen zerteilt, die durch das Flackern des Max-Lichts in einer senkrechten Reihe – eins, zwei, drei – auf der hinteren Wand oszillierten. Dort hatte sogar der Gekreuzigte hundert Arme, ein einziges Auge auf der Stirn, und das Blut tropfte ihm aus der Rippe.

An der rechten Wand sah man eine verschwommene Fotografie in einem Rahmen, erkennbar nur an den Grundzügen, unter denen sein ausgeprägter Unterkiefer hervorstach – Mussolini, der Duce, der sich im Schein der verlöschenden Lampe mit einem in viele Bruchstücke zersprungenen Kinn zeigte, während von den ungeheuerlich verdrehten Augen gelbliche Tränen tropften.

Pippuzzo fragte: «Ist das hier die Höhle des Zauberers Merlin?»

Salvatore bemerkte mit scheinheiliger Miene: «Das Licht geht gleich aus. Diese Dummköpfe, die ein Anfall von Schläfrigkeit gepackt hat, werden bald verschwinden.»

«Laßt uns gehen, kommt», sagte ich. «Es ist spät, und hier in der Polizeistation zersetzt sich alles, weil der Tag kommt.»

Mit großen Sprüngen liefen wir, schon zu mehreren, die innere Rampe des Treppenhauses hinauf, die auf einem Hof mit nackter Erde endete, wo ein paar Akazien, eine Zwergpalme und ein paar Schusterpalmen mit sattgrünen, schwertförmigen Blättern standen. Aus den Rissen einer durchbrochenen Trennmauer, die einen Bogen bildete, wuchsen stoppelige Halme vom Wildhafer. Der Hof wurde während der halbstündigen Pause von zehn bis halb elf zu einem Schlachtfeld der Kreisel. Sie waren aus dem Holz des Johannisbrotbaums oder aus Olivenholz geschnitzt und glatt poliert vom runden Kopf bis zum spitzen Ende, das in einem dicken, dort hineingebohrten Nagel auslief. Jeder von uns besaß eine solche Schnurre, oder Kreisel, die er sorgfältig im Schulranzen verstaute.

Während der Pause umwickelten wir unsere Kreisel mit passender Schnur, die wir über die spiralförmigen, feinen Führungsrillen zogen, und schleuderten sie dann zu Boden. Wenn wir alle unten im Pausenhof waren, bebten und rotierten dort Dutzende und Aberdutzende von Kreiseln. Jeder bohrte ein kleines Loch in den Boden, in dem der Nagel, der sich drehte wie die Erde um die Sonne, langsam versank. Das aufgewühlte Erdreich zitterte, man spürte ein unaufhörliches Rollen, der ganze Hof füllte sich damit. Sogar die Mauern surrten leise.

Wenn uns die Lust auf ein grausames Spiel packte, benutzten wir, da wir die Gefahr liebten, den Kreisel gern als Einsatz im Zweikampf. Als Zeichen unseres Ehrenworts, daß wir das Spiel bis zum bitteren Ende spielen würden, schleuderten wir unsere Mützen ungestüm zu Boden und trampelten mehrmals mit den Schuhen darauf herum. Danach hätte keiner der Gegner diesen Ehrenkodex mehr verletzt. Wir setzten uns den wirbelnden Kreisel auf die Handfläche und warfen ihn gegen den feindlichen Kreisel, um diesen auf einen Stein zuzutreiben – viele Kameraden folgten uns schweigend entlang der Kampfbahn. Wer es schaffte, die Schnurre des Gegners als erster gegen den großen Stein zu stoßen, drehte sie um, setzte das runde Ende auf die Erde und schmetterte den Stein mit aller Kraft auf den glänzenden, zitternden Nagel, um das Spielzeug zu zerbrechen, das sich – *klackklackbrick* –, tödlich getroffen und in viele Einzelteile zersplittert, über den Boden verteilte. Jeder, der in unserer Nähe stand, um uns zuzuschauen, hatte einen Ausdruck des Entsetzens im Gesicht.

Gegen halb neun aber drängelten wir Jungen – mit löchrigen Schuhen, Jacken voller Flicken und kurzen Hosen, die am Hinterteil mit *culate* verstärkt waren – uns noch vor dem Eingang, um hineinzukommen. Fast alle trugen wir eine Mütze, die wir uns schief auf den Kopf setzten, um unsere mafiosohafte Dreistigkeit kundzutun.

Wenn die Schläge der Glocke, die uns zum Schulgang rief, nach und nach verklungen waren, läutete es halb neun von der Uhr am Glockenturm des großen Gebäudes, das bis zum Jahr 1870 ein von Jesuiten geleitetes, humanistisches Gymnasium gewesen war. Gleich würden wir rechts durch die Tür gehen, die zu den Klassenzimmern führte.

So hörten wir jene Glockenschläge, deren Schall sich nach draußen in Richtung der Piazza Buglio ausbreitete, von hinten, das heißt, wir vernahmen jenen Teil des Klangs, der zum Hof zurückgelenkt wurde. Ich sagte zu Pippuzzo: «Hörst du, wie anders dieses Läuten der Glockenuhr klingt?»

Zusammen mit einer Gruppe von Kameraden blieb er einen Moment stehen, um hinzuhören. «Es scheint ein ganz anderes Läuten zu sein», antwortete er. Das gleiche sagten fünf oder sechs Jungen, die dabei waren.

Tatsächlich wurden die Schläge, die silbern klangen, als wir sie auf der Piazza gehört hatten, nun unvollständig, gurgelnd, als steckten sie in einem Krug. Sie waren verschoben, bildeten regelrechte kleine Strudel, die in sich zusammensinkend erstarben.

«Das ist der Gegenklang», bemerkte ein Klassenkamerad von mir, Turi Simili, ein Bauernsohn. Er hatte ins Blonde spielende Haare und ein Gesicht voller Sommersprossen. «Wenn ich mit meinem Vater auf den Feldern arbeite und in Mineo die Glocken läuten, höre ich immer diese Gegenklänge, und mir ist, als sähe ich sie vor mir, bucklig und umgedreht.»

Oben am Ende der Treppe erwartete uns der Pedell, ein Namensvetter von uns, Don Ciccio Bonaviri, der ein Holzbein hatte, weil er im Ersten Weltkrieg verwundet worden war. Er klopfte in einem eintönigen Rhythmus mit dem Holzfuß auf den Treppenabsatz und schrie: «Was ist mit euch los? Schlaft ihr? Na los, lauft, aber ohne übereinanderzustolpern wie eine Ziegenherde.»

Mir schien, als kämen die Worte ihm bunt angemalt aus dem Mund, eines im anderen steckend und von kleinen Kreisen umschlossen, die zuweilen, wenn die Töne eine hellere Klangfarbe annahmen, von Zinnobergelb in Aschgrau übergingen.

Ich rief: «Pippuzzo, guck mal, sieh dir das an!»

Er antwortete, während andere Kinder ihn schubsten: «Es stimmt, fast sieht man seine knurrigen Worte.»

Siragusa, mein Lehrer mit dem runden, roten, riesigen Gesicht, stand vor der Tür des Klassenzimmers. Er hatte die Stirn ein wenig gerunzelt, der Bauch war leicht vorgewölbt. Rings um ihn herum und über seinen schwarzen Haaren, die an den Schläfen bräunliche Tressen bildeten, entwirrte sich in Blitzen der Tag, der durch ein großes, nach Osten liegendes Fenster im Hintergrund in den Raum drang.

«Setzt euch an eure Pulte», sagte der Lehrer zu uns, «und schaut nach, ob Tinte im Tintenfaß ist.»

Dieses steckte in einem kleinen Loch im Pult. Als wir alle unsere Plätze eingenommen hatten, stieg der Lehrer auf das Katheder, über dessen orangefarbener, von Rissen übersäter Schreibfläche Fliegen flogen und sich manchmal daraufsetzten. An der Wand hinter ihm hingen die Bilder von Vittorio Emanuele III. und vom beleidigt dreinblickenden Mussolini. Das Fenster ging auf die große Straße von Fuoriporta, aus der das Hufgeklapper von Eseln und ein entferntes Gezwitscher von Spatzen zu hören war.

«Diktat!» sagte Siragusa.

Er diktierte uns eine Seite aus unserem Lehrbuch für die Grundschule, indem er sie laut vorlas, wobei seine Stimme von Zeit zu Zeit durch plötzliche Müdigkeitsanfälle etwas brüchig wurde. Unsere Federn, die in Stäbchen aus gebleichtem Holz steckten, bewegten sich zunächst langsam auf dem Heft vorwärts, fast hörte man ihr Keuchen, doch wenn man sie nach und nach immer stärker drückte, machten sie Kleckse wie kleine, schwarze, aus einem Loch gejagte Küchenschaben. Ich sagte zu Turi Simili, der in meiner Nähe saß: «Hörst du, wie die Federn sprechen?»

Turi mit seinem sanften Gesicht und den hellen Haaren flüsterte mir zu: «Wenn ich mit meinem Vater, der, wie du weißt, Bauer ist, auf die Felder gehe und die roten Ameisen beobachte, die hintereinander an einem Feigenbaum hochkrabbeln, glaube ich zu hören, wie sie sprechen. Es klingt wie ein ganz leises Scharren.»

Der Lehrer, der mir einmal zum großen Zorn meines Vaters, meiner Mutter sowie meines Onkels Michele und Tante Pippì, bei denen ich den größten Teil des Jahres verbrachte, eine Ohrfeige gegeben hatte, von der ich eine Hornhautentzündung bekam, erzählte uns viele Dinge. Zum Beispiel behauptete er, daß man statt *fazzoletto* (ein Taschentuch besaßen von uns Schülern ohnehin nur wenige) eigentlich *faccioletto* sagen müsse, weil es dazu diene, sich das Gesicht, die Stirn und die Augenbrauen zu trocknen.[4]

Zum Glück hatten wir eine eigene Geheimsprache erfunden, die, wie mir mein Kamerad Enzo Zappulla einmal erklärt hat, auch in seinem Heimatdorf Licodia Eubea gesprochen wurde, allerdings mit anderen Regeln. Es genügte, zwischen die Buchstaben die Silben *ariki, eriki, iriki, oriki* oder *uriki* zu schieben, und schon hatte man eine richtige Sprache zur Verfügung, eine mißtönende, rauhe Sprache, welche die anderen verwirrte, uns aber großen Spaß machte. Ein Beispiel: «Arikiduoriki erikibiurikist irikeiarikin urikiroeriki senirikistrarikiuch erikiuarikind imarikimeroriki irikirosarikia. Araurikis! Irikich urikibinariki erikin irikiamerikerika arikigeurikiwesorikien.» Das verstehe, wer will. Man konnte auch auf den Buchstaben F zurückgreifen. Oder das Z zu Hilfe nehmen, das zwar leichter zu verstehen war, der Sprache aber noch mehr Härte verlieh und damit den riesigen Abstand markierte – wahre Abgründe –, der uns von gewissen Leuten trennte. Zum Beispiel, indem man schrie: «Hehz Schulzez unzedz Lehzrezer!» – um dann mit den eben genannten Suffixen weiterzumachen: «Wiriki hasorikisen eurikich! Ihreriki seirikid alarikile Arikischorikilöurikicher!»

Wenn die Lehrer – oder die Frauen, die vor dem Haus saßen, um ihre Kinder zu lausen, oder die Bauern, die alleine lebten – uns auf diese Weise sprechen hörten, schauten sie uns erst verwundert an, dann begriffen sie, daß das unsere Geheimsprache war, und sagten wütend: «Glaubt ihr etwa, in Mineo gibt es immer noch Araber? Wer bringt euch bei, eine Sprache zu sprechen, die Gott lästert?»

Oft schrieben wir Sätze gegen den Lehrer in unsere Hefte, die er nicht verstehen konnte, oder die Älteren schrieben Sätze gegen die Sonne, die uns mit ihrer Glut nie in Ruhe ließ, Sätze gegen die Vögel, die sich auf den Akazien und den wenigen Robinien von Fuoriporta die Seele aus dem Leib sangen, gegen den Mond, den wir am Himmel hätten verbrennen mögen, um seinem Leuchten zu entkommen, gegen das bißchen Brot, das wir in der Pause zum Essen hatten und das wir verzehren sollten, indem wir eine zweite Brotscheibe darauf legten und beides ganz langsam aßen, um – wie unsere Mütter uns sagten – so zu tun, als sei das Brot mit Käse belegt. Oder wir Größeren schrieben in dieser Sprache, die für alle anderen ein Geheimnis war, gegen die blond leuchtenden Kornfelder, in denen wir Kinder arbeiten mußten, gegen das Wasser, das knapp war im Städtchen, gegen den Vater und die Mutter, die uns gezeugt hatten und über unser Dasein glücklich waren, gegen all die bösen, schwarzen, behaarten, doppelt gehörnten Geister, die wir hören konnten, wenn sie uns überallhin verfolgten, gegen die Hexen, die nachts mit dem Winterwind gräßlich über den Dächern kreischten, gegen die Flüsse, die immer strömten und nicht austrockneten, gegen das Meer, das nie aufhörte, gegen die Ufer zu schlagen, gegen die Muttergottes, die nur ihr eigenes Kind beschützt, indem sie es fest an sich drückt, gegen die Sterne, die wir vom Himmel fegen wollten, gegen den, der uns auf die Erde hatte herabstürzen lassen.

VIII.

Später am Vormittag wurde die Stimme des Lehrers Siragusa breit und schwer wie das Gurgeln strömenden Wassers. Und so glaubten wir, von kreisenden Wellen verschlungen zu werden, in denen sogar der Lehrer brummend versank; man sah nur noch seinen Adamsapfel herausragen.

Die Schulstunden im Monat Mai – die Bäume verloren schon büschelweise ihre Blüten, während die letzte Erdfeuchtigkeit aus den Schollen verdampfte – waren anders als die anderen: luftiger, vibrierend von Tönen und länger, weil der Tag sich mit einem Flimmern unzähliger Farben hinzog. Uns schien es, als kämen diese Stunden aus Fuoriporta geflogen, winzig und blau wie unsere Gedanken, die gegen Mittag vom Schlaf überwältigt wurden.

«Siehst du», sagte ich zu Pino Lauria, der neben mir saß, «die Schule ist gleich aus. Man kann es auch an der Stirn des Lehrers sehen.»

Leise gähnend erwiderte er: «Was redest du da, Pippino?»

Als er mühsam die Augen öffnete, kam es auch ihm so vor, als sammelten die Minuten sich hastig auf der Stirn des Lehrers, doch nur, um gleich darauf in einem dichten Schleier aus Licht zu verschwinden.

So konnte es manchmal geschehen, daß Stelladoro, Turi Simili, ich, Pino Lauria, der Baronet Spadaro und Pino Mazzone, der Sohn des Eigentümers des einzigen Cafés im

Ort, langsam einschliefen, während wir den Kopf zwar aufrecht hielten, doch unsere Augen sich halb schlossen. Ich sah mich mit meinem Freund Rinaldo von Montalbano im schwarzen Wald der Ardennen umherirren, wo Nachtigallen sangen und die Blätter rauschten. Oh, wie ich den Gesang der Nachtigallen in mir spürte!

«He, ihr da!» schrie der Lehrer, als er uns reglos dasitzen sah. «Hört ihr mir eigentlich zu? Ich spreche gerade von Karl dem Großen und seiner Niederlage bei Roncesvalles in den Pyrenäen – und ihr? Wo seid ihr mit euren Gedanken?»

Ich hatte einen ziemlichen Sprachfehler: Wenn der Lehrer sich direkt an mich wandte, begann ich zu stottern. Stirnrunzelnd sagte er zu mir: «Sprichst du so krüppelhaft, um mich zu verspotten?» Dann vergaß er den Vorfall und fuhr fort, Episoden aus der Geschichte zu erzählen. Meistens handelte es sich dabei um kriegerische Auseinandersetzungen zwischen Nachbarvölkern.

Und so hörte ich bei seinen Worten das Rolandshorn erschallen. Es war ein unendlich langgezogener Ton. Die Berge erzitterten davon, und die Nachtigallen flüchteten sich verängstigt in die Täler.

Zu früh klingelte die Schulglocke. «Huch, wo zum Teufel sind wir?» fragte mich, die Lider voller Schlaftränen, Peppi Stelladoro, der so genannt wurde, weil er von Geburt an ein Sternchen auf der Stirn hatte.

Augenblicklich waren wir alle auf den Beinen. Roland stieß noch einmal in sein Horn Olifant, sein schriller Ton gellte mir in den Ohren. Wir drängten in einem dichten Haufen durch die Tür des Klassenzimmers ins Freie.

Als Don Ciccio Bonaviri, der Pedell, der an einem Tisch mit verblichenem Anstrich saß, uns die Treppen hinunterspringen sah und hörte, daß wir ein Getöse machten wie ein reißender Fluß, rief er uns mit dröhnender Stimme nach: «Nicht so hastig, ihr Bengel, jetzt seid ihr ja frei! Aber denkt daran, daß die Schule wie eine Kirche ist. Dort betet man Gott an, hier das gesprochene oder geschriebene Wort.»

Stelladoro, Turi Simili, Pino Lauria und ich entgegneten ihm schreiend: «Eriwakis kerifürikiri eikirinen kirischkeikiss kirekidekst kariduki, Donriki Cirikiccirikiochi Boriknarikvirik?»

Von weitem rief er hinter uns her, derweil wir schon auf dem Hof angekommen waren: «Mohammedaner, ihr gottlosen Mohammedaner!»

IX.

Bevor wir den breiten Feldweg einschlugen, gingen wir über die breite Straße von Fuoriporta, wo man auf Befehl der Faschisten und des Podestà unserer Stadt, Albertini, am Straßenrand in zwei Reihen Maulbeerbäume gepflanzt hatte. Sie waren prallvoll mit Laub, Schmetterlingen und rundlichen, weißen, kleinen Früchten, die schon reiften.

An jeden Baum war ein emailliertes Blechschild genagelt worden, auf dem die Namen der im Ersten Weltkrieg gefallenen Einwohner Mineos geschrieben standen, welcher bekanntlich 1918 endete.

Einmal las Pippuzzo auf einem dieser Schilder: «Bonaviri Nicola.» Immer wieder fragte er uns: «War das ein Verwandter von euch?»

«Nein», antwortete Salvatore, «nein, unser Vater hat nie von ihm gesprochen.»

Pippuzzo entgegnete: «Wißt ihr denn nicht, daß die Geister dieser Toten in den Baumstämmen leben? Und daß sie nachts, wenn der Wind weht, mit einem seufzenden, rauschenden Flüstern klagen?»

«Warum erzählst du uns so traurige Sachen?» erwiderte ich. «Los, wir laufen zu den Feigenkakteen des alten Mucillo!»

Wir waren eine größere Gruppe von Schulkameraden. Viele mußten jetzt zu ihren Verwandten auf die Felder, um beim Entspelzen des Korns zu helfen oder um die zahllosen, überall im Feld wachsenden Mohnblumen auszureißen oder den Lolch und den wilden Fenchel mit seinem stechenden Duft; und von den Ackerbohnen mußten sie den Sommerwurz entfernen, eine Schmarotzerpflanze (wir nannten sie *lupa,* Wölfin), deren Geruch seltsamerweise den Wunsch nach Tod weckte.

Seit einiger Zeit hatten wir uns angewöhnt – bei uns allen war diese unwillkürliche Reaktion entstanden wie ein zwingendes Bedürfnis –, bevor wir uns trennten, gemeinsam den kleinen Pfad links von der Straße hinunterzugehen, der uns mitten in die wilden Feigenkakteen von Mucillo führte. Die Kakteen wucherten üppig. Sie hatten dicke Stacheln auf den Blättern, und die ersten Früchte waren schon hervorgekommen, aber noch kümmerlich, faltig, mit kleinen gelben Blüten, wo nur die inneren Blütenblätter so zart waren, wie wir sie kannten. Wenn wir sie berührten, fühlten wir ihre Weichheit, die unsere Seele erfreute.

Entlang der Straße standen Akazien und Maulbeerbäume, alles ein Werk des Faschismus. Sie waren ganz ordentlich gewachsen, und schon im April umhüllten die Akazien sich mit weißen Blütendolden. Wegen der dampfenden Hitze, die aus dem steinigen Land aufstieg, brachten die Maulbeerbäume ihre Früchte schon im Mai zur Reife, sowohl die weißen als auch die von der schwarzen Sorte. Klein waren sie, die Oberfläche war ganz mit rundlichen Papillen bedeckt.

«Kommt, wir pflücken sie! Laßt sie uns pflücken!» riefen wir alle gleichzeitig.

Die Früchte des Maulbeerbaums erreichten wir nur, wenn wir am Stamm hochkletterten, um sie eine nach der anderen abzupflücken und uns eine Hand damit zu füllen.

Sie dufteten nach Honig. Die Zweige der Akazien bogen sich unter dem Gewicht ihrer Blütenstände. Ein Sprung, zwei – *zack, zackzack* –, und schon hatte man die blühenden Dolden in der Hand. Wir aßen sie auf dem Weg zu den Feigenkakteen von Mucillo. Weich waren die Maulbeeren, sie zergingen uns im Mund; die Blüten der Akazien hatten einen wäßrigen, pastösen, süßlichen Geschmack, auch der Duft war süßlich.

«Schön ist das», sagten die beiden Brüder Mastandrea, Leopoldo und Niccolò, «Akazien und Maulbeeren zu essen. Das ist eine Speise, die nicht mal unsere Großmutter Lina zubereiten kann, auch unsere Mutter Pina nicht.»

Pippuzzo erklärte: «Mir haben es die Spatzen beigebracht und auch diese kleinen Spatzen, die Zeisige heißen.»

Als wir auf eine Lichtung kamen, wo das Gras, weil ihm Wasser fehlte, sich schon neigte und gelb wurde, hockten wir uns alle im Kreis hin und zogen uns die Hosen herunter, um unser großes Geschäft zu machen. Während wir so gemeinsam kackten, erzählte jeder, was ihm gerade einfiel. Ich bemerkte, daß jeder von uns (meistens waren wir sieben oder acht) auf andere Weise defäkierte. Pippuzzo zum Beispiel gab ohne die geringste Mühe einen weichen Haufen von sich, der meistens geruchlos war; meine Kacke war fester, ein bißchen mußte ich drücken; mein Bruder machte dunklere Würste, in denen man die Fasern der Schalen von grünen Mandeln sah, die er so gerne aß; die von Niccolò, unserem Klassenkameraden aus der Vierten, war schön geformt, richtige Würstchen; am meisten pupste Nico Giostra, es war ein halb ersticktes Gefurze, mal hörte man es, mal nicht. Sein Kot aber war meist rund, zu Ballen geformt oder zu perfekten Kügelchen wie die der Ziegen, und außer einem starken Geruch, seltsamerweise wie nach Weihrauch, der sich um uns herum ausdehnte, hatte er punkt- oder kreisförmige Lichtreflexe, als ob mittendrin kleine Münzen steckten. Darum nannten wir ihn auch «Nico der Geldscheißer». Leopoldo Mastandrea – einer seiner Großväter war Schuster und spielte Baßtuba, der andere, Luigi, war ein kleinwüchsiger Mann, Schneider und Klarinettenspieler – war der jüngste von uns. Er hatte ein Kartoffelnäschen wie sein Bruder Niccolò, ein Büschel blonder Haare in der Stirn und erzählte gern die merkwürdigsten Sachen. Pino Lauria sonderte mit beträchtlicher Anstrengung, die man seinem Gesicht ansah, anständige, dampfende Scheißwürste über den alten, vertrockneten Stoppeln ab. Noch dicker waren die von Turi Simili, dem einzigen in unserer Gruppe, der lange Hosen trug. Ringsumher erklang ein vielstimmiges Getöse von Furzen, mal schwach, mal kräftig, mit Geknatter oder sehr langsam ausströmend, und von überall aus der Lichtung kam der weiche, warme Geruch des Gerbersumach, der dort wild wuchs. Wir berührten seine Blätter oder zogen sie zu uns heran, um ihre weiche Oberfläche zu fühlen, oder wir ließen, indem wir an den kleinen Büschen rüttelten, eine Duftwelle daraus hervorströmen, die uns schläfrig machte.

Sperlinge setzten sich vorsichtig auf die stacheligen Blätter der Kakteen und schauten uns zu. Unterdessen kamen, angelockt von der großen Maihitze, aus irgendwelchen Löchern schwarze Ameisen gekrochen, nur ihre kleinen Köpfe waren blutrot. Langsam näherten sie sich den schmalen Schatten unserer Kacke, um über sie hinwegzuwandern und auf die Büschel von wildem Hafer zuzukrabbeln, der bereits Körner ansetzte. Manchmal pickte Nico

Giostra oder Pino Lauria ein paar Ameisen auf und ließ sie über seinen kleinen, baumelnden Penis krabbeln.

«Das ist schön», sagten sie. «Probiert es auch mal. Man spürt einen Schauder.»

Ich fragte: «Einen ganz, ganz, ganz langen Schauder?»

Wenn ich meinen Blick über all die Kacke schweifen ließ, welche der Erde Stempel in den unterschiedlichsten Formen aufdrückte (die flüssigere Scheiße, die sich sofort ausbreitete und vergrößerte, nannten wir *frocie*), hatte ich bisweilen Gelegenheit, mir die Hintern meiner Kameraden genauer anzuschauen. Es waren magere Popos, an manchen Stellen so ausgezehrt und alt, daß sie sogar schon herunterhingen. Sie unterschieden sich nur durch verschiedene Rosatöne voneinander. Im Grunde wehte über diesen kleinen Hintern ein Schleier von Traurigkeit.

«Haha!» Pino Laura lachte. «Ich habe noch niemanden sagen hören, daß Popos traurig sind. Warum sagst du das, Pippino-Peppinello?»

In seiner Kreisförmigkeit der prallste – von der Ritze in zwei makellose Backen unterteilt – war der Po von Nico Giostra, vielleicht, weil sein Vater Bäcker war und er deshalb soviel Brot essen konnte, wie er wollte.

Von Zeit zu Zeit tauchte eine Amsel zwischen den dicken Stacheln der Kakteen auf, bewegte die Augen sehr schnell hin und her und schloß sie ebenso schnell wieder. Derweil vergnügten wir uns damit, einander die verrücktesten Dinge zu erzählen.

Niccolò Mastandrea und sein Bruder Leopoldo zählten mit lauter Stimme, unterbrochen nur vom leisen Tschilpen der Spatzen, alles auf, was ihnen gefiel.

Niccolò sagte: «Ich mag die Hand, das Bein und das

rechte Auge, die Farbe Blau, das Rot, das Violett, Sand und außerdem die Zahl 3,33,333,333·333·333·333,333·333·333·333· 333·333·333·333.»

Leopoldo pflichtete ihm bei: «Ich mag das Dunkelgrün der Farne in den tiefen Tälern, das Rot der Mohnblumen, das Blau des Himmels ohne Sonne – die ist nämlich schon tot und begraben – und die Zahl 6,5,2,222.222.222.000.»

An diesem Tag wollte Pino Lauria, dessen Großvater, Massaro Neli Lauria, Bauer war und am Palmsonntag eine an einem Stock befestigte Glocke läutete, welche die Jungfrau Maria darstellt, die ihren Sohn Jesus sucht, uns das Märchen von der kleinen Königin Floristella erzählen, der Tochter von Karl dem Großen, dem mächtigen Herrscher.

Wir blieben also hocken und kackten ganz langsam, um die Geschichte in Ruhe genießen zu können.

Pino Lauria begann: «Es war der feige Verräter Ganelon von Mainz, der den Großen König betrog. Dieser war schon alt, er hatte vor kurzem seinen Bruder Karlmann verloren, sah um sich herum nur noch Nebel und Nebelwölkchen, er wollte sterben, wußte aber nicht, welche Methode er wählen sollte, um sich umzubringen. Er vertraute Ganelon seinen großen Kummer an, und dieser sagte: ‹Eure Majestät, laßt mich nur machen, ich werde Euch heilen.› Und er ließ ihm eine wunderschöne Frau anfertigen, zusammengeknetet aus Honig, Zucker, Ricotta, Marmelade aus gekochten Weintrauben, Marmelade aus Kaktusfeigen und Granatäpfeln und bestrichen mit Gramolata und Vanille.»

«Haha!» lachte Pippuzzo, dessen Mutter an Schizophrenie gestorben war. «Gibt es denn Ehefrauen aus Zucker, Honig und Ricotta?»

«Ruhe!» riefen wir alle. Auch die Spatzen auf den Feigenkakteen hoben die Flügel, vielleicht, um besser zuhören zu können.

«Der Verräter, der Feigling, dieser Mohammedaner», fuhr Pino fort, «hatte das Fräulein, das den Namen Belladigiorno trug, mit Seide und Tüll, mit prächtigen Schleiern und Mantillen ausstaffieren lassen. Er hatte Thymianblüten auf ihren Körper und Bergminze auf ihre Brüste gestreut. Karl der Große freute sich sehr darüber. Und zu jeder Stunde, welche die tausend Uhren seines Reiches schlugen, leckte er an ihr, die bald zu einer Belladinotte werden sollte. *Dingdongdingdongdingdong*. Er war gierig nach Marmelade aus Kaktusfeigen, nach Zucker und Vanille. Aber wißt ihr, was dann passierte?»

Wir antworteten im Chor, während wir die Kacke zurückhielten: «Was? Was passierte dann?»

«Da, wo der Oberschenkel schön glatt im Loch verschwindet, hatte dieser feige Schuft Ganelon von Mainz die Frau aus Kacke gemacht!»

Mein Bruder fragte: «Vom Menschen, von der Ziege, vom Esel oder vom Ochsen?»

Ungerührt fuhr Pino Lauria fort: «Der König aller Könige leckte und leckte und geriet an die Kacke, merkte es, erkannte, wie schwer ihn Ganelon beleidigt hatte, und schrie: ‹Verrat, Verrat!› Auf diesen Schrei ihres Herrschers hin liefen sofort die fränkischen Paladine herbei. Alle liefen herbei. Auch die Hofdamen, die in Wahrheit Marionetten waren wie ihre Männer, die Paladine – oder vielmehr Marionettinnen.»

Wir alle im Chor: «Oh, Karl der Große, unser guter Freund, hat deine Mutter dir schon an der Wiege so böse Fährnis und solches Unglück gesungen?»

Pippuzzo: «Laß dein Reich fahren, laß es und komm mit uns. Es ist alles Täuschung.»

Niccolò: «Deine Paladine und deine Hofdamen sind aus Holz, sie können nicht weinen, sie sind Marionetten und Marionettinnen, sie können nicht lachen.»

Mein Bruder: «Sie können dich nicht streicheln, dir nicht zulächeln, du bist allein, o Großer König!»

Turi Simili: «Deine Hofdamen schauen nur auf deine Krone aus Diamanten, nur von ihr werden sie angezogen. Aber sie verstehen nicht, daß die Diamanten kümmerliche, weiße Kieselchen sind, Kümmerlichkiesel eben. Und deine Krone besteht nur aus Stacheln vom Feigenkaktus.»

Ich: «Komm her, du kannst morgens mit uns Zitronensalat mit Öl und Salz und Minze essen.»

Leopoldo, der Kleinste von uns: «Du kannst Brot und kleine Brotscheiben dazu essen, und du wirst glauben, es seien Hühnerbeine. Komm, auf deine Augen senken sich ja schon Schleier wegen des Alters, du siehst Nebel, du siehst keine Schmetterlinge.»

Nico Giostra: «Komm, Karl der Große, du bist unser Freund. Ich werde dir von dem Brot bringen, das mein Vater backt.»

Leopoldo: «Du wirst mit uns kacken, hier, zwischen den Feigenkakteen des alten Mucillo, o König der Könige. Wenn du schlecht sehen kannst, werden wir dich an die Hand nehmen.»

Pino Lauria: «Wenn ihr noch länger redet, werde ich das Märchen nicht zu Ende erzählen.»

Alle: «Nein, nein, Pino, erzähl uns dein schönes Märchen!»

Pino erzählte weiter: «Als sie von dem Betrug erfuhren,

begannen die Würdenträger sofort, mit ihren Instrumenten zu spielen, um das Volk zu warnen. Einige schlugen die Trommel …»

Wir: «*Rattatatam.*»

Pino weiter: «Roland stieß ins Horn …»

Wir: «*Tätärätä*!»

Pino: «Rinaldo und Rüdiger vom Weißen Adler ließen ihre Schwerter durch die Luft zischen …»

Wir im Chor: «*Zschschzschzsch* …»

Dann riefen wir alle laut: «Tod dem Ganelon von Mainz, er muß sterben!»

Bei unserem lauten Schrei zitterten die Flügel der Spatzen. Pino fuhr fort: «Diese Belladinotte hatte Karl dem Großen eine Tochter geboren, Floristella. Aber was konnte schon bei einer Mutter herauskommen, die aus Zucker, Marmelade und zuletzt sogar aus Kacke zusammengerührt war? Schon als kleines Mädchen saugte Floristella Honig aus den Blumen. Sie wollte Marmelade aller Sorten, sogar welche aus Johannisbrotschoten. Doch als sie groß war, begann sie, immer nur nach Kacke zu suchen: in den silbernen Nachttöpfen der Paladine und der Hofdamen, in den verborgenen Winkeln der Straßen, auf den Weidepfaden, in den Viehställen. Alle Sorten von Kacke. So daß die arme Floristella schließlich …»

Wir unisono: «O Floristella, o Floristella, warum bist du nicht mit uns hierhergekommen?»

Pino Lauria: «Ein Tag um den anderen verging, aber sie konnte einfach ihr großes Geschäft nicht mehr machen. Sie litt an einer sehr schweren Verstopfung. Der mächtige Papa ließ die Weisen zusammenrufen, aus allen Gegenden seines grenzenlosen Reiches, wo an manchen Stellen nicht mal die

Sonne hinkam. Sie ging nämlich schon in den Ländern davor unter. Zwischen all diesen Klugscheißern, wie Großvater Neli sie nennt, der das Märchen von Don Corrado Guzzanti gehört hat, dem Freund von Luigi Capuana,[5] befanden sich auch ein gewisser Platon und ein Muselman namens Averroes. Und berühmte Schriftsteller, ich glaube, Ariost und Boiardo. Der eine riet zu Klistieren mit Kamille oder Rosenwasser, der andere zu Kaktusfeigensaft oder Marmelade aus Blumenkohl, ein anderer empfahl Riesenklistiere mit weißem Wasser aus dem Grünen Tal oder mit Wasser und Seife. Aber rein gar nichts half, Floristella konnte einfach nicht kacken. Eines sonnigen Mittags begab es sich, daß dort, unter den Mauern des Schlosses, unser Giufà vorbeiging.»

Pippuzzo fragte: «Giufà, dieser blöde Trottel? Was konnte der schon tun?»

«‹Majestät›, sagte er, ‹das Heilmittel, das hätte ich wohl, wenn Eure Heilige Majestät mir nur die Hälfte Ihres Reiches zu schenken geruhte.›

Karl der Große grübelte lange darüber nach, Tag und Nacht und Nacht und Tag, und schließlich willigte er ein.

‹Also sei es!› sagte Giufà.

Giufà, der nämlich gar nicht dumm war, ließ durch einen Aufruf – tausend Ritter zogen durch das ganze Reich und verbreiteten die Nachricht, indem sie sie laut herausposaunten – hundert, tausend, zehntausend Kinder wie uns einladen. Und er befahl ihnen, sich in den königlichen Gärten um das Prinzeßchen herum in vielen Kreisen, ein Kreis im anderen, hinzuhocken, und alle sollten kacken.»

«Hahaha», lachte Leopoldo Mastandrea, der gerade damit beschäftigt war, die Kolonne der Ameisen mit Hilfe von Zweigen umzulenken, um sie uns vom Leib zu halten.

Pino erzählte weiter: «Sobald Karl der Große mit hundert Trompetenstößen, geblasen von zehn Trompetern, den Befehl gegeben hatte, begannen alle Kinder zu kacken (‹Kackt, ihr müßt unbedingt kacken›, hatten ihre Mütter ihnen eingeschärft, ‹sonst läßt der Große König euch töten, dann gibt es so etwas wie den Kindermord zu Bethlehem!›).

Als die kleine Königin um sich herum, zwischen den Gartenwegen und Pappeln und Trauerweiden und Palmen und Feigenkakteen und Orangenbäumen verteilt, zehntausend kleine Leute sah, die kackten, verspürte sie, vielleicht auch wegen der sich ausbreitenden Gestankwolke, einen heftigen Drang im Bauch, und ohne sich zu schämen, löste sie die goldenen Bänder ihrer Unterhosen, zog sie aus, hockte sich hin und begann, glücklich und zufrieden, ihr Geschäft zu machen.

Unterdessen standen die Großen des Reiches, darunter Roland, Rinald, Olivier, Rüdiger vom Weißen Adler, Astolf, sogar die kriegerische Bradamante (und als Gäste Ferragu, Sakripant und Marfisa), kerzengerade auf dem Turm, in der Hand ihre Schwerter und Lanzen, um auf diese Weise die Tochter des ruhmreichen Kaisers des Heiligen Römischen Reiches zu ehren. Sogar die Hofdamen, fein herausgeputzt mit Kränzen aus Rosen und Diamanten und prächtigen Gewändern, schauten aus den Fenstern und von den Balkonen. Einige benutzten Fernrohre, um die Schamteile der kleinen Königin und die Art, wie sie kackte, genauer betrachten zu können. Diese wollte gar nicht mehr aufhören und sprang von einer Stelle zur anderen, mal unter einen Feigenbaum, mal unter einen Mandelbaum oder einen Johannisbrotbaum, wobei sie sich jedoch mehr zu den hölzernen Pflanzen, oder wie ich heute sagen würde, den Gymnospermen, hingezogen fühlte.

Da dieses Kacken nicht enden wollte, sagte Roland, nachdem er zwei Stunden lang mit dem gezückten, hochgehaltenen Schwert Durandarte stillgestanden hatte – und ihm schmolz schon der Talg zwischen den Barthaaren –: ‹O Majestät, o Majestät, o Heiliger König, wann hört diese Kackerei endlich auf?›»

Alle lachten wir: «Hahahahahaha!»

Wir säuberten uns rasch mit Kieseln oder gewöhnlichen Kalksteinen, die es dort zuhauf gab. Einige waren mit Quarz geädert oder mit Korund oder auch, wie Pippuzzo behauptete, mit Silberkörnchen. Als wir uns erhoben, um dann jeder seines Wegs zu gehen, erblickte ich Nicos von der Sonne beschienenen Hintern vor mir, rund wie ein rosiger Granatapfel, und begierig fragte ich ihn: «O Nico, Nico, läßt du mich mal deinen Hintern anfassen?»

Er machte eine Kopfbewegung und lachte ein jungenhaftes Lachen, das Lachen des Buben, der er war, und auch die anderen fragten mit weicher, sehnsüchtiger Stimme: «O Nico, Nico ...» Aber sie beendeten den Satz nicht, denn zwischen den Feigenkakteen erschien der schwarze Kopf einer Amsel, die zwitscherte: «*Tiüi, Tiüi ...*»

(O Nico, o Nico, von dir existiert nun nicht einmal mehr der Schatten des Schattens eines Schattens, auch nicht von meinem Bruder und meinen Schwestern Vincenzuccia und Mariuccia. Welcher Gott der Hölle hat dich verschluckt? Oder bist du im schwarzen Nichts verschwunden? Oder wirst du auf geheimnisvollen Wegen zu uns zurückkehren?)

X.

Pippuzzo, mein Bruder und ich machten uns auf den Heimweg nach Camuti. Die Luft war warm, die Sonne strahlte blendend hell vom höchsten Punkt am Himmel auf uns herab.

Auf der großen Straße begegneten wir zwei Steinverkäufern, den *pietraluori*. Der eine ging zu Fuß und führte links und rechts von sich zwei Esel, indem er sie am Halfter zog. Es waren Tiere mit schwarzem Fell, auf dem sich an manchen Stellen gelbbraune Flecken gebildet hatten, weil ihnen dort die Haare ausgegangen waren. Ihre Augen waren traurig, sie kamen nur mühsam voran, *klappklappklapp*. Auf dem Rücken hatten sie Packsättel, die in zwei nach oben gebogenen Brettern ausliefen. Zwischen den Brettern lagen große Steine in unterschiedlicher Größe und mit häßlichen Formen. Der *pietraluoru*, der voranging, war älter, er trug einen zerknautschten Hut, eine Weste, Hemd, Jacke und Hosen aus dem üblichen, geflickten Wollstoff. Der hintere war jünger und größer, seine Mütze saß ihm, würde ich sagen, senkrecht auf dem Kopf. Auf den eben beschriebenen, am Packsattel befestigten Gestellen aus Holzbrettern mit ihrer nach oben zeigenden Öffnung und auf den Steinen selbst erzeugte die Sonne tanzende Lichter.

Die Steinverkäufer versorgten sich meistens aus einem Steinbruch unterhalb von Sant'Ippolito an dem Weidepfad, der nach Fiumecaldo hinabführte. Sie würden die dicken

Steine denen im Städtchen verkaufen, die sie gebrauchen konnten: Die Steine konnten dazu dienen, baufällige Mauern instand zu setzen, neue, niedrige Trockenmauern zu errichten, kleine Verschläge für Schweine, Hühner und Gänse oder Ställe mit Pferchen zu bauen.

Aus unseren Schulranzen hatten wir das Brot, den Käse und ein paar schwarze Oliven geholt, die man uns mitgegeben hatte, bevor wir bei Tagesanbruch in Camuti losgegangen waren; außerdem das, was uns die Wäscherin, Pippuzzos Tante, angeboten hatte. Beim Anblick der Steinverkäufer schämten wir uns, denn sie erschienen uns ausgehungert, und schnell versteckten wir Brot und Brotbelag.

«Hoho», machte der ältere, nachdem er einem Esel gegen das Schienbein getreten hatte, um ihn zum Weitergehen anzutreiben. «Ihr habt ein Herz so sanft wie die Blüten des Mandelbaums. Die Vögel essen, die Fische, die Bäume essen durch die Erde und sogar die Steine, die, wenn ihr genau hinschaut, von Tag zu Tag weiter aus dem Erdreich wachsen. Eßt ruhig, und es soll euch guttun. Wir werden heute abend zu Hause essen, wenn wir diese Felsbrocken verkauft haben. Denkt immer daran, daß ein paar von den großen Steinen dazu dienen werden, armselige Gräber zu decken, in die es hineinregnet. Und wer da drin liegt, der wird nie mehr essen.»

Kurze Zeit später sahen wir Don Giuseppe Cannatella, einen anderen Steinverkäufer, der allein zu Fuß aus der entgegengesetzten Richtung kam, er ging also zurück zum Steinbruch. An einer Spitzhacke, die er über der Schulter trug, hing ein Weidenkorb. Er hatte eine dicke Nase, wache Augen, eine Weste, einen langen Bart und eine Tonpfeife mit einem Hals aus dünnem Flußschilfrohr. Seine Mütze hatte einen sehr kleinen Schirm, der kaum die viereckige Stirn bedeckte. Er ging neben uns her in die gleiche Richtung wie wir, aber er beachtete uns nicht, sondern ging schnurstracks seines Wegs.

Zu unserer Rechten stand jenseits einer Schutzmauer am staubigen Sträßchen der Mura Salemi eine Reihe von Häusern aus bröckelndem Kalkmörtel, voller Löcher, aber mit Türen und Fenstern, die wegen der großen Hitze geschlossen waren.

Ich sagte zu meinem Bruder: «Kommt es dir nicht auch so vor, als hörtest du die Rufe, mit denen die *pietraluori* ihre Steine verkaufen?»

«Ja, stimmt», antwortete er. «*Wer will Steine kaufen? Wer will Steine kaufen*?»

Ich erinnere mich, daß dieser Ruf in den Gäßchen und kleinen Wegen die Luft zerschnitt, sie rissig und bucklig werden ließ, so daß sie zu Boden stürzte.

«He, laßt uns den Käse nicht so schnell aufessen», sagte Salvatore lachend. Wenn er lachte, leuchteten seine Augen.

«Für mich», sagte Amarù, «ist es kein Käse, sondern sehr leckeres Hühnerbein in Brühe.»

Ich: «Für mich ist es Brot. Wir sollten auf dem Weg Brombeeren oder grüne Mandeln suchen. Dann hätten wir noch einen Brotbelag.»

«Nicht die *minnulicchie* (das waren die unreifen Mandeln), die nicht», tadelte uns mein Bruder, «das sind die kleinen Kindermandeln, und jedesmal, wenn wir an einem Zweig reißen, leidet die Mutterpflanze.»

«Los, wir laufen los», sagte Pippuzzo Amarù. «Und denkt daran, daß wir nicht unter dem großen Nußbaum stehenbleiben dürfen, denn jetzt, wo die Stunde der Hitze ist, sind der Baum und der Boden darunter voller böser Geister.»

Ich fügte hinzu: «Wie sagt man in Mineo? ‹Unter den Nüssen / viel Stimmen zischen.› Das sind sie, die Verfluchten, die Unsichtbaren, die klagen, die sprechen, die uns mit ihren Krallen packen wollen.»

Bevor wir in Fiumecaldo ankamen, dessen murmelnde Wasser wir schon von weitem hörten, sagte ich plötzlich: «Warum gehen wir uns nicht die Schlucht der toten Esel und Maultiere anschauen?»

Unschlüssigkeit machte sich unter uns breit, still blieben wir eine Weile stehen. Schließlich beschlossen wir alle gemeinsam: «Gehen wir, aber wir müssen uns beeilen!»

So schlugen wir einen schmalen Pfad zu unserer Rechten ein, wo Oregano, wilder Fenchel, große Disteln mit blauen Blüten, Thymian, Steckenkraut und ungeheuer hohe Brombeerbüsche zusammen mit den halb versteckten Felsen, mit großen Kieseln und Schiefergestein ein einziges undurchdringliches Dickicht bildeten. Als wir an ihnen vorbeigingen, strömten die Pflanzen bei der leisesten Berührung einen so starken Geruch aus, daß wir niesen mußten.

Wir trafen auf ein Gestrüpp aus Schilfgewächsen, deren Wurzeln sich um Erdschollen und Steine gewunden hatten. Diesen Blätterwald mußten wir durchqueren und bogen mit den Händen die Farnwedel beiseite, um unseren Weg fortsetzen zu können. Das Kommen und Gehen langer, schmaler, zuckender und duftender Schatten, die uns für kurze Zeit die Sicht nahmen, machte uns Spaß. Von hier aus erschien alles, was draußen war, wie in Streifen geschnitten, ja man sah nicht einmal mehr den Horizont über den Feldern.

Mein Bruder fragte mich: «Warum führst du uns in die Schlucht des Todes?»

Ich antwortete nicht, sondern begann, mit einem Schilfrohr, das ich hatte ausreißen können, Brombeerbüsche wegzuschlagen, die sich nicht nur waagerecht ausgebreitet hatten, sondern auch in verschlungenen Windungen in die Höhe wuchsen.

Nach etwa zweihundert Metern erblickten wir ein paar Felsbrocken, jeder mit Buckeln, Spalten oder spitzen Erhebungen. Ein fauliger Gestank wehte uns entgegen, der sich mit dem stechenden Geruch des Johanniskrauts, der Terebinthensträucher und der zitternden jungen Farne mischte. Vor uns begann die Luft sich in einem dunklen Blau zu färben.

Wenige Minuten später standen wir vor jenem Abgrund, der diesseits von Fiumecaldo mit seinen vernehmlich rauschenden Wassern einen großen felsigen Mund bildet, an den Rändern gesäumt von niedrigen Pflanzen, zwergenhaften Johannisbrotbäumen, Kapernsträuchern, die wie Ketten herabhingen, und Oleastern, die zusammen mit Mandelbäumen und dichtbelaubten Wildfeigen mühsam aus den tausend Felsspalten hervorwuchsen.

Mein Bruder sagte: «Genug, es reicht, laßt uns umkehren. Riecht ihr den Gestank nicht, der von da unten heraufkommt?»

Um besser in diese Kluft hinunterschauen zu können, streckten Amarù und ich uns bäuchlings auf der Bergminze und den roten Baldrianpflanzen aus, die wir mit unserem Gewicht zu Boden drückten. Rings um uns her flüchteten sehr magere, grüne Eidechsen und blassere Salamander mit durchsichtigem Bauch. Der Tag stürzte sich mit einem hell strahlenden Licht aus der Höhe in den Abgrund.

Amarù riet uns: «Wir müssen uns die Augen reiben, damit wir besser nach unten in die Schlucht schauen können.»

Mein Bruder mit den scharfen Hasenaugen sagte als erster: «Dort unten sehe ich Knochen weiß leuchten.»

Aufgetürmt zu unregelmäßigen geometrischen Formen, lagen dort Wadenbeine, Rippen, Tierschädel, Knochensplitter, Oberschenkelknochen, Kniescheiben, ganze Gerippe in hellstem Weiß, Schienbeine, Beinknochen, Fetzen von Haut oder verfaulte Knochenbruchstücke, sogar frische, glänzende Augäpfel. Wir warfen große Steine hinunter, einen nach dem anderen, in so regelmäßigen Abständen, daß wir bei ihrem Aufprall, der in der Tiefe kaum hörbar war, irgendwann ein wirres Flügelschlagen, ein klopfendes Geräusch, ein lauter werdendes Krächzen vernahmen. Und dann sahen wir Raben, Käuzchen, Falken und Wiedehopfe, die mit Mühe zwischen den steilen Felswänden aufflogen, und Sperber, die recht bald im langsamen Flug schläfrige Kreise zogen, weil sie die Schlucht nicht verlassen wollten.

Ich sagte: «Warum bombardieren wir all diese Vögel nicht mit Steinen?»

Pippuzzo und mein Bruder Turi waren einverstanden.

Die Steine pfiffen, mal laut, mal leise und leicht, je nach Größe. Einige stießen sogar im Fallen gegeneinander und erzeugten mehrmals ein klagendes, anhaltendes Knallen. Ein paar Raben und Käuzchen und Falken, die getroffen wurden, taumelten, fielen senkrecht in die Tiefe, konnten sich kurz darauf aber schlagartig wieder erheben und in die entgegengesetzte Richtung fliegen.

Während er sich die Mütze, die ihm vom Kopf zu rutschen drohte, zurechtrückte, indem er sie nach links schob, rief Turi plötzlich aus: «Seht ihr? Das da unten ist ein einziges Meer aus Knochen, die die Farbe von Rost haben. Meine Güte, sind das viele!»

«O ja, so viele, Santa Agrippina!» pflichtete Amarù ihm bei. Immer noch bäuchlings auf dem Boden liegend, sahen wir Ameisen, die in einer endlos langen Reihe auf dem kürzesten Weg die Wände der Schlucht emporkrochen; jede trug Stückchen und Fetzen stinkenden, bräunlichen Fleisches in ihrem winzigen Kiefer.

«Es sind Tausende und Abertausende», sagte Pippuzzo. «Nicht mal unser Lehrer Pìtari würde es schaffen, sie zu zählen.»

Mein Bruder, der rings um sich und dort, wo die Ameisen ankamen, Luft in die Nase zog, bemerkte: «Wie diese Fleischfetzchen stinken.»

Ganz in unserer Nähe verkrochen sich die Ameisen an dem schroffen Steilhang in mehreren Höhlen aus schwarzer Komposterde, die sie in vollkommen runden Kreisen nach außen geworfen hatten. Gleich daneben sahen wir mitten in einem Brombeerstrauch das Nest einer Amsel mit fünf grün gesprenkelten Eiern.

Mein Bruder starrte jetzt unentwegt in den Abgrund und sagte: «Seht ihr, daß sich in dem Teil der Schlucht, wo uns der Blick erstirbt, vielleicht ein neugeborenes Eselchen bewegt?»

Wir hörten eine laute Stimme, die uns wegen der Echos, in die sie sich zerstreute, nur ganz schwach erreichte. Sie kam von der anderen Seite der Schlucht: «Heda, ihr Enkel, wenn ich recht sehe, von Don Papè Bonaviri, und du, kleiner Amarù, welch böser Geist hat euch zur Grube des Todes geführt?»

Trotz der Entfernung konnten wir Massaro Pepi Pace erkennen, den Pächter der Ländereien und Olivenhaine unseres Großvaters.

«Dieses Eselchen, das ihr gerade beobachtet», rief er, «habe ich vor ein paar Minuten zur Welt kommen sehen. Die sterbende Eselin, die mit ihm trächtig war, wurde heute morgen von zwei Bauern mit großen schwarzen Mützen dort hinuntergeworfen. Seht ihr direkt unter euch diese Rutschbahn zwischen Oleaster, Wildfenchel und den dichten Farnen in der Schlucht?»

Wir beugten uns noch weiter über den Rand, um besser sehen zu können. Mit einem Stein verscheuchten wir die Ameisen, die in einer langen Reihe auf uns zukamen. Tatsächlich war die Rutsche unter uns deutlich zu erkennen, sie führte bis ganz in die Tiefe, vorbei an Einbuchtungen, Felsvorsprüngen, über Schichten aus Tonerde, über längliche Felsspalten, die dem Blick meist verborgen waren. Dies war die Stelle, wo Bergeichen, Myrten, struppige Glaskrautbüsche und anderes undefinierbares Grün in unglaubliche Höhen gewachsen waren und nun zusammen mit krüppeligen, schiefen Mandel- und Feigenbäumen halb in der Luft schwebten. Da wir Angst hatten, selbst zwischen den Bäumen hinunterzurutschen, hielten wir uns fest, mal mit der einen, mal mit der anderen Hand; wir klammerten uns an Felsvorsprünge und an hängende Büsche und Zweige.

Schließlich erblickten wir, nachdem wir lange genug hingeschaut hatten, um die starken Sonnen- und Schattenreflexe von unseren Augen zu verscheuchen, die Eselinnenmutter, die im Todeskampf schon nach Luft rang; Blut sickerte ihr langsam über die Zähne und aus den Ohren.

«Schaut, da ist sie, die Mutter», rief Turi mit den scharfen Augen, der sie als erster gesehen hatte.

Neben ihr stand ein neugeborenes Eselchen mit aschfarbenem Fell, noch feucht vom mütterlichen Blut. Es kniete zitternd auf den Vorderbeinen und versuchte, an einer Zitze zu saugen.

Massaro Pepi Pace rief uns zu, und seine Stimme überquerte die Schlucht wie ein gellender Vogelschrei: «Die sterbende Mutter ist nach der Rutschpartie auf einem Bett aus Blättern gelandet, darum konnte Cenerina, wie ich das Eselchen nenne, in aller Ruhe zur Welt kommen. Ob ich es wohl retten kann? Ich warte darauf, daß Luigi Cappellano mit seinen Ziegen hier vorbeikommt, und dann werden wir sehen, ob wir es gemeinsam schaffen, uns mit dicken Seilen von einem Felsvorsprung zum anderen oder über Pfade, die zwischen diesen Zwergbäumen versteckt sind, bis nach unten hinunterzulassen. Wenn ihr auf dem Weg nach Camuti Bauern trefft, sagt ihnen, daß sie herkommen sollen, um uns zu helfen.»

Darauf folgte ein Schweigen zwischen Bestürzung und ängstlichem Erbeben. Es pfiff uns in den Ohren, die Schlucht wurde einen Moment lang schwarz. Dann fügte Massaro Pepi, der uns wegen der Entfernung noch viel kleiner vorkam, als er sowieso schon war, hinzu: «Jetzt, wo ihr zur Schlucht des Todes gekommen seid, müßt ihr wissen, daß aus ihrem Grund, wenn wir graben würden, Knochen, Knochen und abermals Knochen hervorkommen würden, Knochen von Maultieren, Ochsen und Eseln, von Tieren, die hart für die Menschen gearbeitet haben. Wenn es uns gelänge, uns mit Hacken, Spitzhacken und Karsten in die Erde einzugraben, würden wir sehen, daß die tiefer liegenden Erdschichten weiß von Knochen sind. Wenn ihr abends in Camuti das Sternenzelt betrachtet, dann denkt daran, daß die Sternschnuppen, die zur Erde fallen, einen grünen, klebrigen Staub enthalten, Staub von Schulterblättern, von Rippen, Schädeln von Lasttieren. Das ist das Leben, meine Kleinen!»

Wir begannen uns zu fürchten und sagten zueinander: «Kommt, gehen wir, schnell weg hier.»

Raben, Eulen, Falken und Sperber, die merkten, daß die Stille zurückkehrte wie eine weiße Wolke, kamen aus dem Gestrüpp und den Bäumen in den Wänden der Klamm hervor und segelten wieder in dunklen Wellen in die Tiefe, wobei sie vor allem auf Cenerina zuflogen, die sich mit ihren schwachen Beinen kaum aufrichten konnte.

Wir wollten gerade den Rückweg antreten, als der Bauer uns zum letzten Mal zurief: «Ich werde von hier aus versuchen, diese Vögel, die nur nach Fleisch und Aas suchen, so lange mit Steinwürfen fernzuhalten, bis ich die Glöckchen von Luigis Ziegen höre. Betet heute abend im Bett für Cenerina, betet mit ganzer Seele für sie. Ich werde schon jetzt anfangen, zu den Göttern zu beten, die in den Felsen wohnen, in den Olivenbäumen und unter der Erde dieses Abgrunds.»

Als wir in Camuti ankamen, ging die Sonne gerade über den Bergen von Caltagirone unter. Pippuzzo betrachtete sie und sagte: «Die Sonne dreht sich langsam um sich selbst, und während sie sich dreht, weint sie, so scheint mir, Tränen aus Blut.»

Ich erwiderte: «Was dir immer so alles einfällt!»

Salvatore roch an seinen Händen und sagte: «Ich spüre den Geruch des Todes an mir. Helft mir, diesen Geruch loszuwerden, bitte helft mir!»

Doch da hörten wir unsere Mutter und die Signa Concetta, die von oben, von der Lichtung vor dem Haus, nach uns riefen: «O Kinder, vermaledeite Brut, o verlorene Kindlein, wo habt ihr euch verirrt?»

(Und am 20. Oktober 2002 hast auch du, Pippuzzo, dich im Tod verirrt. Nur ich bin noch übrig, um in diesen Erinnerungen zu graben.)

XI.

Im September kehrten wir nach Camuti zurück – nicht nur der milden Luft wegen, die in kurzen, weichen Wellen aus den Bergen oder vom Meer kam, das gleichgültig mit leichten Bewegungen um unsere Insel herum glitzerte; auch wegen der Kaktusfeigen, die im September reif waren und die wir morgens mit Brot aßen. Unser Vater hatte sie dann schon mit Messer und Gabel geschält und fertig auf einem großen Keramikteller aus Caltagirone für uns hingestellt. In gewisser Weise war dies eine auch unter dem Gesichtspunkt der Ernährung wohlüberlegte Sommerfrische. Wir besaßen mehrere Hecken aus Feigenkakteen auf dem von einer kleinen Trockenmauer umgebenen Vorplatz, und sie brachten blutrote, weiße und goldgelbe Früchte hervor. Noch mehr Feigenkakteen standen in dichteren und niedrigeren Hecken neben unserem Haus auf der anderen Seite des Weges zum Haus der Manducas, auf deren Ländereien, die an die unseren grenzten, Massaro Angelo als Pächter arbeitete.

Unter den Feigenkakteen wuchs Bergminze mit ihrem stechenden Duft, die bereits vertrocknet war, oder Malven mit rosigen Blüten, Garben von wildem Roggen, dessen Halme sich übereinanderbeugten. Grillen sprangen durch die Büsche, Eidechsen flitzten umher und fanden in den Löchern der zerfressenen, trockenen Schollen oder zwischen den überall herumliegenden Steinen sofort Unterschlupf.

Meine drei Schwestern waren glücklich. Kaum waren wir angekommen, nachdem wir die bekannte Wegstrecke wieder mit der Kutsche zurückgelegt hatten, sagten sie: «Es gibt kein Korn mehr, keine Ackerbohnen und kein Senfgras, die Ebene ist frei, und wir können spielen, wie wir wollen.»

Jeder von uns hatte seine Vorlieben, was die Kaktusfeigen betraf. Vincenza zum Beispiel wollte die weißen, eher seltenen, die nach dem Schälen ein flüssiger Film umgab, wodurch sie noch schmackhafter wurden. Maria zog die blutroten vor, deren Purpurfarbe in der Hand leuchtete, mit der sie die Frucht hielt. Idolina nahm diejenigen, die Giuseppina, unsere Mutter, ihr gab. Meist waren es jene, deren Farbe zwischen Kükengelb und Karmesinrot schwankte. Sie dufteten zart, und ihr Duft verbreitete sich über Idolinas Körper.

Nach dem Frühstück gingen wir spielen; Pippuzzo war oft dabei. Das Land hatte sich verändert, denn der September tauchte es durch die endlosen Stoppelfelder in ein kräftiges Gelb, das auf den Hochebenen, auf den Äckern oder in den Talsenken und sogar in den Schluchten und auf den felsigen Böden leuchtete.

Die Steine verstärkten diese Gelbfärbung, denn sie waren von der Sommersonne verbrannt, und winzige gelbe Flechten hatten sich auf ihnen gebildet. Bis in weite Fernen, bis auf die runden Hügel von Caltagirone, sahen wir dieses Gelb. Dort, wo wir vorübergingen – mit den Schuhen hinterließen wir Spuren auf den umgebrochenen Erdschollen –, flogen unzählige Insekten durch die Luft: hellblasse Schmetterlinge, andere, sehr kleine, blau gemaserte; Grillen, einige winzig, andere groß, sprangen zwischen unseren Füßen umher, außerdem Mücken, Marienkäfer, undefinierbare fliegende Körnchen, Fliegen, Schmeißfliegen mit einer prächtigen Kupferfarbe oder dunkelgrüne Smaragdeidechsen.

Zu den schönsten Dingen, die wir zwischen den Stoppeln fanden, gehörten die Nester von Lerchen oder Amseln oder von Buchfinken. Einige waren in die Erde gegraben, andere, die Lerchennester – innen zart und weich –, entdeckten wir zwischen den Büscheln der Ackerbohnenhalme, und die der Amseln, die seltener waren, fanden sich dort, wo das Erdreich die Grenze zwischen welkendem Beifuß, wildem Fenchel und winzigen Spargelpflanzen bildete.

Die Lerchen bauten ihre Nester, wenn die Ackerbohnen blühten – im Inneren ist diese Blüte himmelblau –, die Buchfinken zogen dichte Kornfelder vor, und die Zaunkönige klebten ihr Nest aus seidenfeinen Gräsern zwischen zwei Kornhalme, gleich unterhalb der Ähren. Nach dem Mähen fielen die Nester herunter, dann entdeckten wir sie auf den aufgeworfenen Schollen.

Jeder von uns nahm ein Nest mit nach Hause. Meinen Schwestern waren die Nester am liebsten, deren Höhlung mit Federn, weichem Gras, zu Kreisen gewundenen Fasern von Venushaar und sogar mit Bergminze ausgepolstert war. Pippuzzo suchte sich die größten aus, zum Beispiel die Amselnester. Mein Bruder liebte die Nester von Eichelhähern, die schwer zu finden sind, zum Beispiel zwischen Eichen oder den Rohrkolben an Wasserläufen oder auf einigen wenigen sehr hohen Zypressen. Mir gefielen die, die kugelrund waren wie eine reifende Orange am Baum.

Da, wo unser Esel Rondello und die beiden Esel von Massaro Angelo, der eisengraue und der aschgraue, gelaufen waren, hatten sie manchmal Mist hinterlassen, der als kleine Kugeln herauskam, eine nach der anderen, schön rund, mit warmen Ausdünstungen. Wir hüpften darüber, aber unsere Neugierde wurde geweckt, als wir bemerkten, daß Skarabäen mit schwarzem Panzer den Mist mit ihren flinken Beinchen zu perfekten glatten Kugeln rollten. Ein stechender Geruch, eigentlich ganz angenehm, verbreitete sich um uns herum.

Unter den Schollen und aus Löchern im Erdreich sahen wir diese Käfer zu Dutzenden hervorkommen, in Scharen krabbelten sie auf den Mist zu, der einen regelrechten gelben Pfad bildete. Mit großem Geschick machten sie sich daran, wenn man so sagen kann, das Gewebe dieser dicken Kugeln aufzulösen, jeder für sich allein. Nachdem sie ein Stückchen abgetrennt hatten, bearbeiteten sie es hartnäkkig, indem sie es mit den Beinen hin und her rollten, bis sie daraus kleine Bälle geformt hatten, die sie über den Boden an eine bestimmte Stelle rollen ließen.

Ich sagte zu Pippuzzo und den anderen: «Warum ziehen wir uns nicht die Schuhe aus und lernen, mit den Fingern und den Füßen auch so etwas zu machen?»

«Haha», sagte Vincenzina lachend, und ihre braunen Ponyfransen hüpften auf ihrer Stirn hin und her, «jeder von uns hat eine eigene Begabung. Diese Arbeitskäfer haben die Gabe des Knetens.»

Ameisen kamen herbei, angezogen von den Kügelchen. Sie umrundeten sie zunächst und drangen dann mit ihren Zangen und Beinchen in sie ein, um sie zu zerbröckeln. Auch Fliegen näherten sich in schrägem Flug, ihre Flügel vibrierten voller Vorfreude, bis es ihnen gelang, sich auf den Mist zu setzen, darauf zu tanzen und sich damit einzustauben. Wenn wir fünf stillstanden und schwiegen, kamen auch Buchfinken und Lerchen und flogen vorsichtig um uns herum, doch da sie uns reglos sahen, stießen sie, im Flug Kreise beschreibend, bis zu den Mistkugeln vor.

Es war an einem jener Vormittage – uns umschwirrten Bienen, Hornissen, wehklagende Mücken, *zzzssssszzzzsss*, verspätete, friedlich dahinsegelnde Pollen von Borretschblüten, und wir hörten das Flöten von Amseln in der Nähe, jähe Eselschreie und Klänge und leise Geräusche, die wir nicht identifizieren konnten –, es war also an einem jener Vormittage, als wir zwei miteinander vereinigte Lerchen sahen, eine auf der anderen. Im Flug ließen sie kleine Federn hinter sich, von denen die fliegenden Ameisen getroffen wurden. Allmählich flogen die Vögel niedriger.

Wir standen neben dem Feigenbaum, der am letzten äußeren Ende des in den felsigen Grund gehauenen schmalen Weges wuchs. Ein paar seiner Wurzeln ragten in die Luft, da der Felsen, der steil nach unten abfiel, sie nicht hatte halten können. Es war ein schöner Baum, und alle liebten ihn, auch mein Vater und Giuseppina. Der Notar Manfredi, der Vorbesitzer unseres Grundstücks in Camuti, hatte ihn zu seinem Vergnügen gepflanzt. Die Blätter waren nicht tief eingeschnitten, wie man es gewöhnlich sieht, das heißt, der gezackte Rand war bei ihnen nicht sehr ausgeprägt, sondern sie waren klein, und ihre Oberfläche fühlte sich rauh an. Zwischen den vielen tausend Blättern dieses Baumes wuchsen, vor Blicken gut verborgen, Hunderte von Feigen, die im November reif wurden. Es waren Früchte, so klein wie das letzte Glied eines Daumens, mit schwarzer Schale und blauen Lichtreflexen. Wir aßen sie meist ungeschält, und auf dem Gaumen hinterließen sie einen honigartigen Geschmack: Wer weiß, ob sich nicht einer dieser winzigkleinen Götter aus Honig darauf niedergelassen hatte, wie jene, die jetzt, da du tot bist, lieber Bruder Salvatore, aus deinem verwesten Körper wachsen könnten.

Nicht weit entfernt, näher zum Abhang hin, waren neben den eßbaren zwei Reihen äußerst stacheliger wilder Feigenkakteen hervorgesprossen, unter denen zu jeder Jahreszeit ein dichtes Gebüsch stark riechender Bergminze wucherte. Das Besondere an diesen Kakteen waren ihre runzeligen Blätter, ihr steinharter Stamm aus Dutzenden ineinander verflochtenen, faserigen Lamellen und ihre dicken Stacheln, die man, selbst wenn man Steine auf sie warf, nur schwer zerbrechen konnte. Wer weiß, warum die beiden Vögel bei ihrem Sinkflug gerade auf diese Feigenkakteen zusteuerten, so daß sie darüber ein bewegliches Geflecht aus Schatten erzeugten.

Gelassen bemerkte ich: «Die Lerche, die unten fliegt, ist das Weibchen. Die über ihr ist das Männchen. Sie genießen es so sehr, daß sie fallen.»

Ida, die Kleinste, fragte: «Was sagst du da, Giuseppe?»

Auch Maria und Vincenza begriffen nicht, was ich sagen wollte.

Als die beiden Vögel, die immer tiefer sanken, schon sehr weit unten waren, fielen sie durch einen plötzlichen Wechsel ihrer Flugrichtung mitten in den Feigenbaum hinein.

«Oh, oh», riefen wir, «man kann sie nicht mehr sehen!»

Aus dem Baum, den die Mittagssonne erfüllte, rieselten Blätter und unreife Feigen mit grünblauer Schale herab, und wir erschraken einen Moment lang darüber. Dann lachten wir. Oh, wie wir lachten, mein Bruder mit seinem schluchzenden, Maria mit ihrem silbernen Lachen, Vincenza mit ihren, wie soll ich es sagen, zuckenden kleinen Lachsalven. Die beiden Vögel – das Weibchen war immer noch unter dem Männchen – kamen dort wieder zum Vorschein, wo das Laub weniger dicht war, fielen aber immer noch weiter und landeten auf den wilden Feigenkakteen. Bei ihrem Versuch, sich wieder zu erheben, streiften sie ein mit scharfen Stacheln übersätes Kaktusblatt und verletzten sich. Wir hörten ein klagendes Pfeifen. Je heftiger sie versuchten, sich zu befreien, desto tiefer gerieten sie in dieses stachelige Bett, das ihre Körper schließlich in zwei Hälften schnitt.

Meine Schwestern stießen kleine Schreie aus, wir Jungen schrien laut. Von dem Lerchenweibchen, das die Kakteenhecke mit seinem Blut purpurrot färbte, blieb nur die rechte Körperhälfte, an der noch unversehrt der kleine Kopf saß. Umgekehrt war es dem Männchen ergangen, das ebenfalls in zwei Teile geschnitten war. Sein Kopf war an der linken Hälfte geblieben.

Da sie so plötzlich getrennt waren, versuchte das Männchen, während sich ringsum eine blutige Wolke aus Flaum und Federn verbreitete, in einer ungeheuren Kraftanstrengung mit seiner linken Hälfte nach rechts zu fliegen, und das Weibchen – instinktiv von den letzten Nervenimpulsen geleitet – ebenfalls, in umgekehrter Richtung, doch es gelang ihnen nicht mehr, ihre Körper zu vereinigen. Blütenweiße Schmetterlinge, späte Maikäfer, Bienen und kriechende grüne Raupen näherten sich und verteilten sich um die zerschnittenen kleinen Körper der beiden Lerchen. Sie starben unter letzten Piepsern und Zuckungen der abgetrennten Flügel inmitten runder Kerbelblüten und

Alraunen, deren blaue Blüten mit ihrer unpassenden Schönheit auf dem kleinen Weg unter der hellen Glut des fortgeschrittenen Mittags aufleuchteten. Lange schmale Blütenblätter von Blausternen bedeckten die beiden Vögel.

Meine Schwestern betrachteten sie und flüsterten: «Heilige Agrippina, liebe heilige Agrippina, hilf ihnen!»

Pippuzzo bemerkte: «Mein Großvater Angelo sagt, daß es besser ist, ein Olivenbaum zu sein oder ein Olivenbaummensch, der immer still an derselben Stelle steht, statt sich zu bewegen oder zu fliegen.»

«Das verstehe ich nicht», sagte mein Bruder.

XII.

Kurz darauf verschleierte sich die Sonne, während sie hinter den Bergen von Caltagirone unterging.

Wir sahen Wolken, die von unten aufstiegen, sie erhoben sich über dem traurigen, einsamen See von Catallàrio, oder sie kamen aus den Schluchten und Höhlen hervor, von denen es in dieser Gegend sehr viele gibt. Auf der Hochebene von Camuti, in der Schlucht von Gianforte, auf der Stizza und am Rand der Ländereien des Inchiodato begannen die Stoppelfelder, sich mit schwarzen Streifen zu überziehen.

Klein, mager, mit knöchellangem Rock, stand die Signa Concetta neben dem großen flachen Stein, der – auf zwei steinernen Pfeilern ruhend – als Sitzgelegenheit diente oder dazu, die Teller für das Abendessen (die Hauptmahlzeit der Bauern) abzustellen. Sie blickte sich um und rief: «Kann das Wetter denn so plötzlich umschlagen?»

Ihrem Mann, Massaro Angelo, der gerade welkes Laub in dem nahe beim Brunnen angelegten Weingarten beseitigte, rief sie mit lauter Stimme zu: «Angelo, das Wetter wechselt. Laß dich nicht vom Wasser erwischen, der erste Regen ist immer verseucht!»

Er antwortete, aber wegen der Entfernung hörten wir seine Stimme nur undeutlich: «Concetta, nun schlägt das Wetter um, die schöne Sonne geht, die Vögel verstecken sich, in den Wäldern wird die Nachtigall nicht mehr singen.»

Giuseppina, die gerade geröstete Brotfladen für uns zubereitete, die wir dann in würzigen gekochten Wein tunken würden, erschien in der von den letzten Sonnenstrahlen rot gefärbten Tür und rief nach uns: «Ein kräftiges Gewitter ist im Anzug, Totò, Vincenzina, Pippinuzzo, Idolina, Mariuccia, wo seid ihr? Kommt sofort ins Haus. Hört ihr denn nicht, wie die Stimmen auf dem Land sich verändern?»

Tatsächlich schlummerten viele Geräusche ein. Die Grillen zum Beispiel, die ganz sachte zirpten, verschluckten ihren letzten Gesang; die Rotkehlchen und die Stieglitze, die spät noch zwischen den Zweigen zwitscherten, schwiegen nun. Sogar die Gottesanbeter suchten nicht mehr nach den Gottesanbeterinnen und verloren sich in den Feldern. Der *tremani*-Feigenbaum (er hieß «Dreimalfeigenbaum», weil seine Früchte in drei aufeinanderfolgenden Monaten reiften), unter dem wir immer noch standen und uns über den Tod der beiden Lerchen wunderten, begann ganz langsam seine Blätter einzurollen, weil die Farbe am Himmel wechselte. Das Wasser in unserem Brunnen, den man unten im «Graben» neben den Vierecken aus winzigen stacheligen Artischockenpflanzen sah, wurde dunkel. Unser Apfelgarten und unser Weinberg, die sich jenseits des Grabens auf einem ansteigenden schollenschweren Stück Land erstreckten, durchzogen sich mit Schatten.

Idolina und Mariuccia erschraken: «Laßt uns hineingehen. Schnell!» sagten sie.

Wir gingen alle auf das Haus zu.

Der kurz zuvor noch von der Sonne blitzende Himmel hatte sich mit großen Wolken überzogen. Zwischen ihnen waren hellblaue Löcher geblieben, und nun hörte man den ersten Donner, als rollten Steine über den himmlischen Abhang.

Pippuzzo machte sich mit dem Daumen ein Kreuzzeichen auf die Stirn und sagte: «Wenn das Wetter umschlägt, muß man sich beim ersten Donner bekreuzigen.»

Dieser war im Grunde kurz gewesen; unter mehrmaligem Nachhallen in den Tälern zerbrach er, fiel in sich zusammen, und man hörte ihn nicht mehr.

Die Wolken wuchsen aus, indem sie sich, eine über die andere steigend, paarten oder sich an den schwärzesten Enden miteinander verbanden. Am hohen Himmel wurden die freien blauen Stellen inmitten eines unregelmäßigen Aufblitzens schwarz. Das Donnergrollen klang nun dunkler, die Donner schienen zu rollen und an den Felsen zu zerbrechen.

Vincenza sagte: «Wir müssen uns siebenmal bekreuzigen, um Unglück und Erdrutsche und Steinschlag abzuwenden.»

Darauf erwiderte Mariuccia mit zärtlicher Stimme: «Laßt uns, bevor wir ins Haus gehen, die beiden verliebten toten Vögel in den Feigenkakteen suchen. Wir wollen sie mitnehmen, morgen begraben wir sie zwischen den Stoppeln der Ackerbohnen, wo sie gelebt haben.»

Ich wollte das nicht. «Nein, wir lassen sie dort, zwischen den Alraunen und Blausternen. Jedes Ding muß dort bleiben, wo das Schicksal es entschieden hat.»

Wir liefen schnell ins Haus. Von drinnen beobachteten wir hinter den rotgefärbten Fensterscheiben im Schlafzimmer den Regen, der die Olivenbäume im Tal, die Quittenbäume, die Granatapfelbäume und den Weinberg unten in Richtung der ebenen Äcker des Inchiodato mit immer dichteren Wasserschwallen übergoß. Die ganze Hochebene war binnen kurzem mit einem schwarzen rauschenden Netz aus Regen bedeckt, das die fernen Berge von Caltagirone bereits verschleiert hatte. Auf unserem Dach und am Fenster gab es ein lautes Trommeln von Tropfen, schließlich übertönten es die pfeifenden Wassergüsse, die der Wind schräg vor sich hertrieb.

Da sie kleiner von Statur waren, standen unsere Schwestern vor uns an den Fensterscheiben, und wir sahen zu, wie die Feigenkakteen von Millionen wirbelnder Körperchen aus Wasser getroffen wurden.

«Was wird jetzt von den beiden Lerchen übrigbleiben?» fragte Mariuccia. «Was wird von ihnen bleiben?»

Keiner antwortete. Die kleine Ida sagte: «Wir werden sie später suchen gehen. Sie müssen zwischen den Stoppeln der Ackerbohnen auf der Ebene dort hinten begraben werden.»

Das Gewitter beruhigte sich gegen Abend. Unser Vater, Don Nanè, der bei uns war, überlegte: «Der Sommer stirbt, alles wird ausgewaschen werden, doch die Erde wird Nahrung aus diesem Gewitter ziehen.»

Als der Regen gleichmäßig fiel, ohne Turbulenzen – vor kurzem mußte die Sonne untergegangen sein, in der Richtung, wo das Haus von Gevatter Jano lag, sah man einen zitternden hellroten Lichtstreif –, war sein tropfender Widerhall auf den Steinen zu hören, von denen die Landschaft um Camuti aufgrund ihrer geologischen Gegebenheiten voll ist.

Am folgenden Tag – es war schon später Vormittag, und der Regen fiel als ein Netz feiner Silberfäden, die den Feldern eine glänzende, durchscheinende Farbe verliehen – rief die Signa Concetta unsere Mutter: «Donna Giuseppina», sagte sie, «der Regen wird bald aufhören, schon kann ich nicht einmal mehr seine Tropfen unterscheiden, so schwach ist er geworden. Gegen Abend können wir, wenn

Ihr wollt, Schnecken sammeln gehen. Das wird sicher eine gute Ausbeute werden.»

Kaum war der Tag verschwunden, wiewohl er noch leicht auf den Pfützen und den durchnäßten Schollen zitterte, gingen wir alle zusammen los. Don Nanè blieb daheim, um die Eingangstür mit Blechstreifen auszubessern, die ihre Risse verbergen sollten, und stellenweise bemalte er sie mit roter Farbe. Massaro Angelo mußte die beiden Esel mit frischer Saatluzerne füttern. Mit matten und traurigen Augen schauten die Tiere aus dem Stall auf die dunkler werdenden Felder.

Unsere Mutter setzte Vincenza, Maria und Ida blaue Mützchen auf, die in der Mitte einen Bommel hatten wie eine offene Blume. Und einen kleinen Schal mit Spitzen am Saum, damit sie vor der durchdringenden Kühle geschützt waren. Mir und Salvatore gab sie unsere Mützen und die Jacken, die unser Vater genäht hatte, vorne mit glatten Knöpfen aus falschem Perlmutt und einem schön gefertigten kleinen Gürtel auf der Höhe des Nabels.

Hintereinander gingen wir an dem rechteckigen, kaum einen Meter langen Beet vorbei, wo Pippuzzo (der mit seiner Großmutter und der Tante Pina bei uns war) Schwertlilien zog, sieben mal sieben in drei vertikal verlaufenden Reihen. Nach dem starken Regen neigten sie ihre Blütenkronen, eine auf die andere gestützt, beugten sie sich zur regendurchweichten Erde.

Bei ihrem Anblick riefen meine Schwestern aus: «Wie schön sie sind, Pippuzzo, oh, wie schön!»

Und Idolina, die Kleinste, tat sich mit einer schlagfertigen Bemerkung hervor: «Für mich sind sie wie kleine blaue Kinder, die zu Gott beten.»

Wir gingen im Gänsemarsch, vorweg Giuseppina, die Großmutter und Pina, die sich flache Schuhe, Kniestrümpfe und eine zart mit Kornähren bemalte Jacke angezogen hatte. Jeder von uns trug einen Korb, unsere waren klein; es gab andere aus geflochtenen Weidenzweigen oder Schilfrohr, die hatten einen festen glatten Griff, und auf dem Boden stand eine Öllampe, die bereits brannte.

Wir folgten dem Pfad, der als Grenze zwischen unseren Ländereien und denen von Manduca diente, dessen Pächter, wie wir wissen, Massaro Angelo war. So gingen wir auf den Piano delle Grotte zu, eine felsige Ebene, deren Grund durch Moosbewuchs weich war. In Wirklichkeit war dies ein alter Friedhof mit Höhlengräbern aus präsikulischer Zeit. Den Sonnenuntergang hinter den Bergen von Caltagirone hatte ein fahles, bleiches Gewölk verschluckt.

«Wie rasch es Abend wird», jammerte meine Schwester Mariuccia.

Keiner antwortete ihr.

Mein Bruder und ich trugen «polnische Schuhe»: An den Seiten waren sie gut geschützt durch ein hochstehendes Stück Oberleder, das mit einer Knopfreihe geschlossen wurde. Doch weil wir schon viel darin gelaufen waren, hatten sie klaffende Löcher an den Seiten, und die Schnürsenkel waren zerrissen.

«Kinder», sagte die Signa Concetta, «verliert euch nicht in der Betrachtung des sterbenden Himmels, sondern leuchtet mit der Lampe zwischen das Gras am Wegrand. Wenn ihr Schnecken seht, dann nehmt sie, tut sie in den Korb und bedeckt ihn sofort mit den Lumpen, die ich euch gegeben habe.»

Sie führte unsere Reihe jetzt an, das große Tuch, das ihren Kopf verbarg, machte sie für uns unsichtbar. In der Ferne hörten wir eine Zwergohreule, eine andere antwortete ihr aus westlicher Richtung, wo es langsam schwarz wurde.

«Da, da auf den nassen Steinen kriechen Schnecken. Halt, *ich* habe sie entdeckt, und *ich* werde sie einsammeln», rief meine Schwester Vincenzina aus.

Es waren etwa ein Dutzend, seltsamerweise alle hintereinander in einer Reihe, als folgten sie einem genau festgelegten Sträßchen. Wenn die Körbe bei der Bewegung unserer Hände schwankten, leuchteten ihre Gehäuse im Licht der Öllämpchen bunt auf. Dann sah man sogar den Schleim, den die Schnecken in kleinen schäumenden Blasen auf den Steinen hinterließen.

«Wie groß sie sind!» bemerkte Giuseppina. «Nimm sie, meine Tochter, sammle sie ein. Wenn man sie reinigt, werden sie mit Tomaten ein Leckerbissen sein.»

Ihre Fühler waren ausgestreckt, und bei jedem Aufleuchten der Lampen zitterten sie stärker. Wer weiß, ob sie sich mit dem Zittern dieser Auswüchse nicht untereinander verständigten.

Danach sahen wir noch viele, und jeder von uns – die Signa Concetta besaß besonders geschickte Hände – konnte eine Menge einsammeln.

Pippuzzo und mein Bruder stellten sich bei dieser nächtlichen Ernte ebenso geschickt an: Die Schnecken mit sehr zartem Gehäuse ließen sie liegen.

«Diese kleinen Schnecken sind wie Kinder», erklärte die Bäuerin. «Zerquetscht sie nicht, laßt sie hier, so werden wir sie beim nächsten Regen größer vorfinden, dann sind sie gut zum Essen.»

In den mit Lumpen bedeckten Körben versuchten die Tierchen nach oben zu kriechen, aber es genügte, daß wir den Körben einen leichten Stoß versetzten, um sie mit eingezogenen Fühlern wieder auf den Grund rollen zu lassen. Ein Hund bellte in der Ferne. Wir waren in der Nähe des Brunnens von Massaro Angelo.

Neben uns sahen wir den Nußbaum, der in dem Dunkel, das er selbst ausströmte, und dem, das er von der Nacht empfing, zu einer unförmigen schwarzen Masse geworden war. Man erkannte keinen einzigen Ast mehr, gerade noch die in Strängen sich windende Krone. Neben Pippuzzo, mir und meinem Bruder schwirrte und zirpte und flog ein Amselmännchen auf, mit einem heiseren Laut gefolgt vom Amselweibchen; eilig schossen beide durch die feuchte Luft.

Als wir den Brunnen hinter uns gelassen hatten, um den herum Massaro Angelo seine kleinen Weinstöcke zog, wurde die Vegetation dichter. Der Pfad verengte sich, darüber wuchsen Mandel- und Feigenbäume, und weiter unten zu unserer Rechten standen junge Apfel- und Kirschbäume, vom Mantel der Nacht umhüllt.

«Bald kommen wir zu der Zypresse», sagte Pippuzzo, «wo wir immer hinaufklettern, um zwischen den Ästen zu spielen und, wenn wir darin schaukeln, dort hinten Mineo auf dem Berg schwanken zu sehen.»

«Ja, das stimmt», antwortete mein Bruder, doch da die Pflanzen nun so dicht wuchsen, schien mir, als habe die Dunkelheit ihn verschluckt. Ich sah ihn nicht mehr.

«Oh», rief ich, «wo steckst du, Tutù? Von wo sprichst du?»

Ich hörte das schwache Geräusch seiner weit entfernten Stimme.

Wir gingen weiter. Wir sahen viele Schnecken auf dem jungen, kurzen Gras, auf Büscheln von tropfnassem Alant, auf den Steinen, auf den Stämmen der Feigenbäume. Die Lampen vermochten das Gewebe der Nacht aufzutrennen, die uns auf die konzentrisch gewundenen Schneckenhäuser gestickt zu sein schien.

«O Mutter», sagten Idolina und Mariuccia wie aus einem Mund, «hier wird alles schwarz. Wo bist du? Und wir, wo sind wir?»

Giuseppina gab keine Antwort, wer weiß, wo sie war, auch Pippuzzo und ich hatten Angst. Zwei Nattern kamen aus einem Gewirr umgeknickter Haferstengel hervor und ließen die Schatten des Lampenlichts erzittern, als sie sich blitzschnell zwischen unseren Beinen hindurchschlängelten.

«O Mutter! Mutter», rief auch ich, «hast du uns verlassen?»

Niemand hörte uns. In der Ferne erblickten wir an dem noch sichtbaren zerknitterten Streifen Horizont ein Wetterleuchten, das die Wolken, wenn es auf sie übersprang, einen Augenblick lang erglühen ließ. Für mich sah es aus, als ob auch der Himmel wegen dieser wogenden Blitze zitterte und in seiner Kuppel schwankte.

Der Ruf der Zwergohreule war seltener geworden – *kiu … kiu … kiukiu* –, doch vielleicht hörten wir ihn nur nicht gut, weil er durch die dichten Wolken und die vom Regen triefenden Bäume gedämpft wurde.

Wieder vernahmen wir die Stimmen von Signa Concetta und ihrer Tochter und von Giuseppina – aber wie weit weg sie waren! Mal klangen sie wie Amselglucken, mal kamen sie ganz verschattet bei uns an. Mein Bruder rief:

«O Pippuzzo, o Giuseppe, ich bin sehr weit weg von euch, hört ihr mich denn? Wohin gehen wir?»

Auch seine Stimme war durch das Gewirr von Mandeln, Oliven, Eichen und den seltenen, dichtbelaubten Silberpappeln, von Thymian, Sandthymian und Oregano dunkel verschattet.

Es war eine Ablenkung für uns, daß man auf einigen ebenen Flächen, die eigentlich nur kleine freie Stellen ohne Vegetation waren, eine Unzahl von Schnecken ohne Gehäuse sah: Sie verknäulten sich ineinander und vereinigten sich, indem sie sich in schlängelnden Umkreisungen aneinanderhefteten. Ihre nächtlichen Liebesakte hinterließen dichte fädenziehende Schleimspuren, die einen warmen Geruch nach inneren Ausscheidungen verströmten.

«Kinder, sammelt sie nicht ein», rief Pina, die Tochter von Signa Concetta, uns zu. «Sie sind unrein!»

Tatsächlich spürte ich, da ich ein paar in die Hand genommen hatte, daß sie schleimig waren, und wenn ich eine von der anderen löste – sie waren sehr fest miteinander verbunden –, näßten sie mir mit weißlichem Schaum die Hand.

«Wirf sie weg, wirf sie sofort weg», sagte Pippuzzo. «Du wirst sehen, in den nächsten Tagen werden sie Tausende von Eiern legen, die an der wilden Gerste kleben und an den Wurzeln, die aus den niedrigen Baumstämmen herauskommen.»

Da es überall welche gab, auf den Stämmen der Kirschbäume, der Mispeln, des Erdbeerbaums und zwischen den Steinen des Pfades, der jetzt so schmal wurde, daß wir gezwungen waren, im Gänsemarsch hintereinander zu gehen, fielen die Schneckenpaare, untrennbar verbunden, rings um uns zu Boden. Mein Bruder Tutù und meine Schwester

Mariuccina sagten mit so dünner Stimme, daß es schien, als sprächen ihre Schatten: «Wir spüren Schnecken, die uns am Knie hochkriechen. Sie sind kalt, sie lecken an uns, oh, laßt uns von hier verschwinden.»

Und Mariuccia, die kleine Mariuccin, klagte: «Bei mir sind ein paar Schnecken bis zu den Armen gekommen. O Mutter, wo bist du? Hast du uns verlassen?»

Von den Bäumen fielen manchmal dicke Tropfen auf uns herunter, *plitsch-platsch,* auf die Nase, auf die Haare, auf den Nacken. Wir gingen gerade unter zwei knorrigen Zürgelbäumen vorbei, die wir *millicucchi,* Tausendeier, nannten wegen ihrer kleinen schmackhaften bläulichen Oktoberfrüchte, die man sich zu Dutzenden in den Mund stecken kann. Viele hundert Nacktschnecken krochen, fest zu Paaren verbunden, an den Bäumen empor. Aus der Erde stieg starke Feuchtigkeit auf.

Wir hörten Pina (zwanzig Jahre war sie alt, ihre Stimme vibrierte), die sagte: «O Kinder, bald werden wir auf dem Piano Vattàno herauskommen, vor dem Friedhof.»

In Wirklichkeit waren es Grabstätten aus präsikulischer Zeit in Form von kleinen Höhlen, die in die weite, felsige Lichtung gehauen worden waren. Auf den Höckern der Ebene schwankten unsere Öllampen nun als kleine Lichtzungen hin und her, unsicher zwar, doch wie das Geflimmer von Irrlichtern. Deutlich sah man jetzt das entfernte Wetterleuchten am weiten Rund des Horizonts. Es war nicht zu erkennen, ob die Blitze am Himmel entstanden oder aus den Schluchten und Felsen kamen, um dann über das niedrige Gras der Vattàno-Ebene zu streifen, das sich wie Seide anfühlte, wenn man es berührte. Aus den kleinen Grotten im Tuffstein drang das Sausen eines flach über den Boden kriechenden Windes. Früher waren in diesen Grotten Oberarmknochen, Wadenbeine, Schädel, Schulterblätter und trockene Knochenbruchstücke zum Vorschein gekommen, durch die Jahrhunderte vergilbt.

«Hallo, wohin geht ihr?» hörten wir jemanden rufen.

«Wer spricht da?» fragte Pippuzzo. «Ist das die dunkle, dunkle Stimme der Toten?»

Die von feinem Regenstaub erfüllte Luft, der Widerhall von den Steinen und das leise Rauschen der Tropfen zwischen den Pflanzen konnten irreführende akustische Effekte hervorrufen.

Vincenzina und Idolina schrien: «Mutter, o Mutter, wo steckst du? Hast du dich verlaufen?»

Überall irrten jetzt langgezogene Leuchtspuren umher, welche die Augen von Pina, Vincenzuccia und Idolina aufglimmen ließen, während sich die Ebene mit Nebel füllte, in dem wir, nur mehr als graue zerfranste Schemen, Totò und Mariuccin erblickten.

«Sind sie es wirklich?» fragte ich Pippuzzo.

Um sich zu vergewissern, spähte er angestrengt mit geschärften Augen in das Meer aus niedrigen Wolken und Nebel, von dem alle Dinge bedeckt wurden und sich veränderten.

Zweiter Teil

I.

Im Oktober waren wir schon wieder zurück in Mineo. Wir wohnten im Vicolo Baudanza, in den man gelangt, wenn man auf der Hälfte der Steigung der Strada-lunga nach rechts geht. Nach etwa dreißig Schritten beschrieb die Gasse einen rechten Winkel, um sich dann zu verengen und vor dem Haus des alten Incatasciato auf einem mit verschiedenfarbigen Steinen befestigten Stück Erde zu enden. Aus den Mauerrissen wuchs das Glaskraut in einsamen Büscheln.

Damals lebten in der Gasse neun Familien. Im ersten Haus auf der rechten Seite, in zwei Zimmern, eines im Erdgeschoß und das andere darüber, wohnte Donna Letterina, eine schon recht bejahrte Frau. Sie war mager, hatte ein schmales Gesicht, eine gerade Nase und trug oft ein großes schwarzes Tuch um den Kopf, dazu zwei Ohrringe, die in Holzkügelchen endeten und deren Schwingen ihre Gedanken ausdrückte; die kragenlose Jacke war vorn geschlossen; lang war der Rock, der ihre Knie und Beine bedeckte.

Sie ging zwei Arbeiten nach: Zum einen reparierte sie mit einem kleinen zweispitzigen Bohrer, mit gut eingewachsten Fäden und kräftigem Klebstoff zerbrochene Teller oder Töpfe oder Tiegel oder Becher aus Ton. Sie bewahrte die Teile in einem Weidenkorb auf, den sie außen mit Lappen aus Segeltuch verstärkt hatte. Ihre andere Tätigkeit bestand darin, daß sie am Webstuhl arbeitete. Dabei saß sie meist auf dem kleinen Treppenabsatz an der Außentreppe, den keine Brüstung schützte und auf den sie einen Stuhl mit einer seitlich geteerten Sitzfläche aus Stroh stellte. Wir Kinder hörten das Geknarre der Maschine, ihr Zittern, wenn sie zwischen Schnürchen und Stäben und Litzen hin und her tanzte. Manchmal wurden Wollfäden oder winzige Hanffasern, die sie schon geschnitten und ausgesondert hatte, vom ersten Oktoberwind fortgeweht; dabei schien der Nachmittag über dem Kopf von Donna Letterina zu dampfen oder sich weißrosa über dem Spinnrocken zu verdichten, den die alte Weberin bisweilen in einer Hand hielt, um ihn in eine mal schwindelerregend schnelle, mal ganz langsame Bewegung zu versetzen. Ihr Blick war, einer natürlichen Veranlagung gemäß, aufmerksam und nachdenklich, ihre knotigen Hände sehr geschickt, auch wenn sie mit verärgertem Gebaren die Schatten des Abends von sich fortscheuchte.

«Oh, Donna Letterina», sagte ich, manchmal auch Santo Cunsolo, der ebenfalls in unserer Gasse wohnte, «wird es Euch nicht lästig, immer mit der Sonne im Rücken zu weben?»

Sie wandte sich auf dem Treppenabsatz zu uns um und antwortete: «Wie würdet ihr euch kleiden können, wenn diese Hände nicht fortwährend arbeiteten? Wie könntet ihr von Tellern essen, wenn ich nicht all jene kitten würde, die zerbrechen?»

Ihre scharfe Stimme, in der traurige Töne mitschwangen, klang jung, weil die mit dem weichen Akzent von Mineo durchmischten Worte ihr flüssig über die Lippen gingen.

Santo, mein Kamerad, klein von Statur und ein wenig untersetzt, antwortete: «Manche sagen, daß Ihr sogar unsere Kinderseelen verspinnen würdet, um sie, in Euren Faden verwoben, an die Händler zu verkaufen, die aus weit entfernten Ländern kommen.»

Die Alte lachte, wir aber betrachteten derweil von unten ihre langen Unterhosen aus reinlichem steifen Hanfleinen.

Ich faßte Santo am Arm und sagte leise: «Glaubst du, die stinkt zwischen den Schenkeln?»

Und Santo sofort: «Stimmt es, Donna Letterina, daß das Fleisch alter Frauen stinkt?»

Sie erwiderte brüsk: «Eure Mütter wischen euch wohl noch die Kacke vom Hintern, was!?»

Nicht immer saß sie auf diesem ausgebleichten, aus rohen Steinen gemauerten Treppenabsatz: Oft blieb sie auch im Zimmer, um mit flinkem Fuß am Webstuhl zu arbeiten, und man hörte sein fortwährendes scharfes Surren, *zzsszzsszss*. An einer Zimmerwand sah man die Schattenbilder des Webstuhls unaufhörlich tanzen. Die ganze Gasse hallte von ihm wider. Zu seinem Lärm brüteten die Hühner, und die letzten späten Ameisen hielten zwischen dem Glaskraut inne, das mit einer grünschimmernden Bewegung seiner Blätter unter dem Geräusch zu erzittern schien.

Öfter stellte Donna Letterina die zerbrochenen Teller, die meist aus gebranntem, mit abgetönten Farben bemaltem Ton waren, hübsch ordentlich auf dem Treppenabsatz neben der alten Eingangstür in einer Reihe auf. Wenn sie drinnen war, um Segeltuch zu wirken, stiegen wir Kinder, zum Beispiel Agrippino Lauria (der Pino genannt wurde wie die meisten Agrippinos in Mineo) oder Turi Simili oder Santo Cunsolo, die kleine Treppe außen am Haus hinauf und stahlen ein paar schöne bunte Scherben. Dann zerschlugen wir sie in viele kleine Stücke, die wir, wenn sie leuchtend bunt waren, *petrelle* nannten. Mit diesen Steinchen spielten wir und waren um so glücklicher, je mehr wir davon in der Tasche hatten.

II.

Wenige Schritte hinter Donna Letterinas Haus, dort, wo die Gasse einen Knick macht, wohnte auf kleinstem Raum die Familie der Capitanella (es waren meist Spitznamen, durch welche die Menschen sich unterschieden). Ihr Mann war bei der Feldarbeit gestorben – ein Schlaganfall hatte ihn umgebracht. Sie hatte vier Kinder, zwei Jungen und zwei Mädchen. Die Familie besaß nur ein Zimmer, in das man über drei Stufen gelangte. Oft saß auf diesem Treppchen die Tochter Caterina und bestickte Tücher aus Tüll oder Baumwolle, deren Lichtreflexe ihr Gesicht, das von schwarzen, in der Mitte gescheitelten Haaren umrahmt wurde, noch blasser machten. Sie hatte sanfte, anmutige Züge, doch in ihren Augen lag leise Traurigkeit.

Das Zimmer öffnete sich hinten zu einer kleinen Küche, wo, an Haken in der Hauswand und der Stützwand hängend, Töpfe, eine Pfanne, ein Nudelsieb, ein paar kleine goldfarbene Töpfe, Kasserollen, Schöpfkellen, ein Trichter und mehrere Topfdeckel glänzten. Auf dem mit einem peinlich sauberen Wachstuch bedeckten Tisch sah man Becher aus Ton, mehrere Blechgabeln und Löffel und oft Früchte der jeweiligen Jahreszeit in schöner Anordnung.

Ein Lichtschein kam von einem Balkon, so winzig, daß nur jeweils eine Person auf ihn hinaustreten konnte: Darunter lag ein krummes Sträßchen, das noch tiefer als unsere Gasse verlief, die auch der «Hof» genannt wurde. Dieser Durchlaß, das Sträßchen, wurde von einer felsigen Wand begrenzt, die über einem Abgrund aufragte und an der sich in quer verlaufenden weißlichen Äderungen der Staub ablagerte, den der Wind aus dem großen Tal der Fadda brachte (was «Lücke» oder «großer Riß» bedeutet). Das Sträßchen verlief zwischen Höckern oder Buckeln aus aufgehäuften Kieselsteinen, versickernden Rinnsalen aus Regenwasser, zwischen Strohhaufen und Strohhalmen und endete vor dem Städtchen, an den *mura,* den Stadtmauern.

Tano, der ältere der beiden Capitanella-Söhne, war ein sehr schweigsamer Junge, Bauer wie sein Vater. Die ständigen Arbeiten zu jeder Jahreszeit nahmen ihn so in Anspruch, daß man ihn selten sah. Wie übrigens auch die andere Schwester, Marannuzza, die von schmächtigem Körperbau war und deren Haare tiefschwarz glänzten. Sie hielt sich oft in der Küche auf, um Marmeladen aus gekochtem Wein oder Kaktusfeigen oder duftenden Quitten für Leute zuzubereiten, die sie bei ihr bestellt hatten. Wenn sie fröhlich war, sang sie, und ihre Worte mit einem mal kindlichen, mal betrübten, manchmal auch luftig zarten Klang erfüllten unseren Hof oder wurden bis nach Soprarocca getragen, wo kleine Falken nisteten. Diese verlangsamten bei dem Gesang ihren Flug, und es gelang ihnen sogar, einige Augenblicke lang reglos in der Luft zu stehen.

Der andere Sohn, Tommaso, ein sehr kleiner, zierlicher Junge – er war nicht größer als einen Meter fünfzig –, hatte es geschafft, in das Seminar von Caltagirone aufgenommen zu werden, da er Priester werden wollte. Darum nannten wir ihn auch *il parrinello,* das Priesterlein.

Zu Beginn jenes Oktobers war er noch in Mineo. Er trug das Gewand des Priesterseminars, bestehend aus einer langen Kutte von der Farbe des Johannisbrots und einem Gürtel um den Bauch, dazu eine helle Schleife, auf der man ein verblichenes, verwaschenes Jesusbild erkennen konnte. Er hatte einen Hut mit einer rundum laufenden, schmalen Krempe, unter der sein Gesicht noch kleiner erschien. Es war von einer grünlichen Blässe überzogen, die es mit Traurigkeit verdüsterte. Wir unterhielten uns mit ihm, wenn wir ihn auf seinem Heimweg entdecken konnten, wobei er, von Natur aus scheu und voller Komplexe wegen seiner Kleinwüchsigkeit, heimlich dicht an der Mauer entlangschlich, damit wir ihn nicht bemerkten.

Pino Lauria, der in derselben Gasse wohnte, oder Turi Simili, dessen Haus in der nahen Capra-Gasse lag, hielt Tommaso an der Mauer fest, an der er sich gerade entlangdrückte, und fragte ihn:

«Parrinello, Parrinello, stimmt es, daß du nachts, wenn die Glocke von Santa Maria zwei Uhr läutet, *klingklang, klingklang*, mit Gott sprichst?»

Er wich uns aus, indem er sich duckte – dabei sah er aus wie ein Zwerg –, machte eine vage Geste mit der Hand und sagte: «Oh, Turi, oh, Pino, laßt mich vorbei, ich muß viele Seiten lernen, die niemals enden, wie Gott!»

Ernst geworden, fragte Pino darauf: «Stimmt es denn, Parrinello, daß Gott niemals endet? Wenn er so ist wie wir oder einem Baum ähnelt oder einem Vogel, dann müßte er ein Ende haben. Hast du jemals einen Vogel gesehen, der Himmel und Erde erfüllt, und man weiß nicht, wo er endet?»

«Gott», fuhr der Seminarist mit leiser Stimme fort, die zitterte, weil seine Schüchternheit die Oberhand gewann, «ist wie eine unendliche Treppe. Du steigst weiter und weiter hinauf, aber du kommst nie oben an.»

Turi Simili – von kleiner Statur, mit blondem Haar, das ins Braun überging, und ein sehr aufgeweckter Junge – versperrte ihm den Weg. Da er häufig mit seinem Vater auf dem Lande arbeitete, war sein Denken erfüllt von der Farbe des Klatschmohns, von grenzenlosen unbeackerten Feldern, wo gelbe Margeriten wuchsen, von glitzernden Olivenbaumkronen oder von Äckern, die mit gelbem Seifenkraut und wilden blauen Gladiolen durchsetzt waren.

«He, Parrinello», fragte er ihn mit etwas spöttischer Miene, «welche Farbe hat Gott?»

Tommaso lächelte. Er wußte nicht, was er sagen sollte, und er hatte sich aus Scham so zusammengekrümmt, daß sich sein Schatten zwischen die hervorspringenden Steine des Hauses von Donna Letterina zwängte.

«Oh, laßt mich, laßt mich gehen», sagte er, «Seiten um Seiten erwarten mich, dort in dem offenen Buch auf dem Küchentisch.»

Während er durch die kleine Haustür schlüpfte, riefen wir, aus purer Lust, ihm Fragen hinterher, ohne eine Antwort zu erwarten.

Santo Cunsolo: «Ich stelle mir Gott rot vor, feuerrot, wie der Klatschmohn.»

Pino Lauria: «Für mich ist er lilienweiß, schneelilienweiß, sehr lang und weiß wie die Milch, die unsere Ziege gibt.»

Ich: «Priesterlein, Priesterlein, ist Gott nicht vielleicht schön wie ein Bächlein?»

Seine beiden Schwestern, Caterina (oder Caterina-Caterinella, wie wir sie scherzhaft nannten) und Marannuzza mit ihrem Haarknoten im Nacken, sangen:

Spitze Nadel glänzend und fein
dringe sanft ins Leinen ein,
bring die Farbe Gottes hinein,
die hat in der Wiege das Kindelein.

Um diese Stunde schlug der Wind, der von der Stradalunga kam, gegen die Dachfenster, die mehrere Häuser hier besaßen. Es waren schwache Böen, ganz vorsichtig drangen sie in die Gasse. Caterina beschäftigte sich weiter mit ihrer Stickarbeit und sang vor sich hin: «Oh, Kinderwind, kommst du, mir zwischen die Beine zu springen? Auf die Knie? Auf meinen Bauch? Auf die Spitzen am Brautkleid?»

Dies war die Zeit, in der aus den Mauerrissen, aus kleinen Rinnen im Hof, aus Haufen von Tuffsteinen, welche unter dem Wechsel der Jahreszeiten zerbröckelten, die Tausendfüßler hervorkamen.

Turi Simili, der mit seinen elf Jahren schon lange Wollhosen trug, Pino Lauria, mein Bruder und ich beobachteten das Erscheinen dieser Myriapoden. Mit schlängelnden Bewegungen seines kleinen Körpers, den Kopf, der nicht größer war als ein Getreidekorn, hoch erhoben, blickte der erste sich um – vielleicht beschnupperte er die Luft. Dann begann er, sich einen Weg zwischen den Erdkrumen und dem überall herumliegenden vergilbten Stroh zu bahnen. Er spielte den Anführer, gefolgt von weiteren glänzenden Tausendfüßlern. Diese bildeten nun, indem sie einzelne Abschnitte ihres Körpers mal streckten, mal zusammenzogen, einer hinter dem anderen kriechend, eine lange Schlange. Manchmal blickte Caterina-Caterinella den Myriapoden nach, von denen, sobald sie den letzten Strahl der untergehenden Sonne erreicht hatten, winzige Funken ausgingen, die sich ihr zwischen die Nase und die Lippen setzten. Sie merkte es nicht einmal, denn sie hatte wieder begonnen, eifrig zu arbeiten.

Ich fragte: «Woran arbeitest du, Caterina-Caterinella?»

Sie antwortete nicht.

In der Hand hielt sie ein großes Tuch aus Baumwolle, auf dem man seltsame Blumen sah, ohne Licht in den Blütenkronen und ineinander verdreht, fast hätte ich gesagt, Blumen mit einem Buckel. Alle bestürmten wir sie, um zu erfahren, woran sie arbeitete. Sie erklärte uns, daß sie diese Blumen im Kettenstich machte, drum herum im Plattstich das Erdreich in Form von Rauten und im Festonstich hohe Bäume, deren opakes Grün wir in eine tiefe Stille getaucht sahen.

«Nein», fuhr ich fort, «täusche uns nicht mit deinem Gerede von Stichen und Gegenstichen. Wozu dient denn nun dieses Tuch?»

Sie blickte sich um und flüsterte uns zu: «Kommt näher und sagt es niemandem weiter. Ich helfe Donna Letterina manchmal, diese Laken zu machen, von denen die Alte bei Bedarf immer welche bereitliegen hat.»

Turi Simili und Santo fragten beide: «Aber wozu sind sie? Wir sehen darauf traurige Blümchen, von dir gestickt. Warum neigen sie den Kopf? Und spitze Bäume, die uns Zypressen zu sein scheinen. Und das Gesicht eines Jesus, der vielleicht schläft.»

«Nein, er schläft nicht, er betet», antwortete das Mädchen mit verschleierter Stimme. «Dies ist ein Leichentuch.»

Wir verstummten. Pino Lauria sagte: «*Schsch*, kommt, wir gehen. Laßt uns das Kreuzzeichen machen.»

O Caterina-Caterinella, o Pino, wenn ihr gewußt hättet,

für wen dieses Grabtuch wenige Wochen später gebraucht würde!

Wir näherten uns wieder den Tausendfüßlern, über deren glänzende schwarze Panzer die Windstöße in kleinen unregelmäßigen Sprüngen zuckten.

«Oh, wie viele es sind! Wie viele es sind!» sagte Pino Lauria.

Und Santo Cunsolo: «Warum zerquetschen wir sie nicht mit Steinen? Das wäre eine feine Bumbbumdiade!»

«Nein, nein», sagte Pino, der ein frommes Naturell hatte. «Wißt ihr denn nicht, daß auch wir Würmer sind? Und daß wir nicht so schön sind wie Tausendfüßler?»

Mich ekelten diese kleinen Viecher an. Wenn sie sich umdrehten, sah man Hunderte wimmelnder Beinchen, die sich zu Gruppen verbanden, von unablässigem Gewürme bewegt. Also nahm ich einen Stein und schickte mich an, sie zu zerquetschen.

Mit seiner Stimme, die dem Rauschen der Mandelbaumblätter glich – vor Aufregung blieben viele Wörter unvollständig –, griff Pino rasch ein.

«Halt, halt, Pippino, auch die Tausendfüßler haben ihren Gott!»

«Einen Gott?» wandte Turi Simili ein, der mit gespreizten Beinen dastand, damit sie unter ihm hindurchkriechen konnten. «Kann das sein? Welche Farbe mag dieser Gott wohl haben?»

Pino antwortete: «Wenn sie einen langen, beweglichen und schwarzen Körper haben, dann wird es sich, glaube ich, um einen Gott voller Schwärze handeln, der vielleicht hier in unserem Hof lebt.»

«Hast du ihn jemals gesehen?» fragte ich.

Pino erklärte: «Wie soll das gehen, wenn er so schwarz ist wie der Rauch aus den Kochtöpfen, wenn er keine Flügel hat und tagsüber versteckt hier im Untergrund des Hofes Baudanza lebt?»

«Hi, hihi», lachte Santo Cunsolo und mit ihm die beiden Brüder Mastandrea, Niccolò und Leopoldo, die in diesem Moment herbeikamen, der erste mit einem Haarbüschel, das ihm die Stirn beschattete, und Leopoldo mit einer dunkelgrünen kreisrunden Mütze, die keinen Schatten bot.

Die zeitweiligen Zweifel unseres kleinen tiefen Verstandes räumten uns Don Carmine, Don Licino und der Denker Gian Filippo aus, und, wenn es uns gelang, den entlegenen Wald zwischen tiefen Tälern und Abhängen und zerklüfteten Bergkämmen zu finden, in dem ein paar Paradiesvögel lebten, auch der Einzelgänger Ferruccio.

An diesem Tag war jedenfalls auch der älteste der Brüder Mastandrea mitgekommen, Gianluigi, etwa dreizehn Jahre alt, ziemlich groß, mit dichtem schwarzen Haar und dem ersten Flaum auf der Oberlippe. In seinen Augen lag eine melancholische Zärtlichkeit; er hatte die Wortkargheit des Jungen aus dem Süden und etwas Heiseres in der Sprechweise, das zeigte, daß er in das Jugendalter eingetreten war.

In unserer Gruppe fühlte er sich noch ein wenig unwohl, doch er war bereits mit unseren Spielen einverstanden und nahm zurückhaltend an ihnen teil, obwohl er spürte, daß sie für seine biologisch vorzeitige Reife nicht ganz angemessen waren. Sein Vater, Michele, ein begabter Spieler von Baßtuba und Bombardon mit den mal dunklen, mal schrillen Tönen, war in die Blaskapelle aufgenommen worden, die sich gerade in Mineo bildete. Darum hatte er seinen Geburtsort, Grassano in Lukanien, verlassen.

Etwa zur gleichen Zeit traten meine Schwestern aus dem Haus, und aus den nahen Seitenstraßen kamen andere Mädchen, zum Beispiel die Schwestern Nina und Lola Privitera oder Righetta, für die mein Bruder eine besondere Vorliebe hegte.

Wenn dieses Mädchen, das etwa neun Jahre alt war, lachte, entblößte sie das ganze weiße Rund ihrer Zähne, um ihre Augen entstand, wenn auch nur schwach, ein Licht, und wenn sie plötzlich den Kopf bewegte, flatterten ihre schwarzen Haare wie die Flügel einer Amsel. Ich bemerkte, daß irgend etwas an diesem Aussehen meinen Bruder neugierig machte und anzuziehen schien.

«Oh, spielt ihr gerade?» fragten die Mädchen, kaum daß sie uns erreicht hatten. Wie immer umringten sie uns, und aus der ganzen Schar hörte man das silberhelle unbefangene, ab- und anschwellende Lachen unserer Schwester Maria heraus.

«Oho», sagte Niccolò zu ihr, «wenn du lachst, fallen dir viele kleine Perlen aus dem Mund!»

Er lief ihr nach, um ihr Gesicht anzufassen, das recht pausbäckig war, aber von einer feinen Blässe. Pino Lauria sagte: «Wollt ihr sehen, wie wir spielen? Spürt ihr dieses Windchen, das euch ins Genick springt? Versteht ihr seine seltsamen Worte?»

«Hihihi», lachten Lola und ihre Schwester Nina, die mir wegen der Anmut ihres elfjährigen Körpers, dem braunen Dunkel der Haare und der durchsichtigen Schönheit des Gesichts sehr gefiel.

«Schaut her», sagte Turi Simili, «seht ihr diese Säcke aus Segeltuch? Und diesen Quersack, den Pino trägt? Mit ihnen sammeln wir den Wind ein.»

Die Mädchen riefen im Chor: «Ohohoho, hihihi, was redet ihr denn da?»

Turi Simili hatte Gianluigi aufgefordert, einen Sack aus Segeltuch zu nehmen, der am Boden mit einem Lappen verstärkt war, und ihm erklärt: «Wenn du ihn oben weit geöffnet gut festhältst, werden die Windstöße hineingehen, die du dann unbedingt sofort fangen mußt, indem du den Sack zuschnürst.»

Der Junge, unser neuer Freund, lachte mit einem Ausdruck, der die olivfarbenen Töne seines Gesichts aufleuchten ließ, und ergriff den Sack, der nun ein wenig gelblich wurde, weil die Abenddämmerung sich im Hof ausbreitete.

Pino Lauria und mein Bruder nahmen jeder einen mandelfarbenen Quersack. Wir lachten. Auch Righetta, Nina, Lola und ihr Bruder Lucio (die Kinder von Don Privitera, der für die Wartung des elektrischen Lichtes im Ort zuständig war) lachten, sogar Donna Letterina, die uns belustigt beobachtete, lachte, und ihre Nase erschien länger und wie nach unten hängend.

«Wartet, wir helfen euch», sagten die dunkelhaarige Nina und Righetta im Chor. «Man muß die Öffnung des Sacks in die richtige Richtung halten. Ihr Jungen habt kein Gefühl für das rechte Maß.»

Der Wind wehte stetig, es waren kleine Strähnen aus Luft, ohne Pause, mal zwei, mal fünf, mal sieben in einer Reihe. Sie verbanden sich miteinander, indem sie eine über die andere sprangen, und bildeten Wirbel um uns herum, wobei sie sich mit den Blättern der welken Rosen anfüllten, welche die beiden jungen Schwestern Baccanelli, die gleich hinter der Capitanella wohnten, absichtlich von ihrem Balkon fallen ließen.

Ich muß hinzufügen, daß Gianluigi ein gutgewachsener junger Mann war. Die Mädchen betrachteten ihn verstohlen, wobei ihre Wimpern aufleuchteten. Da er auf den Feldern gewesen war, um mit seiner Mutter bestimmte eßbare Kräuter zu sammeln, wie den Ackersenf oder die kleine, eben aus der Erde sprießende Wegwarte, roch er nach Kräutern. Den gleichen Geruch, nur stärker, trugen jene Luftströmungen herbei, die sacht und mild aus dem nahegelegenen Tal aufstiegen. Ja, manchmal konnten die niedrigen Windböen, wenn sie die Gasse streiften und über die nackte Erde rollten, sogar die Vögel täuschen, die über den äußeren Vierteln von Mineo kreisten – über dem Viertel Mura bei den Stadtmauern zum Beispiel, ganz in unserer Nähe, um genau zu sein, direkt hinter den Dächern des Hofes Baudanza.

Und so folgten Buchfinken oder Sperlinge und sogar Stieglitze oder die seltenen Erlenzeisige der duftenden Spur des Windes und kamen bis in unsere Gasse.

Unterstützt von dem noch unbeholfenen Gianluigi, schickten mein Bruder und Pino Lauria sich an, jenen kindlichen Wind in die Säcke zu lenken. Doch er entwich ihnen nach links und rechts, so daß unsere beiden Freunde und mein Bruder in ihrer Sackgasse statt dessen den einen oder anderen irregeleiteten Stieglitz oder Sperling einfingen. Dann drückten Righetta und Lola mit ihrer wasserhellen Haut oder meine Schwester Vincenzina mit ihrer schmächtigen, im frühen Abendlicht durchscheinenden Gestalt flink die Öffnung der Säcke zusammen und schnürten sie eilig zu.

Neugierig, sehr neugierig, standen wir um den Quersack herum und hörten das gefangene Vögelchen darin piepsen, fast weinen.

«Oh», sagte mein Bruder, «der Sperling zwitschert kläglich, dazu seufzt der Wind und dreht sich um sich selbst.»

Der Rest des Schwarms, darunter winzig kleine Vögel mit grünen Federn, flog auf das Haus von Massaro Agrippino Incatasciato zu, und weil sie dort, wo die Gasse endete, keinen Ausweg fanden, kehrten sie um. Sie streiften an den Mauern entlang, die gewöhnlich aus Bruchstein, Kies und kleinen vorspringenden Kieseln erbaut und mit Kalkmörtel verbunden waren, und befreiten sich schließlich, einige tief, andere höher fliegend, aus der Stradalunga.

Um den gefangenen Vogel entspann sich eine hitzige Diskussion zwischen uns: Die einen wollten ihn in einen Käfig sperren, andere wollten ihm die Flügel stutzen und ihn mit einem Faden am Bein irgendwo anbinden. Santo Cunsolo schlug, einer angeborenen Aggressivität folgend, vor, ihn mit Stockschlägen auf den Sack zu töten.

Doch die Mädchen – darunter die dreijährige Maria Raffaela, die Schwester der Brüder Mastandrea, mit rundem Näschen, die Haare blond wie Korn und mit einem nachdenklichen, schlauen Gesichtchen – sagten *nein, nein, nein, nein,* so daß wir den Sack schließlich ganz langsam öffneten. Der Spatz steckte das Köpfchen heraus, blickte mehrmals um sich und flog mit einem Schwirren auf, gefolgt von den Windböen, die aus dem Behältnis entwichen.

Es war bereits Abend. Plötzlich entzündete sich die Tellerlampe in der Gasse, und ein anderes Licht beleuchtete uns nun, mal zitternd, mal fast verlöschend.

Wir beschlossen, uns auf das Treppchen der Schwestern Baccanelli zu setzen, um der Glocke von Santa Maria zuzuhören, die zum Ave-Maria läutete. Sie kam und ging, diese

Glocke, immer gleich, unbeirrbar, und sie stimmte uns traurig.

«Was für ein alter Küster mag sie wohl läuten?» mußte ich unwillkürlich sagen.

In meiner Nähe – zwei Stufen über mir – saß Nina, die kurz darauf, als sie sah, daß ich sie beobachtete, die Beine spreizte.

Alle waren damit beschäftigt, den langen Echos der Glockenschläge zu lauschen. Ich schaute zwischen Ninas Beine und sah ihre spitzenbesetzten Unterhosen, und als ich die Augen weiter nach oben wandern ließ, entdeckte ich den Spalt aus zartem weißem Fleisch, auf dem das *Dingdong* der Glocke vibrierte. Da bildete ich mir ein, Rüdiger vom Weißen Adler zu sein, der mit einem goldenen Schwert in der Hand auf diese Öffnung zuschritt.

III.

Hinter dem Haus der Capitanella, gleich dort, wo die mit Kalkmörtel ausgefugte Steinmauer gerade verlief, wohnte die Familie Baccanelli. Sie waren seit mehreren Generationen Ziegenhirten. Nach dem Tod der Eltern waren sieben Kinder geblieben, fünf Jungen und zwei Schwestern. Die beiden Mädchen hießen Dardania und Alidora (äußerst seltene Namen in Mineo) und liebten es, in einer Pause zwischen zwei Arbeiten ihre Balkonblumen in Tontöpfen zu pflegen: Sträucher mit Mauerpfefferrosen oder Rosen aus Rhodos oder die gut verkapselte Jerichorose, die in unserer Gegend inzwischen fast verschwunden ist, oder auch, in winzigen Gefäßen, die duftende blaue Traubenhyazinthe und sogar Wein mit langen Reblingen, die im Sommer eine kleine Pergola bildeten. Im Frühling umflogen diesen Balkon, der nicht breiter als sechs Fuß war, Hunderte von Bienen unter fortwährendem ohrenbetäubendem Summen.

In ihr Haus gelangte man über eine Innentreppe, die sich wie ein Schneckenhaus um sich selbst wand. Die Räume zu ebener Erde gleich hinter dem Eingang dienten als Stall für die Ziegen – Schafhirten gab es in Mineo nur wenige. Doch da die Brüder häufig draußen waren, um ihre Herden zu hüten, blieben die beiden jungen Frauen meistens allein. Wenn es regnete und der Regen, der das Städtchen und die umliegenden Hügel verdunkelte, tagelang andauerte, erlaubten sie uns, in dem Stall zusammenzukommen, wo wir uns Märchen oder uralte Räubergeschichten erzählten. Man muß dazu erklären, daß der Geruch dieser ebenerdigen Räume, über welche die Häuser aller Familien verfügten, aus einer unvergeßlichen, ganz eigenen Mischung bestand.

Der Duft, welcher überwog, war der von Kräutern aller nur erdenklichen Arten oder der des Strohs, vom dem in einer Ecke, der *pagliarola* (Strohkammer), Vorräte für die Lasttiere angelegt wurden. Man roch hier auch den Geruch der Kiesel, mit denen der Boden für gewöhnlich gepflastert war. Über diese Steine klapperten Esel und Maultiere mit ihren Hufen, die getränkt waren von den grünen Säften des Klees oder Hafers oder der Quecke. Den Mittelpunkt, von dem aus sich all diese Düfte verbreiteten, bildete die Futterkrippe, meist links vom Eingang an eine Mauer gebaut. Sie wölbte sich aus der mit Gips verputzten Wand hervor, und über ihr staken Eisenringe in der Wand, an denen man die Tiere festband.

Da wir von frühester Kindheit an mit solchen Räumen vertraut waren, nahmen wir sogar die leichten Hauche wahr, die in die Luft aufstiegen und verdampften: die angenehme Frische aus den unterirdischen Stollen oder den scharfen Geruch der schimmelbedeckten Wände, wo Spinnen in vielen irisierenden Netzen schaukelten, außerdem die frischen Brisen aus den Zisternen, von denen fast jede Familie eine besaß.

Manchmal aber gewannen die Dämpfe aus der Streu die Oberhand, die sich mit dem Mist der Tiere vermischten und kräftiger wurden, so daß sie uns zwangen, die Tür zu öffnen, wenn es tagelang regnete. Diese dunklen Gewölbe waren das Reich von Tausendfüßlern, blitzschnellen Skolopendern mit flimmernden Fühlern, von Kellerasseln (oder Sankt-Antonius-Asseln, wie manche sagen), von weißen, dunkelgelb gestreiften Mäusen, von Skarabäen und von Pferdebremsen, die in Schwärmen auf den Schwänzen der Maultiere und Esel saßen. Von all diesen Insekten nährten sich die Hühner, die frei in jenen Ställen herumliefen und nach den Kerbtieren pickten.

Wir Kinder waren an diese Mikrofauna gewöhnt und kannten sogar deren jeweilige Gerüche oder ihre Sprache aus kreischenden Lauten, aus Sirren, aus sehr feinen Tönen. Wer dagegen überhaupt keine Art von Sprache besaß, waren die Skorpione, die uns anwiderten, weshalb wir sie mit Steinen zerquetschten oder ihre von Eiern wimmelnden Nester zerstörten.

Wie ich schon sagte, kehrten die Brüder Baccanelli nur alle zehn oder fünfzehn Tage nach Hause zurück, da sie auf langen Märschen durch Täler oder über Berge nach freien Weideflächen suchen mußten. Sie besaßen über hundert Ziegen mit rötlichem, weiß gesprenkeltem Fell, von denen jede mehr als drei Liter Milch am Tag produzierte, wenn sie ihre Zicklein säugten. Sie hatten gewundene Hörner, und wenn die Böcke um ein Weibchen kämpften, erzeugte das Krachen dieser Hörner Echos, die sich in den leeren Senken zwischen zwei Hügeln und auf den seltenen Eichen und Ulmen vervielfachten, wo sie Wiedehopfe und Eichelhäher zwischen den Blättern in ängstlich lauschende Erstarrung versetzten.

«Oh, die Milch, wie süß diese Milch ist», sagte Santo Cunsolo, wenn wir uns unbemerkt in den Stall schleichen konnten und niederknieten, um an den Zitzen der Ziege Melissena zu saugen, die sehr viel Milch hatte. Ihr Fell war rötlich.

«Wie fügsam und brav sie ist, ich wünschte, sie wäre meine Mutter», sagte Pino Lauria ganz berauscht.

Um uns das Trinken zu erleichtern, stand sie regungslos auf ihren vier Beinen, und wenn sie den Kopf drehte, blickte sie uns liebevoll an. Damit man uns nicht ertappte, schlossen wir die von den Jahren zerfressene Tür. Unser stummes Saugen und die Berührung mit den geschwollenen Zitzen von Melissena weckte in uns ein süßes Bedürfnis nach Schlaf.

War die Trägheit verflogen, betrachteten wir kniend den weißen Bauch der Mutterziegen und weiter hinten, unter dem Schwanz, den rosigen Spalt ihres sauberen, ein wenig nach außen gestülpten Vaginalkanals. Wenn wir daran schnupperten, rochen wir den Geruch frisch gemähten Grases, er war wie eine frische Brise, die sich mit dem Gesang von Dardania und Alidora vermischte, der von der Treppe her zu uns drang. Sie waren die einzigen, zusammen mit Caterina-Caterinella, die zu jeder Tageszeit im Hof sangen, während die anderen Frauen von Natur aus oder wegen der vielen Arbeit schweigsam waren.

Die Gasse füllte sich mit diesen in alten Worten jubelnden Stimmen, das Haus der beiden Schwestern hallte davon wider, und uns floß die Milch in solchen Momenten sehr sanft durch die Kehle. Sogar Donna Letterina betätigte, wenn sie an ihrem Webstuhl saß, diesen mit mehr Behutsamkeit; dann hörte man klopfende Geräusche und ein mal rauhes, mal scharfes Schnalzen.

Wenn die Brüder von den weit entfernten Weiden zurückkamen, halfen sie ihren Schwestern, Ricotta zuzubereiten, indem sie die Milch in großen Kesseln kochten. Sobald sie Lab hinzufügten, schäumte die Milch auf und wurde dickflüssig, cremig.

Ich muß erwähnen, daß die Schwestern von unterschiedlichem Körperbau waren. Alidora, die ältere (damals mochte sie dreiundzwanzig gewesen sein), war durchschnittlich groß, nicht mehr als einen Meter fünfundfünfzig. Sie trug selbstgenähte Schals, mit phantasievollen Stickereien verziert, die Beifuß darstellten, jenes einsame, weiße Kraut, das zwischen Steilwänden und auf kahlem, trockenem Grund wächst. Als Südländerin hatte sie eine schwarze Mähne, die langen, hinten im Nacken zu einem Knoten gebundenen Haare wurden von meist purpurroten Bändern gehalten. Sie war schön von Gestalt und biegsam wie Binsen in ihren Bewegungen. Ich erinnere mich, daß sie Gerüche sehr liebte, welchen Ursprungs auch immer sie waren. Und so sahen wir sie, wenn sie sich auf dem Balkon zeigte, wie sie sich bückte, um an einer Jerichorose oder an den roten Nelken zu riechen, die sie in Töpfen zog, welche auf der Innenseite des Balkons aufgestellt waren. Sie war großzügig uns Kindern gegenüber und warf uns manchmal mit anmutiger Geste ein paar frühe Orangen vom Balkon herunter oder Stücke gesalzenen Ricottas, die gut zu Brot schmeckten, oder Süßigkeiten, die sie selbst herstellte – klein, winzig wie Fingerhüte, aus einem Teig aus Mehl und Honig mit Basilikumsaft oder auch dem geheimnisvollen Kräutchen Syringe.

Dardania war jünger, ich glaube, sie war damals nicht älter als zwanzig Jahre. Im Unterschied zu Alidora war sie etwa einen Meter fünfundsechzig groß, eine zu jener Zeit ungewöhnliche Körpergröße bei Frauen. Von der Großmutter väterlicherseits hatte sie die kupferroten dichten krausen Haare geerbt; wenn die Sonne darauf fiel, glühten sie auf wie eine Flamme, und bei Sonnenuntergang, wenn das

Licht schwach, tief und ungewiß wird, schimmerten sie wie ein Knäuel aus Gold. Während die Schwester ihre Brust mit einem Schal bedeckte, ließ sie die ihre unbedeckt unter dem Ausschnitt, dessen Ränder Stickereien aus Ackerbohnenblüten und -blümchen mit hellblauer Blütenkrone zierten. Wir stellten uns absichtlich an die Ecke der Gasse, und während wir so taten, als spielten wir Springen (*He, spring, spring schon*!), spähten wir in andächtigem Staunen; mehr noch, wenn Dardania in ihren tiefen, runden Ausschnitt Levkojen oder Basilikumzweiglein steckte, die sie sehr liebte.

Dardania trug Kleider, die oberhalb der Knie endeten (was Anlaß für heimlich gebrummelte Mißbilligung bei den anderen Frauen im Hof war) und viele Falten und kleine Plisseefältelungen hatten, die der geringste Windhauch erglänzen und erzittern ließ. So betrachteten wir ihre geraden Beine, die sich nach oben sanft rundeten, immer weiter nach oben. Wenn wir die beiden Schwestern besuchten und an Dardania vorbeigingen – wobei wir absichtlich ganz nah bei ihr stehenblieben –, witterten wir ihren Geruch nach dem Gras der Wiesen, ganz ähnlich dem oben beschriebenen der Ziege.

«Dardanias Geruch ist schöner», sagte mein Bruder hinterher. «Vielleicht ist sie eine Tochter der Ziege Melissena?»

Pino Lauria entgegnete: «Aber Dardania hat einen Duft nach frischem Fleisch, den die Ziege nicht hat.»

Da ich für meinen feinen Geruchssinn bekannt war, ergänzte ich, während wir draußen im Kreis saßen: «Alidora verströmt einen Duft, der unter ihrem Rock hervorkommt, er macht Lust, in diesen Geruch hineinzukriechen. Ich spüre, daß er verrückt ist, er ist nicht zu fangen, sicher hat er Flügel. Oh, warum kann ich keine Schwalbe werden, damit ich um sie herumfliegen kann? Das haben ja auch die Mauerpfefferrosen getan, die mit ihrer schwefelroten Farbe in langen Reihen auf den Mauern des Balkons gewachsen sind, um sich dann als hängende Girlanden nach unten zu neigen und Dardania zu umgeben.»

IV.

Hinter der Familie Baccanelli wohnte in einem *catoio*[6] Massaro Giuseppe Rizzo mit seiner Frau Angelella und der Tochter Pina. Vorne links, gleich neben dem Eingang, befand sich die Kochstelle, die eigentlich mit einem Wort arabischen Ursprungs als *tannùra* bezeichnet wurde. Sie bestand aus zwei schweren, auf einem kleinen Vorsprung aus Gips liegenden, fest in die Wand gefügten Steinen, unter denen Holz entzündet wurde, um abends in einem Topf die Pasta zu kochen, die «wirf und rühr um» (*metti-e-rimìna*) hieß. Dafür knetete man das Mehl zu kleinen Teigkugeln, indem man aus einer Schöpfkelle nach und nach Wasser hinzufügte. Waren diese gekocht, wurden sie in Brotkrümeln gewendet und auf diese Weise gewürzt, dann mit Knoblauch oder Zwiebeln gebraten oder einfach nur mit Salz und Olivenöl angemacht.

Dieses Gericht aß die ganze Familie von einem einzigen großen Tonteller. Meist waren die Teller in Caltagirone hergestellt worden, in der bekannten Keramikstadt. Die Krüge, Kannen, Seidel oder Flaschen für den Wein und die Kruken wurden in Mineo auf dem Ràbbato gemacht: einem kleinen Hügel, wo überall Strohhaufen lagen, die den Töpfern dazu dienten, die Öfen auf die richtige Temperatur zu bringen, damit die Gegenstände aus Tonerde mit der erforderlichen Hitze gebrannt werden konnten. Unterhalb des Ràbbato (auch dies ist ein Wort aus dem Arabischen) konnte man hinter dem steilen Abhang, wo seltene Ailanthusbäume oder die ersten Oliven der angrenzenden Olivenhaine wuchsen, auf einer Ebene, die an den Seiten terrassenförmig abfiel, den Friedhof sehen. Darüber ragten die Zypressen in den Himmel; weiß oder rosa waren meistens die Gräber. Oh, diese armseligen Vierecke, bedeckt von rohen Steinen, die in der Sonne glitzerten!

Die Gabeln waren aus Blech, mit zwei Zinken, und die Löffel aus Aluminium. Massaro Giuseppe war schon alt, mager, weißhaarig und von sehr wortkargem Wesen; seine Hände waren schwielig, Hose und Jacke geflickt. Er besaß ein Stückchen Land, das sich für Oliven eignete und voll fruchtbarer Schollen war, es lag auf dem Gebiet der Malati, das so hieß, weil die Kranken sich von der klaren Quelle dort Genesung erhofften. Der Wind, der von den nahen Hügeln kam, verlor sich in den Äckern oder formte höchstens kleine Wirbel, die erst surrten und pfiffen, um dann zwischen dem Getreide oder der Gerste in sich zusammenzufallen.

Gegen Abend kehrte Massaro Giuseppe auf dem Rücken seines alten, an den Flanken ausgezehrten Esels mit den langen herabhängenden Ohren und dem trägen Trott in den Ort zurück. Er führte das Tier in den länglichen *catoio* mit den nackten Mauerwänden und band es an die Futterkrippe am hinteren Ende, wohin das letzte fahle Tageslicht gerade noch reichte.

Turi Simili und mein Bruder fragten ihn: «Massaro Giuseppe, wann kauft Ihr Euch einen neuen Esel?»

Er lächelte traurig, und während der Esel hinter ihm am Halfter zerrte, sagte seine Frau, die Signa Angelella mit ihren schon ergrauten, im Nacken zu einem Knoten gebundenen Haaren: «Giuseppe, paß auf, daß der Packsattel des Tiers nicht unser Bett streift.»

In der Mitte des Raumes, hinter der Kochstelle, stand das Ehebett mit der braunen Überdecke und daneben, auf derselben Seite, fast mit dem anderen verbunden, das Bett der Tochter Pina, die damals zwanzig Jahre alt war und lange Kleider von der Farbe welkenden Grases trug.

Weil es nur so wenig Platz gab, wurde der Tisch, der an die Wand der Kochstelle gerückt worden war, für die Bauern zu einer Abstellfläche für allerlei Dinge. Man sah dort Gläser, Schüsseln aus Terrakotta, die Petroleumlampe – viele Familien hatten damals noch kein elektrisches Licht –, Teller mit Kaktusfeigen, Mandeln, Oreganosträußchen, deren Geruch in diesem engen, dunklen Loch umherirrte, Granatäpfel und sogar Marmelade aus Kaktusfeigen, Weintrauben oder, seltener, aus Jujuben, die wir *gìsime* nannten, nach dem lateinischen *zisimus*. Darüber hing an einem Nagel ein Kruzifix mit einem traurigen Christus; er hatte schläfrige Augen, Ascheklümpchen bedeckten seine Stirn. Auf der Dornenkrone woben Spinnen seit Generationen ein schwankendes Netz, es war erfüllt von den sterbenden Lichtstrahlen des Tages.

An manchen Abenden, wenn eine vage laue Oktoberwärme sich aus der Stradalunga in den Hof ergoß, setzte Massaro Giuseppe sich nach draußen, entweder auf einen Stuhl mit zerrissenem Weidengeflecht oder auf die Stufe, die zu seiner Behausung führte. Dort saß er schweigend und antwortete auf Begrüßungen nur mit einem «Jesus Maria», wie es die Alten zu tun pflegen.

In der Nacht vermischten und vereinigten sich in diesen ebenerdigen Räumen die Ausdünstungen der Schlafenden mit denen des Viehs, als würde die Seele der einen in die der anderen eindringen. So bildete sich eine unbeschreibliche

Geruchsmischung, die, wenn sie zur Decke dieser schlauchartigen Behausungen aufstieg, eine Spur aus schwülen zitternden Punkten wurde. Aufgrund der üblichen Temperaturschwankungen, welchen die Luft in geschlossenen Räumen unterliegt, sanken diese Punkte nieder und setzten sich auf den gekreuzigten Christus, der dann in unvermuteten Phosphoreszenzen erglänzte. Darum machte die Signa Angelella, die oft wach lag, das Kreuzzeichen, wenn sie dieses Gleißen wahrnahm, und betete für die toten Verwandten.

Das größte Problem blieben die körperlichen Bedürfnisse. Ihnen kam man in den dringendsten Fällen sogar auf dem Mist der Esel nach oder, wenn die Familien wohlhabend waren, in den Nachttöpfen, zylindrischen Behältern aus Ton, die manchmal mit graziösen Vignetten von Bäumen und blauen Vögeln bemalt waren: Auch sie wurden in Caltagirone hergestellt. Die meisten Bauern aber hatten in diesen *catoi* ganz hinten, im letzten toten Winkel, eine Sickergrube. Sie war etwa drei Meter tief und wurde mit einer runden Platte aus Stein zugedeckt, in die ein Eisenring eingelassen war. Ungefähr alle drei Monate wurde sie geleert, entweder von der Familie selbst oder von den *fossaroli,* den Grubenmännern, die ungelöschten Kalk in das trichterförmige Loch warfen, wodurch die Fäkalien sich auflösten und die aufsteigenden Gerüche neutralisiert wurden. Den so entstandenen Dünger brachte man im allgemeinen auf die Felder, um die lehmige Erde fruchtbar zu machen, auf der blaß und zaghaft das Sauergras mit seinem kriechend wuchernden Rhizom wuchs.

Santo Cunsolo und Lola baten Massaro Giuseppe, der den Geruch nach frisch auf den Feldern gemähtem Gras verströmte:

«Massaro Giuseppe, erzählt uns von den Feigen und den Olivenbäumen!»

Er senkte den Kopf, dann erschienen seine Haare noch weißer, und hob mit verstümmelten Sätzen an zu erzählen, begleitet von Handbewegungen, welche die Luft durchschnitten, die sich schon zu seinen Füßen schlafen gelegt hatte: «Ihr werdet vielleicht einmal Bauern sein und Frauen von Bauern, und es ist gut, daß ihr schon jetzt etwas lernt. Von den Feigen gibt es verschiedene Arten, ebenso von den Oliven. Für letztere braucht man Dünger aus Esel- oder Maultiermist oder Jauche von Schweinen, die man rings um den Stamm verteilen muß, nachdem man an seinem Fuß eine Mulde gegraben hat.»

Er erzählte uns von Oliven aus Apulien mit ihren herabhängenden Baumkronen, die von strähnig gewundenen Blätterbüscheln geschmückt werden; von griechischen Oliven, die, gut gedüngt, sehr hoch wachsen und dicht belaubt sind, mit Früchten so groß wie der Daumen eines Bauern; von Sarazener-Olivenbäumen, die sich um sich selbst drehen, weil sie dem am Himmel wandernden Licht des Mondes zu folgen versuchen, und die kleine glänzende, sehr schmackhafte Oliven geben.

Lola mit ihrem rosenweißen Gesicht meinte: «Wie viele Dinge Ihr wißt, Massaro Giuseppe, sogar jetzt, wo Ihr alt werdet!»

Nach kurzem Schweigen schloß der Bauer:«Wenn ich zwischen den Mandeln arbeite, die tonhaltige Erde lieben, warme Schollen, Wasser und Ausräucherungen mit leichten Rauchwolken, die nicht schwarz werden, und wenn der Abend kommt wie Wasser unter der Erde, dann merke ich, daß ich alt bin. Ja, das merke ich.»

Wenn ich jetzt nach so vielen Jahrzehnten daran zurückdenke, glaube ich, daß Massaro Giuseppe sagen wollte: «Wenn der Abend wie Wasser aus den Schollen quillt.»

Lola fragte ihn: «Woran erkennt Ihr, daß Ihr alt seid?»

Er antwortete seufzend: «An der Leere, die ich um mich herum spüre. Dann fühle ich, wie in meinem Körper, im Kopf, im Herzen, in den Lungen viele Erinnerungen aufblühen, und sie ähneln den Margeriten auf der Wiese oder Mandelbäumen, die ihre Blütenblätter verlieren. So ist mein Körper ein einziges weißes Schimmern von Blütenblättern, die von meinen Armen, von der Brust, von den Beinen, von meinem Geist zur Erde fallen.»

Santo Cunsolo fragte sofort: «Warum denkt Ihr all diese Dinge?»

Massaro Giuseppe lächelte, seine heruntergezogene Lippe zeigte, daß er traurig war. Er antwortete: «Ich lebe seit so vielen Jahren immer auf dem Land, daß ich manchmal meine, selbst ein Baum zu sein.»

«Hihihi», lachten Vincenzina, Righetta und Lola. «Was sagt Ihr da?»

Da wir ihm nun nicht mehr so recht folgen konnten und uns zu langweilen begannen, ließen wir ihn allein, um Dardania zu beobachten, die auf den Balkon hinausgetreten war.

Turi Simili sagte: «Kommt her, hierher, das ist die beste Stelle!»

So stellten wir Jungen uns unter den Treppenabsatz von Donna Letterina und versuchten, hinter den Sträuchern der Mauerpfefferrosen die Beine und die Fußgelenke und – *da da da da weiter oben!* – die safrangelben Unterhosen von Dardania zu erkennen.

Turi Simili stieß uns an und sagte: «Seht ihr? Seht ihr Dardanias Beine? Es sind Mandelblüten.»

Doch nun trafen sie die letzten Strahlen des Sonnenuntergangs, und da sie ihre roten Haare auflodern ließen, schien es, als würde ihr Kopf brennen.

Lola, die herbeigekommen war, sagte: «Dardania brennt, seht ihr? Ich habe Angst.»

Nina, meine Schwestern Vincenzina und Idolina fügten hinzu: «Laßt uns weggehen, laßt uns schnell weggehen. Dardania verwandelt sich in eine große Stichflamme.»

Unterdessen sprach Massaro Giuseppe mit sich selbst: «Die Mandelbäume auf den Ebenen von Giummarra, wo sehr viele stehen, neigen um diese Stunde ihre Äste und werden bald einschlafen.»

Gewöhnlich verbreitete sich zu dieser Tageszeit, wenn die kleinen Wälder aus Feigenkakteen auf den Kuppen und in den Erdspalten aschfarbig wurden wie Netzhaut, die mit den Jahren erlischt, in unserer Gasse eine blaue Farbe. An diesem Abend beobachtete mein Bruder mal verstohlen, mal geradeheraus Righetta. Auf beider Stirnen zeigte sich immer wieder ein jähes Leuchten.

Wenig später sagte das Mädchen, als sie die Verwandlung der Gasse bemerkte: «Das Licht im Hof verändert sich. Es ist Zeit, ins Haus zu gehen. Nina, Lola, laßt uns hineingehen.»

Tatsächlich wurde die letzte Helligkeit des Tages binnen weniger Minuten zu einem feinen Blau, dessen Schwerelosigkeit auf den Balkonen, den Fenstern, in den Töpfen der Schwestern Baccanelli alles durchdrang. Sogar die Haare von Dardania, die noch auf dem Balkon stand, wurden jetzt violett.

Mit diesem Farbton entzündeten sich jeden Abend wieder auch die Mauern, so daß es für uns Kinder wegen des feinen bläulichen Nebels, der die ganze Gasse erfüllte, aussah, als würden sogar die Häuser sich in die Luft erheben.

V.

Righetta, Lola, Nina und eine ihrer Freundinnen, Linalinetta Osario mit der flinken Zunge und den leicht zinnoberrot getönten Wangen, wohnten im heute verschwundenen Vicolo Rizzarelli, etwa hundert Meter von unserer Gasse entfernt.

Wegen des Platzmangels waren die Häuser – zum großen Teil eher Hütten – hier auf einen großen Felsvorsprung gebaut, der im Osten über eine Schlucht ragte. Man mußte sehr vorsichtig sein, wenn man durch diese Gasse ging, denn die meist eingeschossigen Häuser hingen förmlich über dem Abgrund.

Als Tante Concetta Roccuzzo, die Tante meiner Großmutter Bonaviri, unsere Gruppe kommen sah (in dem mittlerweile diffusen Licht wurden die Mädchen durchscheinend wie Glas), rief sie uns zu: «Paßt auf, ihr Jungen, verflixte Brut, und auch ihr kleinen Mädchen, ihr müßt ganz langsam in einer Reihe gehen!»

Der Abend war seltsam ruhig, kein Windhauch war zu spüren.

Tante Concetta, die von Natur aus dazu neigte, sentenziös und verschroben zu sprechen, fuhr fort: «Ihr kleinen Jungfräulein, blau gefärbt wie der Mond im Brunnen, laßt ab von den Jungen, diesen Teufeln!»

Das Mäuerchen, das den Rand des Felsvorsprungs begrenzte, war bröckelig, an den höchsten Stellen abgestoßen, an anderen existierte es gar nicht mehr, weil die Steine hinuntergerollt waren. An diesem Rand, hinter dem der Abgrund gähnte, wuchsen Spritzgurken, Glaskraut, Stinkkraut und Büschel aus verblühtem roten Baldrian. All diese mühevoll hervorgesprossenen kleinen Sträucher standen unbeweglich da, nicht der leiseste Windhauch murmelte in ihnen.

«Hört mal», sagte ich zu Pino Lauria und Turi Simili, «warum lassen wir die Spritzgurken nicht explodieren?»

Das waren kleine Früchte, die ruhig und friedlich zwischen den etwas stacheligen Blättern herabhingen.

«Ja, gute Idee», antworteten sie, «wir wollen uns ein bißchen amüsieren. Auch Lola, Nina und Righetta wird es Spaß machen, dabei zuzuschauen.»

So krochen wir wegen des gefährlichen Abgrunds vorsichtig auf allen vieren vorwärts und versetzten den grünen Gurken einen leichten Stoß. Wenn sie reif waren, lösten sie sich bei der Berührung sofort vom Stengel, verspritzten im weiten Umkreis ihre Samen und fielen nach unten in die große Leere. Ein paar Sekunden lang hörten wir sie durch die Luft zischen, bis sie vom Abend, der schwerfällig aus dem Abgrund aufstieg, umhüllt wurden und verschwanden.

Zwischen den Vorsprüngen und Spalten der Mauer und auf dem Erdreich darunter wucherte üppig das Stinkkraut mit seinen leuchtendhellgrünen Blättern. Die Blüten waren verwelkt, da es schon spät im Oktober war. Wir berührten das Kraut absichtlich, wir schüttelten sogar seine Blätter, denn wir wollten seine ekelerregenden Ausdünstungen riechen, diesen Geruch, ein bißchen nach Fleisch oder nach Pflanzenschleim, vermischt mit dem Gestank von totem Fisch. Dabei fuhr uns ein Schauder über den ganzen Leib.

Wir Jungen, darunter auch Lucio Privitera und der ältere Gianluigi, atmeten diesen Hauch mit seinem, wie soll ich sagen, bösartig anziehenden, fauligen Mief ziemlich lange ein. An jenem Abend war außer Linalinetta noch eine Freundin meiner Schwester Vincenzina bei uns. Sie hieß Sarah Muscarà, weil sie in Töpfen, kleinen Bechern oder Krüglein und sogar in Kupferschalen Muscari zog, die Traubenhyazinthen mit ihren kleinen stark duftenden Blüten. Sie wohnte in unserem Viertel Santa Maria, aber sie stammte aus Licodia Eubea, einem fast gegenüber von Vizzini gelegenen Städtchen, wo wiederum Enzo Zappulla, ein anderer Kamerad von uns, geboren war.

Righetta, die eine Jacke mit Puffärmeln trug, meine Schwester mit ihren Augen von unbestimmtem Blau und Linalinetta mit ihrem Kragen aus Fuchsfell sagten zu uns: «Diese Spiele mögen wir nicht. Ihr könnt ja an euren häßlichen stinkenden Kräutern riechen. Die Dämmerung wird dichter, wir gehen nach Haus.»

Ich sagte: «Ihr seid dumm. Es ist schön, Gerüche zu riechen, die unserem Fleisch ähneln, es weckt viele Phantasien im Kopf und in unseren Händen.»

«Wir gehen jetzt», antworteten unsere Freundinnen. «Sarah, die sich auf die Muscari versteht, weiß, daß der Teufel diese Kräuter wachsen läßt.»

So verließen uns Nina, Lola und Righetta, die in dieser Gasse wohnten, eine hinter der anderen im Gänsemarsch. Von Zeit zu Zeit berührten sie die Brüstungsmauer, und während sie sich entfernten, murmelten sie: «Lebt wohl, lebt wohl.» Es sah aus, als würde der Abend, der schon undurchdringlich war, sie in seine Höhle einsaugen.

«Jetzt sind wir allein», sagte mein Bruder.

«Besser so, viel besser, dann sind wir freier», antwortete Turi Simili, dessen lange Hosen ihn vor Disteln mit trockenen violetten Blütenkronen schützten, die zwischen den Steinen wuchsen und über den Abgrund hingen. «Laßt uns Vincenza und Sarah auch fortschicken, dann können wir Männerspiele spielen.»

Wir sogen weiter den starken Geruch des Stinkkrauts ein, ja Santo und ich begannen sogar, aus Neugierde an den Blättern zu lecken.

Pino Lauria warnte uns: «Seid vorsichtig, denn die Ausdünstungen der Pollen des Stinkkrauts können euch betäuben.»

Ich entgegnete: «Versuch es doch auch mal, du Dummkopf. Du wirst sehen, daß du dann Lust hast, ein anderer zu werden. Ich möchte mich zu einer Taube auf dem Dach gesellen oder zu einem Huhn, das Körner aufpickt.»

Santo Cunsolo fügte hinzu: «Ich weiß auch nicht, warum ich Lust kriege, halb Hund und halb Hündin zu werden.»

Pino Lauria, ein vorsichtiger Junge und so nachdenklich wie sein vierzehnjähriger Bruder Neli, der oft mit seinem Vater auf den Feldern arbeitete, sagte: «Weg, bloß weg von hier, weg! Ihr lehnt euch zu weit über den Abgrund, wo man nichts mehr sieht.»

Tante Concetta Roccuzzo, die wir mittlerweile nur noch als eine dunkle runde Masse wahrnahmen, rief uns zu: «Heda, wißt ihr denn nicht, daß der Tod von dort auf- und niedersteigt? Geht nach Haus, sofort!»

Neben dem *catoio* von Tante Concetta wohnten in einem einstöckigen Häuschen, dessen Mauern mit schwarzen und roten Streifen bemalt waren, zwei Brüder. Seit dem

Tod ihrer Eltern lebten sie allein. Nebulio und Stebulio – ungewöhnliche Namen, die sich jedoch im städtischen Archiv von Mineo verzeichnet finden – hatten beide sehr kleine Köpfe, weil sie Idioten waren.

Unterdessen war auch hier die übliche Tellerlampe entzündet worden: Das Licht war matt, zwergenhaft und ließ die dunklen Umrisse des Sträßchens über der Schlucht noch verworrener erscheinen.

Tante Concetta mußte vor die Tür ihres *catoio* getreten sein, denn jetzt hörten wir ihre alte, kehlig glucksende Stimme: «O ihr Teufelsbrut, worauf wartet ihr, warum geht ihr nicht endlich nach Hause? Wollt ihr in den Felssturz fallen?»

Nebulio und Stebulio hatten zwei kleine Petroleumlampen angezündet und versuchten nun von ihrem winzigen Balkon aus, der sich drei Männerarmbreit über dem Boden erhob, die Schlucht zu erhellen. Doch kaum war das züngelnde Licht bis dorthin vorgedrungen, wurde es von den Schatten verschlungen, die in dichten Schwaden aufstiegen und auf uns zukamen. In diesem Augenblick sahen wir erschrocken, daß Mariuccina und Vincenza sich zu weit vorgewagt hatten. Immer wenn der Lichtschein der Petroleumlampe sich vorübergehend ausdehnte, schwebte ihr verzerrter Schatten über diesen schwarzen Wellen.

Wir schrien gleichzeitig: «Mariuccina und Vincenzuccia, was tut ihr, was tut ihr? Seid ihr denn nicht nach Hause gegangen? Wollt ihr sterben? Wollt ihr unter den Mantel des Todes geraten?»

Die beiden Idioten hielten ihre Lampen in den Händen und stammelten etwas Unverständliches; ihre Sprechweise war ein heiseres Flüstern, vermischt mit gelegentlichem schrillem Kreischen, das sich in der Finsternis verbreitete. Sie waren zornig, denn sie hatten uns bemerkt und fühlten sich gestört. Die Lampen in ihren Händen schwankten, kompakter wurde die Dunkelheit. «Weg, weg», riefen sie uns zu, «wer hat euch hierhergebracht? Dies ist unsere Welt!»

Tante Concetta Roccuzzo hatte sich eilig ins Haus verkrochen. Kein Laut war zu hören. Aus dem Abgrund stiegen schwarze Schwaden empor, auf denen die dichten Schatten von Salvatore, Mariuccina und Vincenzuccia schwammen.

Von ihrem schiefen Balkon aus versuchten die beiden Brüder, den Abgrund zu erhellen, und nuschelten dabei unverständliche Worte, die in den ausholenden Gesten der beiden erstarben. Aus diesem Züngeln rascher Aufhellungen erreichten uns abgehackt und stolpernd die Worte: «Steig auf, Dunkelheit, steig auf, dring in unseren Geist ein und in den der Menschen und schneide sie alle weg. Nichts darf bleiben außer dir selbst.»

Wenige Augenblicke lang sahen wir die widerwärtigen winzigen Köpfe von Nebulio und Stebulio inmitten der Schatten, die das aufglimmende Licht zerschnitt.

Der fromme Pino Lauria bekreuzigte sich, wir alle taten es ihm gleich. Sehr leise, als spräche er aus dem Erdinneren, sagte Pino: «Laßt uns weggehen, wir wollen weggehen, denn die Nacht saugt uns auf.»

Die beiden Idioten verharrten reglos auf ihrem kleinen Balkon, die Lampen fest in den Händen.

VI.

Hinter dem catoio der Familie von Massaro Giuseppe lag unser Haus. Früher betrat man es über den Absatz einer Außentreppe, die aber inzwischen abgerissen worden war, um mehr Platz im Hof zu schaffen.

Es hatte unseren Großeltern gehört, Salvatore Casaccio, dem Brotbäcker, und Maria Palermo. Stieg man eine Treppe innen im Haus hinauf, gelangte man in vier hintereinanderliegende Zimmer. Das letzte öffnete sich über eine weitere Tür zum Mura-Hügel. Er war dicht mit Glaskraut und weißem Beifuß bewachsen. Auf den Ästen der jungen Eukalyptusbäume krähten morgens die Hähne. Über ihre Kämme liefen im Zickzack fleischige Knospen, ihre Federn schillerten, und manche Hähne hatten, vielleicht aufgrund genetischer Abweichungen, blaues Gefieder.

Unser Viertel Santa Maria endete auf einer Anhöhe, wo, aufgetürmt zu einer stumpfen Pyramide, die Überreste eines normannischen Kastells lagen, das bei dem Erdbeben von 1693 zerstört worden war. Die anderen beiden Viertel heißen Santa Agrippina, nach der Schutzheiligen von Mineo, und San Pietro.

Die Morgendämmerung in Mineo war wegen der vielen feuchten Stellen und der Dämpfe, die vom Mist und von den Bruchsteinmauern aufstiegen, olivfarben. Erst wenn die Morgenröte hinzukam und sich im Tag auflöste, der mit dem Krähen der Hähne heller wurde, entstand eine mildere Weichheit in der Luft. Mein Kamerad Leopoldo sagte einmal zu mir, während er den Morgen betrachtete, dieser scheine wie von einer halben Sonne und einem halben Gewölk beleuchtet.

Im Frühling ging unser Vater sehr früh am Morgen über den grünen Abhang der Mura bis in die Talsenke hinunter, wo sich die Ziegenpferche befanden, und von dort brachte er uns in einem großen Aluminiumbehälter für Lebensmittel Ricotta mit Molke.

Bevor er das Haus verließ, beugte er sich über das Bett, worin wir gewöhnlich alle fünf quer ausgestreckt schliefen, und küßte uns sacht. Dann steckte er sich viele Nadeln vorne an das Revers seiner Jacke und ging hinaus.

Kaum war er draußen, begannen die Nadeln zu funkeln, weil sie vom Silber des anbrechenden Tages getroffen wurden. Massaro Masi Lauria, der mit seinem vierzehnjährigen Sohn Neli und der Eselin zu den weit entfernten Ländereien von Castelluccio unterwegs war, sagte, als er ihn sah: «Don Nanè, seid Ihr das, der so stark leuchtet, daß meine Augen ganz dumm davon werden?»

Unser Vater lächelte, senkte den Kopf und deutete mit einer Handbewegung einen Gruß an.

Als sie sich weiter unten in der Gasse trennten, fügte Massaro Masi hinzu: «Mögt Ihr heute morgen schöne Kleider nähen und dem Stoff den Glanz von Engelsflügeln geben. Seid benedeit.»

Auch Neli, der eine enge Jacke aus schäbigem Wollstoff und ein zerdrücktes Mützchen auf dem Kopf trug, grüßte mit einer Stimme von stumpfer Klangfarbe und sanfter Heiserkeit, wie Jugendliche sie haben.

«Segnet mich, Don Nanè.»

Unser Vater wandte sich um, um ihm zuzulächeln, und

mit seiner halben Körperdrehung übertrug er das Licht der Nadeln auf Nelis Gesicht. Die beiden Bauern entfernten sich schweigend auf der Stradalunga. Ihre Eselin ging voraus, beladen mit einem Quersack, aus dem die Griffe von zwei Hacken, die Sense, die Picke und die Hippe herausschauten.

Die beiden Brüder Incatasciato, die dort, wo die Stradalunga abfällt und einen rechten Winkel beschreibt, ihre Schusterwerkstatt hatten, saßen schon jeder an einer Werkbank voller Nägel, Hämmer, Ahlen, Lederstücke und hölzerner Leisten. Als sie hüpfende Funken auf den Steinen der Straße sahen, riefen sie aus: «Gewiß kommt gleich Don Nanè vorbei.»

Ich muß dazu erklären, daß unserem Vater ein bescheidenes und scheues Wesen angeboren war, so daß er, wenn er einen Bauern traf, dem er einen Anzug geschneidert hatte, und der Bauer diesen noch nicht bezahlt hatte, rasch in eine andere Straße auswich, um den Mann nicht in Verlegenheit zu bringen. Wegen seiner Schüchternheit ging er oft mit gesenktem Kopf, ungelenk und mit heftig schlenkernden Armen durch die Straßen, was ihm Ähnlichkeit mit einem großen Vogel verlieh. Dann fiel das Funkeln seiner Nadeln, zu einem einzigen Punkt gebündelt, auf das Straßenpflaster und bildete dort einen tanzenden leuchtenden Fleck. Hob er den Kopf mit den schwarzen Haaren, wurde das Gleißen von den Scheiben der Fenster oder Balkontüren reflektiert. Und da diese halb offen standen, trugen sie den Lichtreflex bis in die Zimmer hinein, wo er die Frauen aufweckte.

Diese sagten einander von Haus zu Haus weiter: «Don Nanè, der Schneider, geht vorbei. Schnell, wir müssen aufstehen, der Tag ist schon angebrochen.»

Darauf vernahm man die ersten verschlafenen Geräusche in der Straße, und Balkone, Fenster, Terrassentüren und Dachluken wurden geöffnet. Die Katzen miauten auf den Dächern, die Schwalben kamen in Gruppen herbei und umschwirrten, ihre Flugbahnen überkreuzend und zwitschernd, die Kamine und den Windmesser auf dem Gasthaus von Gagliano.

Etwa um die gleiche Zeit kneteten die Frauen im Hof Baudanza und in ganz Mineo den Teig für das Brot. Meistens taten sie das alle am gleichen Tag, notgedrungen, weil sie sich die Hefe teilen mußten, eine fädenziehende Teigmasse mit leicht säuerlichem Geschmack, stark duftend, die kühl und dunkel zwischen zwei Tellern aufbewahrt wurde.

Alle schütteten sie ungefähr zur gleichen Zeit das Mehl in die Backtröge: die Schwestern Baccanelli, die Capitanella, die Signa Angelella, meine Mutter, Donna Peppinella, die Lauria und die Areúsa, die wegen ihrer tiefschwarzen gekräuselten Haare die Kraushaarige genannt wurde (sie stammte aus Spanien). Das gleiche tat auf der gegenüberliegenden Seite der Gasse die Cunsolo, die als einzige auf dieser Seite wohnte. Dabei öffnete sie die Tür zu dem kleinen Balkon mit seinen zwei Basilikumtöpfen, um das erste Licht ins Haus zu lassen.

Das Mehl aus Hartweizen, das nach und nach mit lauwarmem Wasser, mit Salz und Einsprengseln der durch die Fenster fallenden Sonne vermischt wurde, formte sich unter den Händen der Frauen zu tausend Gestalten: Es hob sich, es zerfaserte, es wurde geflochten und bildete schließlich einen weichen Strang, den die Frauen zwischen Zeigefingern und Daumen beider Hände in lange teigige Hälse zerteilten. Von diesen wurden kleine Stücke abgetrennt und mit wiederholten kreisenden, reibenden Handbewegungen kleine Brotlaibe unterschiedlicher Art daraus gefertigt. Es gab die dicke runde *guastella,* die *cucchi* – kleinere Brote mit Hörnern an beiden Seiten –, die Fladenbrote und, für die Kinder, kleine Brötchen. Diese wurden, wenn sie rundum eine anmutige kleine Teiggirlande zur Verzierung hatten, dem heiligen Joseph und Jesus als Jüngling dargebracht, den man auf manchen Gemälden an den Zimmerwänden mit einer Säge und einem Hobel in der Hand in der Werkstatt seines Vaters abgebildet sah. Solche volkstümlichen Bilder nahmen gewöhnlich den Platz des Kruzifixes über dem Kopfende des Bettes ein. Nicht einer Religion des Leidens hingen die Frauen an, sondern eher der Pietas der um den Vater und die handwerkliche Arbeit versammelten Familie.

Allen Brotlaiben wurde oben auf dem – wie soll ich ihn nennen? –, dem «Bauch» ein gerader Spalt eingeritzt. Das Ende dieser Linie markierte ein kleiner Teigknoten, den Donna Letterina, wenn ich mich recht erinnere, *kleitorìs* nannte. Der Spalt sollte den Teig gleichmäßiger aufgehen lassen, doch er war wohl auch ein uraltes Symbol der Vulva der Muttersau, denn bis etwa 2000 vor Christus war die Insel voller Schweine gewesen.

Morgens lauschten wir Kinder freudig diesem mehlig leichten, wäßrig trillernden oder teigig sonoren Schnalzen. Die Mädchen beobachteten aufmerksam ihre Mütter und ahmten sogar deren Körperbewegungen nach, die mal aus einem Bücken und Schwanken, mal aus raschen Drehungen des Rumpfes bestanden, während ihre Hände unaufhörlich in Bewegung waren. Es gab Momente, wo das Licht so günstig einfiel, daß es sich von den Augen der Mütter auf den Teig ergoß und ihn mit einem silbernen Schimmer färbte.

Mineo war an jenem Tag voller Frauen, die Teig kneteten und Brot buken. Mittags roch man an jeder Ecke den Backduft, der sich mit dem Klang der Glocken vermischte, welche die Mittagsstunde läuteten.

In fast allen Häusern der Bauern und Handwerker sah man Hängematten aus gefalteten Decken, die mit Stricken an großen Nägeln in zwei nah beieinanderliegenden Wänden befestigt waren. Von den Hängematten hing eine lange Schlinge herab. Mit deren Hilfe versetzten die Mütter, wenn sie ihre Kinder mit herzzerreißenden arabischen Schlafliedern zum Einschlafen brachten, die Hängematten in schaukelnde Bewegungen, welche sie dann allmählich in ein sanftes einschläferndes Wiegen verwandelten.

VII.

Als im Jahr 1930 zum ersten Mal Trinkwasser aus der unterirdischen Salònia-Quelle bei Vizzini nach Mineo kam, begannen die Frauen, die Wäsche unter dem Strahl des Wasserhahns im Brunnenbecken zu waschen, statt wie sonst das in Krügen aufbewahrte Wasser zu verwenden. Sie hängten die Stücke auf Leinen an die Balkone zur Gasse, die fast immer im Schatten lag. Nur unsere Mutter konnte, da wir zur Sonnenseite der Mura, wo der Ort in einem steinigen Abhang endete, eine kleine Terrasse besaßen, die Wäsche sofort in die sonnenerfüllte Luft hängen.

Wir Kinder liebten es, die aufgereihten Wäschestücke zu betrachten, über die der Tag je nach der Stunde, die gerade in Mineo schlug, mit wechselnden Farben hinwegging.

Eines Sonntags, es war schon später Vormittag, sagte Pino Lauria oder Agrippinuzzo: «Wenn ihr die ganz leichte Bewegung beobachtet, die die Schatten der Rosen auf der Unterwäsche der Schwestern Baccanelli machen, und verfolgt, wie sie schillern oder sich mit kleineren Schatten verbinden, könnt ihr begreifen, daß die Erde sich dreht, wie es uns der Lehrer Siragusa immer erklärt.»

Wir lachten: «Oho, hört, hört, wie viele Dinge Pino weiß!»

Mein Bruder, der scharfe Denker, fragte ihn: «Wie hast du das herausgefunden, Agrippinuzzo?»

Seltsamerweise wurden wir diesmal alle von dem Gespräch gepackt und unterbrachen unser Spiel.

Pino erwiderte: «Du weißt, daß die Erde sich um die Sonne dreht und von ihr angestrahlt wird.»

Santo, mein Bruder und Niccolò fragten alle gemeinsam: «Hängen wir also kopfüber im Weltraum? Auch das Meer, unsere Felder, Mineo?»

Pino antwortete: «Natürlich, das ist doch ganz klar, habt ihr das denn immer noch nicht verstanden? Es sind die Schatten und ihre Veränderungen, an denen man sieht, daß die Erde sich dreht. Es genügt, wenn man auf die Unterhose von Dardania schaut.»

Alle folgten wir neugierig Pinos Finger, der auf sie zeigte.

Die Mauerpfefferrosen, welche die beiden Schwestern in ihren Töpfen zogen, sandten blattlose Schatten auf das Kleidungsstück von leuchtendem, mit bläulichen Streifen durchzogenem Weiß. Wir starrten unentwegt darauf, Santo und ich legten uns sogar die zu einem Fernrohr geformten Hände vor die Augen, um es besser einzugrenzen. Nach einer Weile bemerkten wir, daß ein schmaler Schatten sich wie ein Schlitz auf den Mittelteil der Unterhose legte.

Ich rief aus: «Das ist ein tolles Spiel, Pino, wirklich ein tolles Spiel. Wie bist du bloß darauf gekommen? Weißt du auch», fuhr ich etwas heimtückisch fort, «worauf der kleine Schatten jetzt gerade fällt?»

Wir wollten schon in Gelächter ausbrechen, doch da wir ein Jucken um den Bauchnabel verspürten, spähten wir weiter verstohlen auf jenen kleinen, wie ich heute sagen würde, geschlitzten Schatten, der sich tropfenförmig ausdehnte wie Tau auf den Balkonblumen.

Pino sagte: «Unsere Erde dreht sich, wie immer. Wenn

wir still zuhören, können wir das Geräusch hören, das sie dabei macht.»

In der Gasse herrschte tiefe Stille. Wir verharrten lauschend. Das war wirklich ein herrliches neues Spiel für uns. Wir fühlten uns dem Hof, sogar uns selbst sonderbar entfremdet, ein Angstschauder lief uns über die Handrücken. Leopoldo, Niccolò, Turi Simili und mir war, als täte sich ein Abgrund unter unseren Füßen auf, aber er war nicht schwarz, sondern blendend hell: Wir schwebten darüber, und die Sonne wurde von den Sternen angezogen und verschlungen.

«He, was passiert da?» fragte Leopoldo mit der kleinen Kartoffelnase. «Bebt die Erde unter uns?»

In diesem Moment kam der Wind in die Gasse, machte Halt, bewegte sich wieder und drehte sich um sich selbst. So entstand ein großer Wirbel, er stieg auf, höher und höher, riß Dardanias Unterhose aus den Wäscheklammern und nahm sie mit sich fort.

Als das erste jähe Erschrecken sich gelegt hatte, sagte Niccolò: «Oh, was für ein Spaß! Wo wird dieses Kleidungsstück wohl landen, das jetzt schon auf dem Dach von Donna Letterina leuchtet?»

Den Blick in die Höhe gerichtet und die Luft einatmend, die nach Honig, Sardellen, schmutzigem Hintern und zerdrücktem Basilikum roch, verfolgten wir alle den nun schrägen Flug der Unterhose. Auf den Dachfirsten kam der Abend heran.

Ich sagte: «Oho, hihi, sie wird in den Weltraum fliegen!»

Pino sagte: «Ja, bestimmt wird sie vom Merkur angezogen.»

Und unseren jeweiligen, sehr bescheidenen Himmelskenntnissen entsprechend, steuerten wir alle etwas bei: «Vom Merkur wird die Unterhose weiter zur Venus fliegen.»

«Nach der Venus wird sie vom Mars angesaugt werden.»

«Und weiter geht ihr Flug von Stern zu Stern.»

Pino fügte, seinem religiösen Empfinden folgend, hinzu: «Ich glaube, sie wird im großen Firmament landen, wo Gott entsteht und sich ausdehnt.»

Ich wollte gerade fragen: «Aber Gott könnte seine Hand ausstrecken ...», als auch Righetta, Lola, Nina, Sarah, Mariuccina und Vincenzuccia auf den Hof kamen. Sie sahen die Unterhose, die, in den starken Wirbel hineingesaugt, nun über den Ziegeln der Nachbardächer schwebte und einen Schatten darauf warf. Der wurde von den zahlreichen Schornsteinen verschluckt.

Nina, deren Hautfarbe einen noch helleren Alabasterton angenommen hatte, rief: «Dardania! Dardania!» Und die anderen Mädchen fielen ein: «Dardania!»

Aber Dardania hörte sie nicht. Der Wirbel schwoll ab und fiel in sich zusammen, wir spürten sein Aushauchen auf der Haut.

Die Hühner begannen wieder, den Hof mit ihrem Glucken zu erfüllen. Ein Hahn krähte – rot der Kamm, lang der Kehllappen, glänzend das Gefieder.

VIII.

Jede Familie besaß Hühner und Hähne. Es war sogar Brauch, die Eier zu beschriften, bevor man sie der Bruthenne unterlegte. Wenn meine Mutter also auf ein Ei «Pippino» schrieb, bedeutete das, daß das Küken aus diesem Ei mir gehörte. Wenn sie «Mariuccina» schrieb, würde das Küken meiner Schwester gehören, und so weiter. Bei der letzten Brut war mir ein schwarzes Küken geboren worden, das jetzt schon zur Henne herangewachsen war.

«Oh, schau mal, Pippino», rief Turi Simili mir zu, nachdem das Wirbeln des Windes sich gelegt hatte. «Siehst du den Hahn da, der um deine schwarze Henne herumschleicht?»

Schon als sie noch ein Küken war und später dann ein Huhn, hüpfte Barbaglina (so nannte ich diese Henne), da sie mich sehr häufig sah, mir gerne auf den Schoß oder sträubte ihr Gefieder, um meinen Unterleib damit zu streifen. Ich glättete ihr die Federn, die von einem so glänzenden Schwarz waren wie die Haare von Alidora, und meine Hände bewegten sich langsam bis zu ihrem Schwanz, den sie dann mit einem seufzenden Glucken hob.

«Schau mal», fuhr Turi fort, «deine Henne hockt gerade unter dem Hahn.»

Dieser schlug mit den Flügeln, während er sie umkreiste. Seine Sporne waren gelb, der Kamm geschwollen.

Ich wollte ihn verscheuchen, indem ich dicht über dem Boden rasche Handbewegungen machte, aber Turi sagte:

«Jedes Tier muß mit einem Tier von der gleichen Art zusammensein.»

Der Hahn bestieg Barbaglina, pickte ihr in den Kopf, und die Henne hob den Schwanz. Ihr Anusloch trat hervor wie eine kleine rote Rose, und während der Hahn sich mit ihr vereinigte, wurde das Loch von leisen, pulsierenden Zuckungen erfaßt.

Pino mischte sich ein. Er sagte zu mir: «Auf den Feldern singen um diese Zeit Buchfinken und Nestscheißer, und die Sonne steht in vollem Glanz.»

Santo bemerkte: «Was dir immer alles einfällt!»

Und ich sagte ganz plötzlich, ohne zu überlegen, mit einfältiger Stimme: «Könnten wir denn nicht ein Huhn heiraten?»

Pino lachte, Turi Simili grinste ein wenig, Santo blieb nachdenklich.

«Warum lachst du nicht?» fragte ich ihn.

«Ich denke nach. Wie würden unsere Kinder wohl aussehen, wenn wir eine Henne heiraten würden? Sie hätten Beine und einen Kopf wie wir, aber sie hätten Flügel. Ja, ja, ich weiß, du und Barbaglina, ihr habt euch lieb. Sie berührt dich mit ihren Feder und auch du streichelst sie. Manchmal küßt du sie sogar, hast du mir erzählt. Sie hebt den Schwanz. Du fühlst dich wie ein Hahn, das passiert mir mit meiner Henne Pelosetta genauso. Aber Nina Privitera hat dich auch lieb.»

Ich fragte immer noch einfältig weiter: «Also ist eine Frau besser?»

Santo, dem der Haarschopf unordentlich in die Stirn hing, antwortete mir knapp: «Eine Henne ist besser, Pippino. Viel besser.»

Turi Simili hörte zu und sagte gar nichts.

Viele Hennen und mehrere Hähne scharrten überall in der Gasse, sie liefen frei herum. Sie pickten nach Würmern, ängstlichen, verspäteten Ameisen, Brotkrumen, Tausendfüßlern, jungen Oktoberkräutern, die entlang der Mauern hervorgesprossen waren.

Nachdem sie vergebens nach Dardania gerufen hatten, waren unsere Freundinnen, unter ihnen auch Nina, die elf Jahre alt war wie ich, zu uns zurückgekehrt. Als sie bemerkten, daß die Hühner sich dem schwarzen Nieswurz näherten, der sich zufällig in einer Mauerspalte von Santo Cunsolos Haus ausgesät hatte, verscheuchten sie die Tiere, indem sie riefen: «*Schsch*, weg da, diese Pflanze dürft ihr nicht anrühren!»

Es war ein kleiner Strauch von durchschnittlicher Größe, fest in den Mauerriß hineingezwängt, mit ledrigen Blättern. Schon sprossen seine Blütenknospen, die sich zu Weihnachten als weiße Lippenblüten von gläserner Helligkeit öffnen würden.

Lola, Nina, Righetta und Mariuccin hörten unser Gespräch nicht. Nina, die ein Kleid aus plissiertem Taft trug, fragte, als sie das Krähen der Hähne hörte: «Krähen die Hähne auf dem Mond?»

Mariuccin lachte zwanglos und silberhell.

«Ja sicher, natürlich», antwortete sie. «Nachts hört man dort oben auch die Grillen zirpen wie in Camuti. Seid still! Laßt uns zuhören.»

Es waren wirklich viele Hähne, die an diesem ausgehenden Tag in ganz Mineo krähten, und überdies antworteten ihnen die auf dem Mond mit einem Gegengesang. Wir hörten ein unaufhörliches Krähen, es gellte uns in den Ohren, auch wegen des Antwortkrähens, das hell vom Mond herab erklang. Dieser ging blaß und riesig hinter der Silhouette der Berge von Militello auf.

Mein Bruder betrachtete Righetta, zu der er sich hingezogen fühlte, wie wir wissen, und während er sich ihr näherte, kitzelte er sie mit Hühnerfedern am Nacken.

«*Kikeriki, kikeriki*», machten wir anderen, «he Righetta, ist Turi etwa dein Hahn?»

Righetta wurde rot am Hals, wie eine Erdbeere. Trotz seiner olivfarbenen Haut hatte mein Bruder die gleiche Erdbeerröte auf dem Adamsapfel.

Lola sagte: «Oh, wie viele Hähne krähen! Seht nur, jetzt erreicht die erste Blässe des Mondes unseren Hof.»

Turi Simili bemerkte: «Bei stillem Mond aber wird man diese Hähne nicht mehr hören.»

Santo und ich fragten augenblicklich: «Was meinst du damit?»

Turi Simili erklärte uns, daß sein Großvater es so nannte, wenn der Mond nicht mehr am Himmel stand. Man mußte mehr als zehn Tage warten, um ihn wieder auftauchen zu sehen.

Als meine Schwester Vincenzuccia, neben sich Idolina, erzählte, daß um diese Zeit auf den Feldern sogar die Bergminze lacht, bekam ich Lust, wie ein Hahn zu krähen.

Ich machte: «*Kikeriki.*»

Und Leopoldo: «*Kikeriki.*»

Turi Simili: «*Kikeriki.*»

Auf diesen Ruf hin kam Barbaglina, meine Henne, zu mir und kauerte sich zwischen meine Beine.

Nur unsere Freundinnen krähten nicht, sondern lachten.

Pino Lauria: «*Kikeriki.*»

Wir krähten alle ununterbrochen weiter. Die aufgeregten Hähne antworteten im Chor, die ganze Gasse hallte davon wider. Der Lärm schwoll an.

«Ist doch klar», sagte Niccolò, der eine wolkenfarbene Mütze trug. «Die Hähne krähen auf dem Mond, die irdischen Hähne krähen hier, in Mineo und überall auf den Feldern. Darum versteht man überhaupt nichts mehr.»

«Was ist da los? Was ist los?» rief Donna Peppinella Renda, die mit dem kleinen Achille auf dem Arm auf den Balkon getreten war. Das gleiche fragten die Capitanella, die Mutter von Pino Lauria und die Cunsolo.

Zu Santo war seine Henne Pelosetta gekommen, ihr Gefieder hatte eine Mischfarbe aus Karmesinrot und glänzendem Grau. Er hatte sie hochgehoben und auf den Arm genommen. Sie bewegte ganz sacht ihre Federn, und während in der Gasse wieder Stille einkehrte, öffnete und schloß sie viele Male die Augen, bis sie einschlief.

IX.

Im Jahr 1930 kam das Trinkwasser nach Mineo. Bis zu dem Zeitpunkt gab es keines in den Häusern. Also stellte man Wasserkrüge in die Körbe, die an die Packsättel von Eseln oder Maultieren gebunden waren, und ging hinaus zu den Quattro Canali an einem großen, nicht asphaltierten, freien Platz vor dem Schlachthaus. Daneben war eine Tränke angelegt worden, auf deren Grund lange, wogende Algenfäden schwammen. Auf einem schwarzen Stein kann man noch heute das Jahr lesen, an dem dort das Wasser ankam: 1898.

Man konnte aber auch über einen gewundenen Pfad, den die Brennesseln und Malvensträucher grün färbten, zu den Sei Canali unterhalb des steilen Abhangs der Mura gehen. Hierhin kam ich oft mit meinem Bruder auf dem Rücken unseres geduldigen, stillen Esels Rondello. Manche Bauern lächelten, wenn sie uns sahen, und sagten: «Euer Esel denkt. Seht ihr nicht, wie seine Augen von Zeit zu Zeit aufleuchten, wenn ihm gerade ein Gedanke kommt?»

Ich muß erzählen, daß es damals noch wenige Jahre zuvor am Abhang der Mura auf der äußeren Seite, wo der tonhaltige Boden des Hügels an die Feigenkakteenpflanzung von Donna Carolina grenzte, einen großen Müllabladeplatz gegeben hatte. Auf der sehr staubigen Halde lagen Scherben zerbrochener Zehnliterkrüge, Stroh, Mägen geschlachteter Hühner oder Speckschwarten von Schweinevierteln, viel unbenutzter Viehmist, sogar Kot, denn die Bauern gingen zum Kacken hierher, ärmliche, von den Jahren verschlissene Möbel und aufgeschlitzte Matratzen, die Tuberkulosekranken gehört hatten. Wenn im Oktober der erste Wind darüberfuhr – der Ostwind oder der pfeifende Tramontana aus dem Norden –, stiegen von hier körniger Staub und ungeheuer starke Ausdünstungen in die Luft. Dann schlossen die Frauen sich in den Häusern ein, Donna Carolina trat ans Fenster, das auf den Abhang hinausging, und machte verzerrte Gesten der Verwünschung, wobei die Sonne, die sie direkt beschien, ihre Haare in Flammen aufgehen ließ. Als wir Geschwister und meine Kameraden ungefähr sechs, sieben Jahre alt waren, kamen wir hierher, um Stücke zerbrochener Teller und leuchtendbunte Steinchen zu sammeln, die uns als verzaubert galten, oder um mit brennenden Streichhölzern, die wir wie Kerzen hochhielten, Begräbnisfeiern für die toten Katzen zu veranstalten. In Wirklichkeit aber fielen die Katzen zu Dutzenden zusammen mit Hunden und Vögeln wie Finken, Hänflingen, Elstern oder sogar Falken über diesen Hügel her, um Kakerlaken, Würmer, Regenwürmer, Taranteln, Fleischfetzen von toten Tieren und Asseln zu erbeuten oder um das Gras zu fressen, das nach den ersten Regenfällen aus dem Boden schoß. Im Januar war die Müllhalde schon über und über mit weißen Margeriten, mit Löwenmaul und Löwenzahn oder mit Glaskraut, wildem Fenchel, Königskerzen und Steckenkraut bedeckt. Man sah dort winzige Mandelbäume und zitternde, junge Oliven wachsen oder Schößlinge von *bagalori*, die an diesem Ort niemals ihre enorme Höhe erreichen würden. Es war eine Lust, zwischen Büscheln roten Baldriankrauts und scharrenden Hühnern unter dem Mond zu sitzen, der den grasbewachsenen und blühenden Müllberg an solchen Januarabenden in eine Veilchenfarbe tauchte.

Wie auch immer, in der Zeit, als wir noch Wasser holen gingen, gab es diesen fauligen Hügel schon nicht mehr – auf dem sich Hunde und Hündinnen vereinigten, um hinterher reglos in verdrehter Haltung wartend zu verharren, bis der Mond sie schlagartig voneinander trennte, der, mit vielen rosigen Spitzen besetzt, hinter dem Gebirgskamm von Militello aufging.

An den Brunnen liebten wir das Sprudeln des frischen Wassers. Darum blieben wir, wenn nicht so viele Leute da waren und wir die Krüge gefüllt hatten, noch ein wenig, um dem Wasser zuzuhören.

«Worauf horcht ihr?» fragten uns die wenigen Bauern und Dorfleute, die gekommen waren, um Krüge, Flaschen und Kruken zu füllen.

Das Wasser floß mit unaufhörlichem Geplätscher und sammelte dabei die unterschiedlichen Helligkeiten des Tages ein, der über die Felder und Hügel hinwegging. Doch nachdem wir die Tongefäße gefüllt und dem erstickten Gluckern gelauscht hatten, das lauter wurde, während der Krug sich füllte – eine Art, wie soll ich sagen? *klocklockklocken* – machten Turi Simili, Santo Cunsolo, Pino Lauria und ich uns einen Spaß daraus, den Abfluß der Brunnen mit den Fingerkuppen des Zeige- und Mittelfingers zu verstopfen. Wir verschlossen die Öffnung aber nicht ganz, darum spürten wir das samtige Entweichen des Strahls, wenn wir die Finger mal nach hier, mal nach da bewegten, als spielten wir auf einer Gitarre aus Wasser.

«Oh, das ist schön!» sagte Santo.

Alle stimmten zu, der eine mit einer Handbewegung, der andere mit einem Kopfnicken, ein anderer mit einem Pfiff oder leisem Zischen oder einem Schnalzen der Lippen.

«Diese Quellen», sagte ich, «sind Frauen. Ihr Loch ist zart wie das Teil der Eselinnen und der Frauen. Wenn ihr daran schnuppert, riecht ihr seinen Geruch wie den des jungen Grases, das an den Ufern des Fiumecaldo sprießt und sich biegt.»

Turi Simili erklärte: «Wir müssen die Öffnung des Brunnens vorsichtig berühren, sonst rutscht uns der Strahl aus der Hand und spritzt uns ins Gesicht.»

Pino Lauria, der Sanfte, fügte hinzu: «Wir dürfen uns bei diesem Spiel nicht zu sehr erregen. Sonst begehen wir eine Sünde.»

Rondello, der mit Zehnliterkrügen beladen war, stampfte leicht mit dem Huf auf, Pinos Eselin betrachtete uns mit weichen, neugierigen Augen. Wir fuhren fort, das Wasser zu berühren und es zu betasten. Es kam langsam aus dem Abfluß heraus, umspülte unsere Finger, ließ unsere Hände erglänzen.

«Oh, wie herrlich das ist», murmelte ich. «Laßt uns weiterspielen. Das Wasser ist eine Frau. Wollen wir es ‹Nina-Wasser› nennen?»

Meine Kameraden blickten mich an, ihre Augen schlossen sich.

Als dann aus den Feigenkakteen am Hang und aus den wenigen jungen Eukalyptusbäumen mit ihren dichtbelaubten Zweigen das gekräuselte, einschläfernde Rauschen einer kleinen Windbö kam, erschien es uns, als besänge die ganze Welt die weiche Schönheit dieses Wassers.

Wenn wir Kinder nicht zu den Brunnen gehen konnten, kauften die Frauen in Mineo das Wasser beim Wasserverkäufer Quattrolune, einem Fuhrmann.

Schon bevor er ankam, hörten wir in der Gasse das Knarren der Räder, die sich langsam über die rechteckigen Pflastersteine der Stradalunga drehten.

«Hört ihr? Hört ihr?» sagten Righetta oder Lola oder meine Schwestern.

Dieses Rollen der Räder hörten auch die Baccanelli-Schwestern und erschienen auf dem Balkon. Donna Peppinella, die hinter uns wohnte, und unsere Mutter traten vor die Tür. Sogar unsere Tante Agatella Bonaviri erschien an einem der beiden Fenster, die auf den Hof hinausgingen.

«Frauen, he, ihr Frauen», rief der Fuhrmann, «der Wasserverkäufer kommt!»

Quattrolune mochte fünfzig Jahre alt sein. Er hatte krauses Haar, war blond wie ein Normanne, mager und hatte eine schöne, wohlklingende Stimme.

«Ihr Weiber, ich verkaufe Krüge mit ganz frischem Wasser. Eine Lira der Zehnliterkrug.»

Er blieb am Eingang zur Gasse stehen, und wenn er die Zügel fest anzog, um das Maultier zum Stehen zu bringen, hörte man ein lautes Knirschen, das sich als ein kugelrundes Geräusch ausbreitete, um dann nach und nach zu zerbröckeln.

Wer weiß, warum der Nachhall seiner Worte einen traurigen Klang hatte.

«Quattrolune kommt, Quattrolune», sagten die Frauen aus der Gasse.

Aus Gewohnheit blieb das Maultier vor unserem Hof stehen. Das Schellenhalsband, das zu seinem Zaumzeug gehörte, gab die letzten klingelnden, vereinzelten Töne von sich.

Meistens brachte Quattrolune Wasser, das er an den Sei Canali geschöpft hatte, manchmal holte er es aber auch hinter der Nunziata in der Gegend der Malati oder aus bestimmten Talquellen.

Mehrere Frauen in der Gasse, wie zum Beispiel die Schwestern Baccanelli, zogen dieses Wasser vor, weil es, wie sie sagten, in großer Tiefe floß und dabei die Salze der Gesundheit in sich aufnahm und sogar – das war etwas, was wir Kinder nicht verstanden – kleine, wohlwollende, durstige Götter.

Eine Frau sagte: «O Quattrolune, Quattrolune, eine Lira für den Zehnliterkrug, das ist zu teuer. Ihr müßt den Preis für uns senken!»

Dardania trug ihren Krug graziös unter der Achsel, es schien, als tanzte sie auf dem kurzen Weg, den es zurückzulegen galt, und um den Krug wand sie ein paar Zweige Anis oder Levkojen, wenn sie blühten.

Nachdem sie das Wasser gekauft hatten, kehrten alle Frauen ins Haus zurück. Die eine ergriff ihren Krug an den Henkeln, um ihn auszuleeren und dann dem Fuhrmann zurückzugeben; die andere schlug mit der Hand auf das bauchige Gefäß, um das Wasser klingen zu hören und daran zu erkennen, ob es aus einer Talquelle oder von den Sei Canali kam. Oder ob es womöglich, wenn es lehmig klang, das sehr viel billigere Wasser war, das man zum Wäschewaschen benutzte.

X.

Nachdem sie aus New York zurückgekehrt war, wo sie mit ihren Brüdern und Schwestern von 1919 bis 1923 gewesen war, um zu arbeiten, brachte meine Mutter eine neue Art, sich zu kleiden und zu benehmen, in die Gasse.

Damals hatte sie nicht besonders lange, pechschwarze Haare, die ihr lose in den Nacken fielen, vorne links gescheitelt waren und die Ohren in einer weichen Linie umrahmten. Um den Hals trug sie eine zweireihige Kette, eine aus Silber und eine aus Gold, beide Reihen ineinander verschlungen.

Sie war klein von Statur, das Gesicht war rund, schön, und ihre Augen glänzten entweder nachdenklich oder fröhlich, je nach den Gedanken, denen sie nachhing. Wenn sie aus dem Haus ging (was selten vorkam, der alten, tiefverwurzelten arabischen Sitte entsprechend), trug sie einen Hut mit einer Filzkrempe, beinahe so breit wie ein Rettungsring, der ihr einen ungewöhnlichen, sanften Liebreiz verlieh. Damals pflegten die Bäuerinnen oder die Frauen der Handwerker in Mineo lange Kleider zu tragen, die auf der Brust mit Vierecken aus schwarzschimmerndem Seidenstoff geschmückt waren. Wenn unsere Mutter ausging (später befolgte sie wieder den alten Brauch, immer im Haus zu bleiben), wurde sie von allen Frauen mit einer feinen Spur Eifersucht beobachtet. Sie hatte einen geschmeidigen Gang, der aus einem harmonischen Gleichgewicht zwischen den Bewegungen der Beine und Arme und leichten Schwingungen des Körpers bestand. Eine jugendliche Anmutung strahlte aus ihrem Gesicht, aus ihrem Lächeln und sogar aus der gelegentlichen Traurigkeit, die aus ihrem Herzen aufstieg. Im Unterschied zu Nanè sammelte sie, wenn sie sich im Freien aufhielt, auf der kleinen Terrasse oder auf dem Balkon, der mit seinen beiden Töpfen, in denen dichte Basilikumbüsche wuchsen, zur Gasse hin lag, auf ihrer Stirn, auf den Haaren und in der olivfarbenen Haut der Sizilianerin die schwachen, gedämpften Lichter des Tages ein: das Licht des Morgengrauens, das Licht, das nach einem Gewitter in weißen Bündeln vom Himmel fiel, oder das sterbende Licht des frühen Abends. All diese Lichter schenkten ihrem Blick eine verhaltene Süße. Sie war von ungewöhnlicher Lebhaftigkeit in dem, was sie tat und sagte, in ihren scherzhaften Einfällen und ihrer Eigenart, plötzlich aufzulachen.

Wenn im August das Fest der heiligen Agrippina stattfand, der Schutzpatronin von Mineo, die römische Wurzeln hat, oder wenn man den Frühling feierte, der mit hellen, festongeschmückten Lichtern und einem Geruch nach Kräutern aus den Tälern kam, zog sie ein Kleid an, das sie aus New York mitgebracht hatte. Es war mit großen und kleinen Korallen besetzt, einige davon recht wertvoll. Wenn die Glühwürmchen in die Gasse kamen oder an den Feldrainen gelbe Margeriten und der Borretsch mit seinen blauen Blumen aufgeblüht waren, blinkten diese Korallen in wechselnden Farben. Donna Letterina, die auf ihrem Treppenabsatz saß und mit einem kleinen Bohrer Löcher in Schüsseln oder zerbrochene Tontöpfchen oder gesprungene Teller machte, um sie mit geeigneten Metalldrähten und einer von ihr erfundenen Klebemischung wieder zusammenzufügen, sagte, als sie meine Mutter gegen Abend sah: «O Giuseppina, der Mond ist hervorgekommen. Wie viele Monde läßt du beim Gehen hinter dir? Unser Hof ist schon voll davon.»

Unsere Mutter hat dieses Kleid übrigens später meiner Schwester Maria vererbt.

Viele Frauen versuchten, sie nachzuahmen, so daß die althergebrachte Bekleidung der Frauen von Mineo eine Veränderung erfuhr.

Doch für viele Frauen war es schwierig, sie zu imitieren, denn ihnen fehlte einiges: jenes Verhalten zwischen Stolz und lächelnder Freundlichkeit, dieses gewisse Etwas, das Giuseppina beim Gehen von anderen unterschied, sogar ihre phantasievollen Kleider. Die anderen Frauen neigten von Natur aus zur Bescheidenheit, darum verbargen sie ihren Kopf und das Gesicht unter dem Schal, wenn sie aus dem Haus gingen – ein altes arabisches Erbe.

XI.

Nach unserem Haus kam das von Donna Peppinella Renda, dessen Außentreppe mit ihren sechs oder sieben Stufen in einem winzigen Treppenabsatz endete. Donna Peppinella war noch ziemlich jung, hatte schwarze, zu einem Knoten gebundene Haare und trug eine Stola über der Brust. Die Farbe ihrer Haut spielte in den sizilianischen Braunton, auf ihrem blassen Gesicht lag ein transparentes Leuchten.

Ihr Mann, ein Bauer, dem einige hügelige Grundstücke mit vielen Olivenbäumen gehörten, besaß zwei Maultiere. Er hatte einen kräftigen Körperbau und sprach wenig. Er war auch als hervorragender Veredler von Obstbäumen bekannt. Einmal gelang es ihm, einen Granatapfelbaum zu veredeln, indem er dessen Pfropfreis oder Edelreis auf einen Quittenbaum pflanzte, der dann Früchte mit winzigen Kernen und nach Rosen duftendem Fruchtfleisch trug.

Damals stillte Donna Peppinella gerade ihr drittes Kind namens Achille. Obwohl er erst zweieinhalb Jahre alt war, gelangte der kleine Junge mit seinen flinken, schwankenden Schritten leicht bis zum Balkon. Dort setzte sie sich oftmals zwischen zwei Töpfe: In einem wuchs Petersilie, in dem anderen pflegte sie liebevoll ein von ihrem Mann geschaffenes Bäumchen, das ungefähr bis Juni von vielen Kohlweißlingen umflogen wurde. Sie gab Achille die hellhäutige Brust, mal den rechten, mal den linken Busen, den sie zierlich zwischen Zeigefinger und Daumen hielt.

Wir schauten ihr gern dabei zu, und sie tat, als schirme sie sich vor unseren Blicken ab, doch sobald sie unsere Anwesenheit bemerkte, bot sie ihrem Söhnchen mit um so liebreizenderer Zärtlichkeit die eine oder andere Brust. Verstohlen betrachteten wir den Busen mit seinem flüchtigen Perlmuttschimmer.

«Schön», entfuhr es Santo Cunsolo.

«Sieht aus wie ein Granatapfel», fügte ich hinzu.

Turi Simili bemerkte: «Würde es euch gefallen, diesen Granatapfel Kern für Kern auszulutschen?»

Wir lachten, unsere Köpfe nickten in einem langandauernden «Ja».

Pino Lauria ermahnte uns, es sei nicht recht, eine Frau zu beobachten, selbst dann nicht, wenn sie sich auszieht und die Dunkelheit ihren Körper umschließt und in Wellen zerschneidet.

Ich sagte noch: «Ich würde Weinblätter, eins rechts, eins links, an ihre Brüste hängen.»

Fiel das Sonnenlicht günstig ein, konnten wir sogar eine der beiden aufgerichteten Brustwarzen erspähen.

Wenn Alidora Baccanelli sie von ihrem höher gelegenen Balkon aus sah, sagte sie oft zu Donna Peppinella: «Versucht diese Rosenblätter zu fangen, oder nehmt die ganze Rose, wenn sich die Blütenblätter nicht von selbst ablösen. Schmückt Euch damit.»

Die Rose zeichnete im Flug eine Bahn in die Luft und hinterließ eine fast leuchtende Spur. Nicht immer erreichte sie den anderen Balkon, dann fingen Nina oder Lola, wenn sie dabei waren, die Blume auf. Sie trugen das Haar gescheitelt und von zwei Bändern gehalten, und wenn sie die Rose abgezupft hatten, steckten sie sich die Blütenblätter in die Haare.

Manchmal bekamen wir Lust, uns davonzuschleichen – vielleicht ahnte Dardania das, denn sie fragte uns mit einer Stimme, die sehr weich wurde: «Na, wohin geht ihr, wo wollt ihr euch so ganz allein einschließen?» Wir gingen in den *catoio,* eigentlich der große Stall von Pino Laurias Familie. Die Futterkrippe war aus Gips, hatte einen Rand aus Nußbaumholz und verströmte den Geruch der Saatluzerne vom Oktober, die Massaro Masi, der Vater, oder der junge Sohn Neli hier aufhäuften, damit das Vieh sie fraß und fett wurde.

Kaum waren wir drin, fragte ich: «Wollen wir unser Spiel spielen?»

Nur Pino widersetzte sich anfangs, willigte aber schließlich ein.

«Es gefällt dir also», fragte ich ihn, «zu spüren, wie wohl dem Bauch dabei wird und wie unser Piller rasend wird?»

Wenn wir die richtige Tageszeit wählten, fiel wegen des eintretenden Lichtes manchmal flüchtig der Schatten von Donna Peppinella oder von Dardania in den Raum. Es waren Bilder, die sich wenige sekundenschnelle Augenblicke lang auf dem mit Steinen gepflasterten Boden abzeichneten, um dann von einer Wand des Kellers zur anderen hin und her geworfen zu werden und schließlich zu verschwinden.

Ich muß noch erklären, daß Pino derjenige von uns war, der voraussagen konnte, ob wir in Zukunft Töchter oder Söhne zeugen würden, wenn er unser Glied von mehreren Seiten genau betrachtete.

Sobald wir im Keller versammelt waren, stellten wir uns dort, wo der Stall durch eine Stufe aus Gips geteilt und zur *pagliarola* wurde, in der die Strohvorräte lagerten, im Kreis um Pino auf.

«Wie machst du das nur?» hatte Zaccheo oder Kòlovoz, wie wir ihn nannten, einmal gefragt, ein jüdischer Junge, dem ein rötliches Büschel Haare in die Stirn fiel. Er kam uns nur selten besuchen, denn er wohnte im Judenviertel, das sich unterhalb der Kirche San Pietro mit verwinkelten, feuchten Gäßchen erstreckte, lauter Windungen, die einander im Weg waren und wo die Sonne mit Mühe schräg einfiel, aber zur Stunde des Sonnenuntergangs hell auf die Dächer schien.

Zaccheos Familie war aus irgendwelchen Bergregionen Kroatiens hergekommen. Wie mir mein Freund Salvatore C. erklärt, sagen sie dort zum Beispiel für «November» *lìstopad,* also Monat, in dem die Blätter fallen. Zaccheo bezeichnete den Monat August übrigens als *kòlovoz,* das heißt, der Monat, in dem die Karren fahren. Darum nannten wir ihn für gewöhnlich Kòlovoz.

Pino antwortete ihm sofort: «Kòlovoz, ihr Juden denkt immer nur daran, eure kleinen Läden mit Wein, Stoffen und ausgestopften Vögeln zu versorgen. Aber an diese Dinge denkt ihr gar nicht. Im Gegenteil, es ist ja bekannt, daß ihr euren Säuglingen den Pipi verstümmelt. Hör zu, ich erkläre dir, wie ich das wissen kann.»

Er forderte mich und Santo Cunsolo auf, das Glied herauszuholen. Wir öffneten die Knopfreihe unserer kurzen Hosen, holten jeder unseren Penis heraus und hielten ihn zwischen zwei Fingern. Wir spürten das Pulsieren des Blutes in seiner samtweichen Bahn wie Wasser eines Gebirgsbachs auf einem Flußbett aus Frauenhaarfarn. Pino hieß uns die Vorhaut zurückziehen und betrachtete eingehend die Öffnung unserer Harnröhre. Schließlich sagte er: «Die von Pippino ähnelt, wie ihr seht» – in den Keller fiel das

Licht der hochstehenden Sonntagssonne –, «einem horizontalen Schnitt, und wenn er ihn drückt – schaut nur! Schaut euch das an! –, öffnet sie das Mündchen wie ein Vogel im Nest.»

«Hihi!» Die anderen lachten. Kòlovoz war benommen vor Staunen, sein fuchsrotes Haarbüschel wirkte noch röter.

«Nun los, rede schon!» drängte ihn Turi Simili, der unterdessen ebenfalls sein Glied in die Hand genommen hatte. «Schau dir meinen auch an.»

«Der Pillermann von Pippino», sagte Pino, «ist weiblich.»

«Was heißt das?» rief Lucio aus. Auch er hatte seinen Penis in der Hand, um ihn untersuchen zu lassen.

«Es heißt, daß Pippino nur Töchter haben wird und niemals einen Jungen bekommen kann.»

Sie lachten, wir lachten. Unser Lachen breitete sich mit kleinen Widerhallen im ganzen Gewölbe aus. So untersuchte Pino bei jedem von uns das Glied – zart waren sie, einige rosig, andere hatten dunkle Haut, wie Mohnblüten, die sich bald öffnen würden. Über jeden gab er seine Meinung kund, sprach Urteile.

Unvermittelt sagte ich: «Laßt uns jetzt unser Spiel spielen!»

Es war ein Spiel, das ich entdeckt hatte, als ich einmal in einer Talmulde bei Camuti den Ziegenhirten Luigi Cappellano gesehen hatte. Dieser rieb, da er keine Streichhölzer hatte, zwei glatte Steine aneinander. Nach langem Reiben sprang ein Funke hervor, gefolgt von weiteren Fünkchen, die einen kleinen Strohhaufen in Brand setzten. Friedlich grasten die Ziegen um Luigi herum, während er – er war vielleicht achtzehn Jahre alt – auf dem kurzen Klee saß, der zwischen diesen Steinhaufen und auf den aus der Erde ragenden, jungen Wurzeln der Eichbäume gewachsen war.

Also hatte ich meine Kameraden überredet, Mineo mit mir zu verlassen, um in ebendieser Talmulde bei Camuti solche weichen Steine zu sammeln, den Bimsstein zum Beispiel, oder andere aus weißlichem Quarz mit grünen Topaseinsprengseln.

«Los jetzt, los», fuhr ich fort, «laßt uns masturbieren!»

Pino sagte: «Nein, nein, das ist eine große Sünde», aber niemand hörte auf ihn. Wir saßen Seite an Seite nebeneinander im Kreis und begannen nun alle, uns das Kinderglied mit zwei Steinchen zu reiben.

Zaccheo fragte ängstlich: «Wird er nicht anfangen zu brennen, wenn wir es so machen?»

Es war das erste Mal, daß wir dieses Spiel spielten, und auch ich hatte Angst. Da sie in mir entstanden war, übertrug sie sich wie eine schwarze Welle von einem zum anderen.

Turi Simili sagte: «Es ist besser, daß wir uns so reiben, wie wir es gewöhnlich machen, wenn wir mit gekreuzten Beinen auf die Feigenbäume klettern.»

«O ja, das stimmt», sagte Lucio Privitera. «Ihr Stamm ist so weich wie die Haut von Righetta. Wenn wir daran hinaufklettern und reiben und reiben, spüren wir ein schönes Ziehen unterhalb vom Bauch. Aber auf diese andere Weise kann sich unser Pipi wirklich entzünden.»

Einen Augenblick lang glaubte jeder von uns, daß sein Glied wirklich in Flammen stehe; es sprühte Funken, und dieses Funkeln umgab sogar unsere Köpfe wie eine Aureole.

Pino rief aus: «O Peppipippino, was läßt du dir nur immer einfallen? Wenn er nun anfängt zu brennen, werden alle Frauen ganz erschrocken in den Keller gelaufen kommen, sobald sie die langen Flammen und den Rauch sehen.»

Ich erwiderte entschlossen: «Wird es euch denn nicht langweilig, immer nur mit den Feigenbäumchen zu spielen? Ja, ihr habt recht, die Blätter, die Krone und sogar der Stamm erbeben wie wir, und sie sind erregt, aber diese glatten Steine werden es niemals schaffen, Funken aus unseren Pillern sprühen zu lassen. Ich fange an.»

Sie betrachteten mich unsicher. Da von der Kirche Santa Maria die Glockenschläge zum Mittag erklangen, begann ich, im Rhythmus der Glocken mit den beiden flachen Steinen über mein Glied zu streichen.

Santo Cunsolo, der stets Mutige, tat es mir sofort nach. Er sagte: «Oh, diese Steinchen bringen mir die Frische eines Baches.»

Ich antwortete: «Ich spüre einen Windstoß wie den, der sich zwischen Olivenbäumen erhebt.» Nach einer Weile sagten die anderen: «Wir wollen es auch probieren.»

Turi Simili bemerkte: «Mir ist, als hörte ich zwischen den Beinen das Summen der Bienen auf den Malvenblüten.»

Nach einer Weile meinte Lucio: «Wenn man reibt und reibt, werden diese Steine weich wie der Brotteig. Wir wollen alle zusammen weitermachen und dabei dem Glockenläuten folgen, wie Peppipippino es macht.»

Nachdem er sich bekreuzigt hatte, stellte auch Pino Lauria fest: «Ich fühle mich, als würden in meinem Inneren viele Sterne hervorkommen.»

Nur Kòlovoz tat immer noch nichts, aber das rote Haarbüschel schaukelte. Schließlich sagte er: «Ich mache mit.»

Die Steine, die Kòlovoz hatte, waren grün, weil sie metallische Einschlüsse hatten, meine waren von einem leuchtenden Weiß.

Kòlovoz sagte: «Mir ist, als verwandelte ich mich in ein Pferdchen, das nachts einen Karren zieht, auf dessen Boden eine Petroleumlampe steht.»

Während unsere Glieder anschwollen, glaubten wir, aus unserem Körper herauszutreten. Eine Fee rief uns – oder war es eine Zwergohreule aus den Eichenwäldern von Trezzito?

Turi Simili sagte: «Oh, oh, überall fallen Blätter von Mandelblüten auf mich herab.»

Lucio, dessen Glied das kleinste von allen war, kürzer als ein Daumen, sagte verträumt: «Diese Steine, die Pippino uns gebracht hat, sind verzaubert. Ich fühle mich in einen Hasen verwandelt, der in den Stamm eines Olivenbaums eindringt, und alles Laub erzittert davon, wie jetzt auch mein Körper.»

Zaccheo-Kòlovoz erklärte: «Bei uns zu Hause beten wir den Mond an. Er ist unser Gott. Mir kommt es vor, als stünde ich am Rand des Mondes, und wenn ich mich vorbeuge, sehe ich kleine, winzig kleine Menschen, wie Ameisen, dort unten auf der Erde.»

Ich sagte: «Jungs, mein Piller ist lang geworden wie fünf Kirschen. Ich fühle, wie ich Nina werde, ihre schwarzen Haare bedecken mein Glied, ihre Arme sind in mir gewachsen, ihre Beine auch, darum habe ich jetzt vier; beide riechen wir, da wir nun ein einziger Mensch geworden sind, wie die Nelken meiner Tante Pippì.»

Von draußen drang plötzlich eine Stimme zu uns, es war die von Areúsa, der Spanierin, die sagte: «*¿Què luz llega ...* kommt da aus dem Keller von Massaro Masi?»

XII.

Wie in ganz Süditalien, so besaßen auch alle Familien in Mineo Lasttiere. In den *catoi* gab es genug Platz für das Bett der Bauern und für die Futterkrippe, an der sie ihre Esel oder Maultiere, einzelne Schafe oder Ziegen oder, an einer langen Leine, eigensinnige Schweine festbanden. Wenige nur besaßen Pferde, weil sie sehr teuer waren.

Die Tiere wurden entweder auf phantasievolle Namen getauft, oder man rief sie bei jenen Namen, die sich schon seit vielen Generationen weitervererbt hatten. In diesem Fall gab es also eine feststehende Onomastik für Tiere. Unser Vater, der Schneider Don Nanè, der die ungewöhnlichsten Bücher las, nannte seinen Esel Rondello, als wolle er ihm die Tugenden des gleichnamigen Pferdes von Buovo d'Antona zuschreiben. Und hier noch ein paar Namen: Ferrante, Corriràpido («Lauf schnell»), Baiardo, Morello («Rappe»), Gigizizi, Zoccolzoccolino («Klapperhuf») oder für die Eselinnen und weiblichen Maultiere: Turina, Colombella («Täubchen»), Natichegrosse («dicke Hinterbacken»), Veronichella, Deianira, Mangiafieno («Heufresser»), Lunella («Möndchen»), Finella, Solarina («die Sonnige»), Peppinella, Michelina und sogar Azzurina («die Blaue»), wenn sie zufällig mit einem blauen Huf geboren wurde.

In jedem *catoio* gab es eine Zisterne, in der über ein System aus unterirdischen Röhren das Regenwasser gesammelt wurde. Um zu verhindern, daß die Kinder in den Schacht stürzten und ertranken, legte man ein Drahtgitter über die Öffnung. Oft beugten wir uns über die Zisterne und schrien oder sprachen hinein, um mit den Geistern des Wassers Verbindung aufzunehmen, die, wie alle glaubten, in dieser dunklen Tiefe hausten. Dann lauschten wir dem Echo unserer Stimmen; manchmal, an sehr heißen Nachmittagen, vernahmen wir aber auch von dort unten klagende Stimmen aufsteigen, ein Dröhnen, einen Widerhall oder das Brüllen der Wasserwesen. Wenn wir ganz still waren, konnten wir das Tropfen des Wassers hören – *plitschplitschplitsch* –, das sehr laut wurde – *platschplatschplatsch* –, wenn Mineo kurz zuvor von einem Platzregen mit seiner dunklen Turbulenz heimgesucht worden war.

In diesen Gewölben neigte alles dazu, rundliche Formen anzunehmen, sogar die Decke, an der man Fialen und kleine Zapfen aus Kalkverkrustungen oder gelegentlich auch schneeweiße Stalaktiten sehen konnte. An den Wänden hingen schwankende Spinnennetze mit Klumpen roter Eier, die von einer klebrigen Substanz geschützt wurden. Auch die *pagliarola* war ein runder Haufen aus Stroh; rund waren die Stangen, auf denen die Hühner schliefen, rund die Bündel mit Feuerholz. Sogar das Heu wurde in Form sattgrüner, kreisrunder Hügel aufgehäuft. Nicht zu vergessen die Flanken und Hinterteile des Viehs oder der Mond, der, wenn es ihm gelang, in die Räume hineinzublicken, dort ein großes rundes Licht erzeugte.

In manchen Zisternen konnte man ungewöhnliche Vögel von der Größe zweier Bauerndaumen, sehr kleine Vögel also, über die Wasseroberfläche fliegen sehen. Ihr Gefieder war schwarzblau, da sie sich der dort herrschenden Dunkelheit angepaßt hatten. Die Federn hatten eine Wachsschicht, damit sie nicht fortwährend die tropfende Feuchtigkeit und finstere Nebligkeit der Zisterne in sich aufnahmen. Über dem Brunnenschacht baumelte ein an eine Eisenrolle gebundener Eimer.

Diese inzwischen fast ausgestorbenen Zisternenvögelchen wurden in Mineo *cisternini* genannt. Es war die einzige Spezies, die ununterbrochen in den Höhlungen der Zisternen leben konnte, und die Ornithologen kennen sie vermutlich gar nicht. Die *cisternini* bauten ihre Nester in Vertiefungen der zylindrischen Mauer, und manchmal gelang es ihnen sogar, sie so anzulegen, daß sie dicht über dem Wasserspiegel hingen. Dafür benutzten sie unbewohnte Spinnennetze und Fäden vom Vogelkraut, für die gewöhnlichen Nester dagegen Gipsstückchen, kleine Steinchen, Stroh und Strohhalme, Kükenflaum oder ein paar schillernde Hahnenfedern.

Einmal konnten mein Bruder Salvatore, der gewitzte, aufgeweckte Kopf, und ich uns mit Hilfe eines Hakens eines dieser Nester holen.

Die *cisternini* brüteten im Sommer, wenn in allen *catoi*, weil sie halb unter der Erde lagen, jene Frische entstand, die im Frühling aus den Wäldern aufsteigt. Das Nest in Form eines Dreiecks war ausgekleidet mit Strohhalmen, Salpeterkörnchen und zusammengerollten, weichen Spinnweben. Die Eier waren schwarz mit roten Pünktchen und so groß wie eine Kichererbse. Nachdem wir uns die sogar an den drei Ecken außerordentlich präzise Bauweise angeschaut hatten – ohne die kleinen Eier zu berühren, auf denen die purpurnen Flecken hervorstachen –, legten wir das Nest in die Aushöhlung der Mauer zurück.

Die *cisternini* lebten immer in den dunklen Räumen der Zisternen. Niemals kamen sie daraus hervor, wie Menschen, die gezwungen sind, in großer Einsamkeit zu leben. Sie ernährten sich von Spinnen, Ameisen, Moosen und Libellen, die aus Versehen durch das Gitter hereinflogen, das wie eine halboffene Tür vor den Kellerzugang gestellt wurde. Die Vögel tranken, indem sie mit dem Schnabel über die Wasseroberfläche streiften, sie schnappten nach den Pferdebremsen, von denen es wegen des Viehs eine Unmenge gab, und manchmal fraßen sie auch Brotkrumen, die die Mädchen ins Wasser warfen. Ihr Flug war im wesentlichen ein Kreisen, sie kannten die Flugbahnen nicht, welche die anderen Vögel unter freiem Himmel verfolgen. Man könnte sagen, daß sie in einer dunklen, runden Welt lebten. Ihr Gesang bestand aus unterschiedlichen Kreischtönen, mal leise, mal laut wiederholten Schreien, und in manchen Monaten, im Winter zum Beispiel, wenn die Wolkendecken über dem Städtchen lagen, hörte man fast ein Weinen, sehr leise, wie von einem Kind, das seine Mutter verloren hat.

Es konnte vorkommen, daß der Westwind, der Nährer der Ackerbohnen, durch sein kräftiges Wehen Samen oder Pollen bis in die Zisternen trug. Dann wuchsen nach wenigen Monaten aus den inneren Mauern Sprößlinge von Olivenbäumen, Granatäpfeln und sogar Feigen. Auch auf diesen Pflänzchen konnten die *cisternini* ihr Nest bauen, so daß man, wenn man dort nach Eiern suchte, ein Pfeifen, Zwitschern und Trillern vernahm, Geräusche, die Sarah und Enzo gut kennen, weil sie Vogelstimmen erforschen. Noch besser kennt sie mein Freund Ennio Morricone, der Musiker.

Die Bauern waren zu sehr von ihrer Arbeit in Anspruch genommen, um diesen Vögeln große Aufmerksamkeit zu schenken.

Einmal fanden meine Schwestern in einem Nest einen toten Vogel, der noch in der Eierschale steckte, nur das Köpfchen schaute heraus. Sofort riefen sie uns Jungen. Der Vogel war winzig, Mariuccina hielt ihn in der offenen Handfläche. Wir umringten sie und betrachteten ihn. Seine feuchten Flügel waren von einem glänzenden Schwarz, wie wir erkennen konnten, als nach der Mittagsstunde plötzlich ein Sonnenstrahl in unseren Keller fiel.

Idolina sagte: «Wir müssen ihn begraben, wir können ihn nicht einfach so liegenlassen.»

Auch Righetta und Sarah, die ein Sträußchen duftender Traubenhyazinthen mitgebracht hatte, und sogar die Schwestern Lola und Nina waren einverstanden.

«Wie machen wir das?» fragte ich.

Pino Lauria riet uns, mindestens eine Elle tief unter dem mit Kieselsteinen gepflasterten Boden des Kellers zu graben, um zu verhindern – so sagte er –, daß Skorpione, Kakerlaken, Spinnen, Ameisen, Tausendfüßler, ja womöglich die überall herumpickenden Hühner ihn auffraßen. Oder auch die Katzen, die es in jeder Familie gab: gewöhnliche Hauskatzen mit grauem oder goldgesprenkeltem, aschfarbenem Fell und großen Pupillenschlitzen, die violett phosphoreszierten. Mit einer Hacke, die Pino gehörte, und unter Zuhilfenahme eines Stocks und einer Harke gruben wir ein längliches Loch neben der Zisterne, und nachdem wir es mit Fetzen aus Seide und mit Watte ausgepolstert hatten, legten wir den *cisternino* hinein.

Meine Schwester Vincenzuccia, die ein Kleidchen aus amarantrotem Samt trug, das am Rücken geschnürt war, sagte: «Wer stirbt, braucht Licht. Laßt uns Streichhölzer rings um das Grab anzünden.»

Pino Lauria meinte: «Ja, das ist gut, ich mache unterdessen ein Kreuz aus zwei Olivenzweigen.»

So entstand ein Kreis aus flammenden, in den Boden gesteckten Streichhölzern. Das kleine Licht dehnte sich aus und zog sich zusammen, als würde es weinen.

Vincenzuccia sagte: «Ich bete zu Gott, damit er die Seele des *cisternino* rettet und sie nicht auf der Erde verwesen läßt.» (Im Jahr 2002 ist Vincenzuccia gestorben. Nur eine kleine Aschenurne ist von ihr geblieben.)

So knieten wir alle um den Grabhügel nieder, der nicht höher als die Rundung eines Granatapfels aus dem Boden ragte, und begannen zu beten. Zaccheo-Kòlovoz betete zum Mond, er möge die Seele des Vogels zu seinen Meeren tragen, Niccolò und Leopoldo, die auch dabei waren, sagten, immer wenn sie eine Katze in der Umgebung ihres Hauses in der Via Casilinia Sud begrüben, würden sie sie mit Weihwasser segnen. Und so müsse man es auch bei dem Vögelchen machen.

Die Mädchen weinten. Ich bemerkte, daß jede auf ihre eigene Art und Weise weinte. Idolina weinte haltlos und tränenüberströmt, Lola schluchzte, bei Nina traten die Tränen aus den Augenwinkeln hervor, glitzernd wie Brillanten. Sarah hatte feuchte Wimpern, Vincenzuccia weinte still, die Tränen liefen ihr über die schönen Wangen wie Tautropfen, die im Morgengrauen vom Himmel fallen.

XIII.

In den catoi neigte, wie gesagt, alles zur runden Form, gerade so, als wären hier die geeigneten Bedingungen entstanden, um die Kugel des Empedokles hervorzubringen.

Genau betrachtet, entsprachen sogar die Formen der Saumtiere dieser Anordnung. Ihre länglichen Ohren zum Beispiel liefen in einem Halbkreis aus; ihr Bauch mit dem flaumigen Fell war eiförmig; besonders ausgeprägt aber war die Rundheit, wenn man so sagen darf, der Hoden, die bei den Eseln ein wenig schlaffer waren, vollkommen hingegen, wegen der stärkeren Stützung durch das Skrotum, bei den Maultieren.

Die Hinterteile, ausgemergelt und hängend bei den alten Kleppern, zeigten bei den jungen Eselinnen Rundungen voller Anmut.

Die Mädchen – Nina oder Lola, Righetta oder Mariuccin –, die farbenprächtige Schleifen in den Haaren trugen, ließen sich hinter den Holzgittern vom Anblick der Tiere bezaubern. Ihre Blicke folgten dem Rund der Ohren, der schütteren Mähne, den Flanken bis hin zu den runden Hufen. Einmal sagte Righetta sogar, sie hätte gerne die gleichen Rundungen wie die Eselin Ririrì, die Massaro Masi Lauria gehörte.

Flüsternd, damit wir Jungen sie nicht hörten, fügte Righetta hinzu: «Als Haare möchte ich diese zarte Mähne haben, in eine Richtung gebürstet, und die gleichen langen

Flanken, die gleichen Augen, die das Licht der Liebe aussenden können.»

Im Gegensatz zu den Mädchen gefiel es uns Jungen, heimlich in den Stall von Massaro Masi einzudringen, wenn weder er noch sein vierzehnjähriger Sohn Neli da waren. Wir entfernten das Gitter, das nur leicht in eine Führungsrille eingefügt war, und schlichen äußerst leise und vorsichtig auf Zehenspitzen, einer hinter dem anderen, in diesen *catoio*, wo der Geruch des Strohs sich mit dem des Sumpfbinsenkrauts oder des wilden Weizens mischte und eigentümlich duftende Dämpfe erzeugte, fast wie die Süße von Schokolade.

«Paßt auf», mahnte uns Pino, «meine Mutter könnte etwas hören.»

Das war Donna Riricchia, die hinter Donna Peppinella wohnte, der Mutter von Achille, der mit seinen zweieinhalb Jahren schon gern mit Blechschwertern und Schilden aus zusammengebundenen Gertenzweigen spielte.

Auch die Laurias besaßen einen Balkon, der auf den Hof hinausging. Donna Riricchia züchtete dort ein hübsches Quittenbäumchen, um das sich Muskatellerweinreben rankten. Im Frühling bildeten sie eine kleine Pergola, unter der die Eidechsen schlafen gingen. Ich muß noch erwähnen, daß jede Haustür rechts unten ein rundes Loch hatte, eine Katzenklappe, die *gattaiolo* genannt wurde. Durch dieses Loch gingen die Hauskatzen ein und aus.

Die Eselin Ririrì hatte ein graues Fell, auf dem Hinterteil wuchsen goldgelbe Härchen, und hinten zwischen den Schenkeln hatte sie ein fleischiges, vorstehendes Genitale.

Donna Riricchia war von kleinem, harmonisch proportioniertem Wuchs, die zum Knoten gebundenen schwarzen

Haare wurden über den Schläfen schon weiß. Wegen einer Lähmung des rechten Gesichtsnervs verzog sich die Linie ihres Mundes nach links.

Wenn sie uns hereinkommen sah, drehte Ririì den Kopf, um uns anzuschauen. Ihre Augen drückten durch winzige, für Momente aufblitzende Lichter Gefühle aus, welcher Art, war nicht immer zu ergründen.

Wir näherten uns ihr. Sie roch nach Klee, nach Kassie, nach Honigblüten und nach Olivenbaumblättern, die vom Talwind geschüttelt werden. Wir betrachteten sie lange. Das Fell der jungen Eselin hatte im Gegenlicht einen schwachen Glanz. Die zarten Hufe waren mit neuen, blanken, halbmondförmigen Eisen beschlagen.

«Wer ist zuerst dran?» fragte Pino.

«Ich», antwortete ich. «Ich.»

«Warum du? Bist du hier etwa der junge Prinz?» entgegnete mir Turi Simili und fügte hinzu: «Vielleicht weil dein Vater, da er Schneider ist, eine seidene Schabracke für Ririì machen kann?»

Manchmal gelang es mir, mich durchzusetzen, manchmal losten wir auch, indem wir die rechte Hand auf Kommando öffneten, um dann alle ausgestreckten Finger zusammenzuzählen. Wir bildeten einen Kreis, und die Zahl, die dabei herauskam, wurde von einem der Gruppe im Kreis abgezählt. Der Zähler berührte allen nacheinander rasch mit der geschlossenen Faust die Brust, um dann beim Vorherbestimmten anzuhalten.

So fuhr der erste, nachdem er Ririìs Rücken langsam gestreichelt hatte, vorsichtig und zitternd mit dem rechten, im kleinen Finger endenden Rand der Hand am Vulvaspalt der Eselin entlang. Sie wandte den Kopf, um uns zu betrachten, Erstaunen lag in ihrem Blick, und allmählich, mit jedem weiteren Streichen der Hand, trat ein Glänzen in ihre Augen.

«Laßt uns seitlich stehen, seitlich», riet Pino. «Das ist die beste Position.»

Jeder von uns führte die Hand anders. Während dieses Spiels blickte Ririrì uns verstohlen unter gesenkten Lidern an, man ahnte die Sanftmut ihrer Seele und eine große Verwirrung, denn in ihren Augen entzündeten sich irrlichternde Fünkchen.

«Oh, seht ihr, wie sie uns versteht?» sagte Turi Simili.

Ich schlug vor: «Das ist ein schönes Spiel, wirklich sehr schön. Warum riechen wir jetzt nicht an unserer Hand?»

«Oh, verfluchte Scheiße», entgegnete mir Turi Simili. «Was dir immer alles einfällt. Wie machst du das nur? Wie viele Verrücktheiten erleuchten dir das Hirn?»

Wie auch immer, an jenem Tag schnupperte jeder an seiner Hand. Der eine sagte, sie rieche nach Bergmelisse, die einsam auf den Feldern wächst und auf den Hügeln und in den Schluchten; andere, wie Santo Cunsolo, rochen den Duft von Fischchen, Fischlein klein, die, so sagte er, im Fiumecaldo herumschwimmen; Lucio meinte, es sei der Geruch nach frischem Fleisch, wie das, was mein Großvater Bonaviri an die Haken vor der Metzgerei hängte, besonders zu Ostern, wenn Jesus und die Jungfrau Maria sich auf dem Platz des Städtchens begegnen und sich glücklich voreinander verbeugen. Mein Bruder roch das Aroma der kleinen Feigen vom «Dreimalfeigenbaum», die im September zwischen dem dichten Laub unseres Baumes in Camuti herabhingen.

Bei unserer letzten Begegnung mit der Eselin begannen die Hühner zu glucken, einige wirbelten mit den Flügeln

Staub auf. Auch die Hähne riefen einander mit ihrem Krähen, mit schrillen Schreien von einem *catoio* zum anderen. Die ganze Gasse war in Aufruhr. Auch die Frauen traten ans Fenster, sogar die Mutter von Santo Cunsolo.

Turi Simili schimpfte: «Diese verdammten Luder und diese beschissenen Hähne, das mußte nun wirklich nicht sein.»

Von ihrem engen Balkon herab – zum Glück war sie klein und mager – fragte die Cunsolo: «Was ist los? Was ist los?»

Also öffneten wir das Gitter und traten einer nach dem anderen auf den Hof hinaus, damit man uns nicht ertappte.

Jeder von uns Jungen gewann Ririrì lieb. Darum brachten wir der Eselin alle zusammen oder jeder für sich allein Strohgarben, trockene Ackerbohnen, duftendes Heu, ja sogar Zucker, den sie sehr sanft aus unseren Händen leckte.

Schließlich kam uns die Idee, uns von Lola, Nina, Righetta, Mariuccin, Vincenzinuccia und Idolina Blumenkränze machen zu lassen, außerdem von Linuccia Osario, einem schönen Mädchen mit einem Himmelfahrtsnäschen und einer prompten Zungenfertigkeit, bei der sie sich nie verhedderte (ihr Vater war ein glühender Wanderprediger, der sogar den Wolken das Wort Gottes verkündete, die über die Dächer des Städtchens zogen).

Unsere Freundinnen nahmen für die Kränze Malvenbüschel, Terebinthenblätter, klebrigen Alant, Mauermoose oder Mauerpfefferrosen, wenn sie Alidora und Dardania überreden konnten, ihnen welche zu geben. Außerdem Basilikum, trockene, ineinander verflochtene Feigenblätter, rote Disteln in der Oktoberwelke und kleine Granatapfelbaumzweige.

«Wofür braucht ihr die Kränze? Wofür?» fragten uns Righetta, Mariuccin, Linuccia und Nina.

Mein Bruder mit seinen schlauen, verrückten Einfällen antwortete: «Wir bringen sie zur Madonna der Engel in der Kirche Santa Maria.»

Wir schlichen uns mit der üblichen Vorsicht in den *catoio* und hängten Ririrì die mit Baumwollfäden oder mit Bändern zusammengehaltenen Girlanden und Kränze um den Hals, und wenn die Kränze klein waren, hängten wir sie ihr über das Steißbein, dort, wo der Schwanz beginnt. So fielen sie schaukelnd nach unten auf Ririrìs Spalt.

«Wie ihr seht», bemerkte Turi Simili, «hat unsere Eselin anstelle ihres Geschlechts nun Rosen und rosenfarbene Malvenblüten.»

An solchen Tagen stampfte Ririrì zufrieden mit den Hufen auf die Pflastersteine des Stalls, und wenn sie ihre Stimme erhob, ein maßvolles und wandlungsfähiges Iahen, schickte sie eine melodische Welle nach der anderen durch die ganze Gasse, wo die Luft von einer ungewöhnlichen Süße erfüllt wurde.

XIV.

Neben der Familie Lauria wohnte Donna Pina (ihr richtiger Name war Agrippina, nach der Schutzpatronin von Mineo). Sie lebte allein, die vier Kinder waren aus dem Haus, um ihr Glück im Ausland zu suchen – einer in Argentinien, ein anderer in der verschneiten Schweiz und zwei in New York, dieser allesverschlingenden Metropole. Nur wenige Menschen kamen zu Pina Criscione.

Sie lebte in einem *catoio*, der nur aus einem Raum bestand und sich wie eine Höhle bis zur hinteren Mauer aus Bruchstein und Kalk grub. Sie war die ärmste Frau in der Gasse. Hinter der Tür lag die Senkgrube, wie ich sie schon beschrieben habe, mit einem Deckel aus Zypressenholz und daneben die sogenannte *pila*, eine Zementwanne. Sie hatte eine schräg abfallende Wandung mit vielen abgerundeten, quer laufenden Rippen. Hier wurde die Wäsche eingeseift, gewrungen und geklopft, bis sie sauber war. Auf einer an mehreren Stellen gesprungenen Tischplatte lagen in wirrem Durcheinander ein paar Löffel, drei Blechgabeln mit zwei Zinken, irdene Schüsseln, ein Krug aus gebranntem Ton, eine Pfanne, ein paar Orangen, schwarze Feigen der Jahreszeit, Brot, das in ein Trockentuch eingewickelt war, und Ziegenkäse, dessen angenehm stechenden Duft man schon von draußen roch.

In Mineo gab es zwei Frauen – Donna Pina und die Signa Eusapia, die schon alt war und viele weiße Strähnen hatte –, die zwei verschiedene Arbeiten verrichteten: Für die eine Arbeit gingen sie nach Fiumecaldo, um dort mit Bimsstein und Sand die Wäsche der an Lungentuberkulose Gestorbenen zu bearbeiten; die zweite bestand darin, mit einer besonderen Methode des Eintauchens-Klopfens-Auswaschens und In-der-Sonne-Trocknens die Plazenten der Wöchnerinnen zu waschen.

Noch zwischen 1900 und 1950, wie auch während des Jahrhunderts davor, rottete die Lungentuberkulose in allen Erdteilen ganze Familien aus und dezimierte die Bevölkerung etlicher Länder. Von den vielen kranken Familien in meiner Heimat erinnere ich mich besonders an die Familie Minordi, die im Laufe von zehn Jahren durch diese Krankheit vollständig ausgelöscht wurde. Der Vater war Sattler, sie wohnten, wenn man die Straße hinaufging, rechts von der Stradalunga in der Via Umberto.

Wenn wir Kinder dort vorbeikamen, fanden wir ihn – er war damals schon krank – vor dem Haus auf einem schiefen Stuhl sitzend, und rings um ihn her sah man, an Nägel oder Haken gehängt, schön geformte Packsättel für Esel, Halfter, kunstfertig geflochtene Zügel, Bauchgurte, Zugleinen für den Karren, Schwanzfutterale oder andere Dinge aus Leder oder Segeltuch, die als Schmuck für die Lasttiere dienten. Don Jano Minordi nahm bunte Stoffetzen, goldglänzende Strohhalme und Schleifen, mal zinnoberrot, mal gelb, oder bunt bemaltes Leder und verwandelte all dieses Geschirr und Zaumzeug und Gerät für Esel, manchmal auch für Pferdchen, in ein glühendes Feuerwerk aus Farben, das durch die ganze Stradalunga leuchtete.

Wenn das Fieber wimmelnd in seinem Kopf tobte oder ihm die Achselhöhlen, den Bauch, die Beine verbrannte oder wenn es ihm betäubend in den Ohren dröhnte wie das

Brummen großer Wespen, saß Don Jano traurig, mit gesenktem Kopf auf dem Gehsteig. In solchen Momenten traten an seiner ganzen Gestalt die Abgezehrtheit, die Blässe, die Lebensmüdigkeit wie Wetterleuchten hervor.

Bei Don Janos Anblick sagten mein Bruder oder Pino oder meine sechsjährige Schwester Idolina mit ihrem Herzen aus Gold: «Laßt uns weggehen, kommt, wir gehen!»

Sogar aus den Packsätteln, den Bauchgurten, den Scheuklappen, den Schleifen und den Körben, worin Seile und Zwirne auf Spulen und Raphiabast lagen, kam ein schwarzer Hauch.

Meine Schwestern Idolina und Mariuccin flüsterten: «Seht ihr denn nicht, wie die Stradalunga sich schwarz färbt?»

Dann nahm Minordi, dessen ausgemergelte Schienbeine und hervorstehende Ellenbogenknochen man deutlich sah, eines der Schellenhalsbänder, die er meisterlich herstellte, und ließ es erst ganz leicht und dann mit einem kräftigen Schwung lauter erklingen, indem er es zwischen den Händen hin und her drehte.

«Was tut Ihr da?» fragte ihn mein Bruder.

Er hustete trocken und machte eine unbestimmte Geste.

Da wir stehenblieben, um ihn zu betrachten und der von Traurigkeit durchdrungenen kleinen Musik zu lauschen, fragte mein Bruder Tùriturìddu-Salvatore weiter: «O Don Jano, möchtet Ihr, daß wir Euch helfen?»

«Ach Kinder, ihr Lieben, meine Kindchen, mit diesem Klang verscheuche ich das Fieber. Seht ihr nicht, wie es aus meinem Körper ausströmt?»

Tatsächlich: Während sein Körper zuvor vom Glitzern seiner an der Wand hängenden Werkzeuge umgeben war, schien es uns jetzt, als stiege ein gelber, blaßgelber Rauch auf, der ihn einhüllte.

Die weichherzige Idolina sagte: «Gehen wir, gehen wir.»

Gegenüber von Minordis Haus lag das Hospiz für Waisen, Mädchen ohne Vater und Mutter, die von den Nonnen aufgenommen wurden. Wir sahen die Nonnen hinter den Gittern mit ihren weißen Gesichtern, der Hals war fest umschlossen vom blütenreinen Kinnband, die Brust mager, wie Schwalbenbrüste, und bedeckt von der schwarzen Tracht.

Wenn wir Jungen am Ende des Tages dort vorbeikamen, hörten wir die Waisenmädchen singen. Es waren tief klingende Lieder, Lieder vom Tod, die sie auch sangen, wenn sie gebeten wurden – und wenn die Nonnen dafür Geld bekamen –, hinter einem Leichenzug herzugehen. Sie wurden «Jungfräulein» genannt; es waren etwa vierzig Mädchen. Sie trugen dunkle Hauben, lange, graue Kleidchen und ein kleines, über dem Brustbein baumelndes Kruzifix, das mit schwarzem Stickgarn geschmückt war. Die alten Frauen sagten, daß der Gesang der Mädchen am Sarg, dem sie eine hinter der anderen folgten, den Kranken eine süße Schläfrigkeit schenke und die Seele des Toten immer weiter von der Familiengemeinschaft entferne, von der sie sich nicht trennen wollte.

Mein Onkel Michele Rizzo, der mich mit seiner Frau Pippì, der ältesten Schwester meiner Mutter, oft bei sich wohnen ließ, erzählte mir, vor langer Zeit hätten der Paladin Rinaldo oder auch der edle Astolf ihre Schabracken und anderes festliches Zaumzeug bei Jano Minordi gekauft. Das brauchten sie für ihre Pferde, von denen das Pferd Astolfs, das mit Flügeln zur Welt gekommen war, den Ritter sogar auf den Mond gebracht hatte.

XV.

Die Arbeit, der Pina und Eusapia seit Jahren nachgingen, bestand, wie gesagt, darin, die Sachen der an Tuberkulose Gestorbenen – Matratzen, Laken und sogar Überdecken – in zwei kleinen Karren fortzubringen, welche sie meistens selber, manchmal auch mit Hilfe eines alten Esels zogen. Dessen langsamer Trott klang, als schlüge eine Totenglocke. Es gab eine Gemeindeverordnung, unterzeichnet vom damaligen Bürgermeister, die vorschrieb, «Gegenstände, die mit Erregern ansteckender Krankheiten behaftet sind», zu den Pietre Nere, den «schwarzen Steinen», zu transportieren. Dieses Gebiet lag an der steilen, kurvenreichen Straße, die von der Ebene in das fünfhundert Meter hoch gelegene Städtchen hinaufführte.

Die beiden Frauen arbeiteten getrennt und zu verschiedenen Tageszeiten: die Alte in den Vormittagsstunden, die andere am Nachmittag. Entlang der Strecke, die sie gegangen waren, fand man oft Taschentücher, die, mit blutigem Speichel getränkt, vom Haufen geweht waren, zerrissene Schuhe oder Bildchen der weinenden Muttergottes, über die Spinnen ihre Netze gewebt hatten, oder abgestoßene, verrostete Urinale, am Boden mit Urinsalzen überkrustet.

Wenn Pina auf diese Lichtung der Pietre Nere kam, wo Kapern wuchsen, Brombeersträucher, verwelkte Löwenmäulchen oder blasse Hundsrosen, wartete immer schon irgendein Armer auf sie, um mit Einwilligung der Transporteurin ein Kleidungsstück an sich zu nehmen: Baumwollhemden, löchrige Strümpfe, Mützen ohne Schirm, aber auch Blechtassen, wacklige Schemel und sogar Nachttöpfe.

«Nimm ruhig, nimm», sagte Pina. «Ich müßte es dir verbieten, aber du bist ärmer als der Tote und kannst diese Sachen gut gebrauchen. An Ansteckung glaube ich sowieso nicht.»

«Gott vergelt's, Eure Herrschaft, Gott vergelt's, Eure Herrschaft», sagten die Armen.

An einer Stelle der Lichtung hatte sich, möglicherweise durch mehrere Erdbeben, welche in Mineo sehr häufig waren, oder infolge unterirdischer Erdrutsche ein Riß in der Erde aufgetan, breiter als ein Meter, der von Höhlung zu Höhlung und über unsichtbare, unterirdische Gräben etwa hundert Meter in die Tiefe reichte. Aus diesem riesigen Erdspalt stieg fast immer ein gelblicher, körniger Rauch auf, der nach Schwefel und Naphtha roch.

Pina leerte nach und nach ihren Karren, indem sie mit einem langen Stock alle Kleidungsstücke, abgewetzten Kruzifixe, zerrissenen Bettlaken und geflickten Hosen, auf denen Flecken geronnenen Blutes zu sehen waren, in die Eingeweide der Erde stieß, damit sie dort versanken.

Die Bauern, die zu Fuß, die Hacke über der Schulter, oder auf ihren Eseln an diesem Ort vorbeikamen, wiesen auf den schwarzen Spalt und sagten zueinander: «Dort unten hat Gott den Teufel eingesperrt.»

Da die Möbel, die Kleider und sogar das Nachtgeschirr oder die schmutzigen Bettpfannen für die körperlichen Bedürfnisse sich durch die Ausdünstungen und die unterirdische Hitze allmählich zersetzten, sah man aus dem Erdriß Spinnen, große Skorpione und gigantische Ameisen hervorkriechen, die dort drinnen gewachsen waren. Gelegentlich kamen, gebildet von den wechselnden Formen der Rauchschwaden, auch lange Gespenster aus dem Spalt, die unter fortwährendem Heulen wehklagten.

Wenn wir Jungen bei unseren Streifzügen das Städtchen verließen und bis zu den Pietre Nere gelangten, sahen wir diese Geistererscheinungen, die der unterirdische Nebel dunkel färbte.

Pino Lauria sagte dann: «Das sind die Schatten der Toten.»

Lucio meinte: «Sie tauchen auf, weil sie das Licht suchen.»

Mein Bruder ergänzte: «Es sind Geister aus Pech.»

Turi Simili erklärte schließlich: «Was für dumme Ideen. Ihr wißt wohl nicht, daß Rauch immer wieder seine Form verändert und darum den Verstand täuscht?»

Einmal geschah es, daß in einer Familie, wo zuletzt die Mutter gestorben war – sie hieß Ignazia Rojas und stammte aus Spanien wie Pamela Areúsa, die in unserer Gasse wohnte –, niemand bemerkt hatte, daß ein wenige Monate altes Kind allein zurückgeblieben war. Es lag in einer Hängematte aus Stricken, die an zwei Nägeln in gegenüberliegenden Wänden befestigt war.

Agrippina bemerkte das Kind, als sie am zweiten Tag in das Haus jener Familie im Viertel San Pietro zurückkehrte, um die letzten Gerätschaften mitzunehmen. Sie fand es tot in der Hängematte liegend, einen Finger im Mund. Einen Augenblick lang zögerte sie, ob sie es den Gemeindebehörden melden sollte, doch dann sagte sie mehrmals zu sich selbst: «Nein, nein, niemals.»

Damals gab es auf dem Friedhof immer noch das Massengrab, in dessen tiefe Grube die Leichname der Armen und der Kinder, die keine Eltern hatten, geworfen wurden. Dieser schreckliche Brauch wurde vor dem Ende des Zweiten Weltkriegs durch detaillierte Anordnungen des faschistischen Gesundheitsministeriums abgeschafft.

Agrippina oder Pina, wie sie genannt wurde, war unschlüssig, ob sie das Kind namens Nazzareno in seiner hängenden Wiege lassen oder es heimlich außerhalb von Mineo begraben sollte, wie ihre mitfühlende Seele ihr eingab. Doch sie sagte sich, daß auch die Wände Ohren haben und daß die Nachricht sich überdies verbreiten würde, noch ehe sie auf eigene Faust handeln könnte.

Wir Jungen erfuhren von der Geschichte durch das, was uns Donna Letterina erzählte, und durch die Aufregung, welche die von Agrippina eingeweihten Schwestern Baccanelli eines Morgens erfaßte. Es war Kòlovoz, der Jude, der etwas ahnte und dann auch alles wußte. Er rief uns zusammen und berichtete uns neben dem *catoio* von Pino Lauria alle Einzelheiten. Vor der angrenzenden Mauer, in welcher sich die Tür zur Wohnung von Pina Criscione befand, die unten von schon recht rostigen Blechen vor dem Regen geschützt wurde, rüttelte ein leichter Wind an dem kleinen Olivenbaum. Diesem Bäumchen war es gelungen, zwischen den Mauersteinen und der Erde auf dem Hof zu wachsen. Wegen des nur spärlich einfallenden Sonnenlichts waren seine Blätter von einem hellen Violett, und es zitterte unter dem Windchen, das sich als runde Spulen auf die reifenden Oliven setzte. Der Baum gab nicht mehr als eine «Unica» Oliven im Jahr (das war, nach dem «As», die kleinste Gewichtseinheit normannischen Ursprungs, die man für Getreide, Ackerbohnen, Spelz, Emmer, Senfkorn, Oliven, Mandeln und die Jujuben oder Brustbeeren verwendete).

Im November erntete Pina, welcher dieser Baum gehörte, die Oliven, um sie mit Basilikum, Chilischoten und Salbeiblättern in Öl einzulegen. Wurden die Oliven in Essig eingelegt, tat sie Fenchel- und Karottenstückchen, feuerrote Köpfchen eines Pilzes, der *minchiolina* genannt wurde, und Samen vom wilden Fenchel dazu und würzte das Ganze mit Meersalz. Manchmal gab sie uns eine Scheibe Brot und bot uns etwas von den Oliven an. Ein wahrhaft balsamischer Sirup war das, der mit dem Geschmack der brennendscharfen Chilischoten kontrastierte.

Als die Nachricht sich in der Gasse verbreitet hatte, beschloß man, das Kindchen Nazzareno bei den Pietre Nere zu begraben, um zu verhindern, daß sein Körper von den Totengräbern in das Massengrab geworfen wurde – es war umwuchert von Brombeerbüschen, stacheligen Disteln, Malven, Honigblumen und Borretsch, über dessen Blüten die Arbeitsbienen summten – und daß heulende, streunende Hunde, aber eher noch Krähen, Falken, Mäusebussarde und Turmfalken ihn zerfleischten. Diese Vögel kreisten tiefer und tiefer über den verwesenden Körpern, von denen entsetzliche Gerüche aufstiegen, sowie große Kakerlaken, Fadenwürmer und Skorpione.

Donna Letterina wob ein Leichentuch mit einem Saum aus gekräuseltem Organza; Alidora, Dardania und die Töchter der Capitanella machten ein Kissen, das mit Federn von Laubsängern und Buchfinken gefüllt war; meine Mutter nähte ein mit glitzernden kleinen Perlen besetztes Kleidchen; Donna Peppinella nahm ihrem Söhnchen Achille ein paar Spielsachen weg: Trompeten, ein winziges Horn, ähnlich wie das Rolandshorn, ein Schaukelpferdchen und ein Schwert aus falschem Silber; die Signa Angelella schenkte, nachdem sie es von Spinnweben und Ruß gereinigt hatte, ihr Kruzifix aus Haselnußholz; die Lauria gab Sträuße aus Hibiskus, außerdem Winde und die Alraune, die Liebesbringer; Areúsa, die Spanierin, buk eine typisch katalanische Süßigkeit, «Engelshaare» aus angebratenen Eiern, die dick mit Blätterteig umhüllt, in Scheiben geschnitten und schließlich in Zucker und Bergblütenhonig gewälzt werden; und die Cunsolo machte Hörnchen, gefüllt mit Ricotta.

Unsere Väter wußten nichts von alledem, und so kann man sagen, daß dieses Begräbnis ausschließlich ein «Kinder- und Frauenbegräbnis» war. Nazzarenos kleiner Leichnam wurde in einen Weidenkorb gelegt, das Häubchen war weiß (Dardania hatte es im Licht des Vollmonds genäht), das Kleidchen war ein einziges weißes Schimmern, doch das weiße Gesicht des Kindes, das schon Verwesungsflecken zeigte, war umschlossen von der Aura des Todes.

Wie in einer Prozession zu Ehren der heiligen Agrippina wanderten wir, kaum daß der Tag angebrochen war, zu den Pietre Nere, über steinige Pfade und Wege, die kaum bekannt waren und wo niemand vorbeikam außer dem Tageslicht, das uns dort rasch vorauseilte, immer schneller, in einem blauen Zittern.

Donna Letterina und Agrippina hoben das Grab direkt am Rand des Abgrunds aus, wo sich tiefschwarz die Steine übereinandertürmten. Der mit Lorbeerzweigen sorgfältig bedeckte Korb wurde hinuntergelassen. Mit einer Schaufel wurde Erde daraufgeworfen, es waren Schollen voll kleiner Wurzeln und Knollen des Blausterns, der dort im September hervorsproß, einen Heiligenschein aus Blüten an der Spitze.

Es war März, als das Kind begraben wurde. In Sizilien

stand alles in voller Blüte, auf einer nahegelegenen Trift zum Beispiel wuchsen zahllose flache Kapernbüsche mit großen weißen, im Kelch violett gefärbten Blüten. Brombeergestrüpp war im Übermaß gewachsen, ebenso üppig wucherten die Feldmargeriten, die sich als gelbe Teppiche den steilen Abhang hinunterstürzten. An jenem Morgen betrachteten Pippuzzo Amarù, der eigens gekommen war, Turi Simili, Kòlovoz und ich die Felder im weiten Umkreis. In der Ebene und hinauf bis zu den Felsen von Castelluccio oder ringsumher bis zu den Bergen der Küste in Richtung Caltagirone sah man, so weit das Auge reichte, unermeßlich sich ausdehnende Flächen mit prallen Ähren. Nur die Farbflecken der Ackerbohnen oder die gelben des Senfkrauts oder die eher blaßgrünen des Hafers unterbrachen diese Weite, aus der mit einem Strahlen von unten nach oben die Sonne aufstieg.

Die Frauen, auch unsere Freundinnen, knieten nieder, doch nicht um über Nazzarenos kleinem Körper zu beten, nein, sie erzählten ihm mit leiser Stimme Märchen von Engeln, von Monden, von Königen und tapferen Rittern. Wenn wir sie aber anschauten, bemerkten Pino Lauria, mein Bruder und ich, daß ihre Lippen nicht nur voller Worte, sondern auch voll Weinen waren. Dies blieb so leise, daß niemand es hörte; man sah ihre Tränen zwischen den Nasenflügeln und der Linie des Mundes aufscheinen. Es war ein Tränenfluß, der durch den Einfall der Schatten schwarz aussah.

Pina, die Baccanelli-Schwestern, Donna Peppinella und meine Mutter kamen überein, auf dem Grab des Kindes Nazzareno einen Mandelbaum zu pflanzen, um die frisch aufgeworfene Erde vor den Vorübergehenden zu verbergen. Es war ein kleines, dürres Bäumchen mit wenigen Zweigen und Ästen.

Doch der Baum wuchs schnell; gewiß war die Fermentation der Erde um ihn herum sehr intensiv. Er wurde zu einem schönen runden Baum, sogar die Blüten waren ungewöhnlich prall, und auch das Licht, das von ihnen ausging, verbreitete sich als ein runder Schein.

Ich weiß noch genau, daß in diesem Mandelbaum Spatzen zu nisten begannen, aus denen im Laufe weniger Jahre wahrscheinlich durch eine genetische Mutation, die mit einem einzigen Albino begonnen hatte, ein Schwarm von Hunderten weißer Spatzen mit milchfarbenem Gefieder wurde. Wer immer an diesem abgelegenen Ort vorbeikam, wie Ziegenhirten und zurückgezogen lebende Bauern, war darüber sehr erstaunt.

Wenn der Baum im Januar blühte, konnte man die Blüten kaum von den Spatzen unterscheiden. Seine Krone erschien dann wie eine große Kuppel aus weißen Blättern.

Die Sache sprach sich herum, und das Phänomen des – wie soll ich es sagen? – frühzeitigen Ergrauens dieser Vögel war für die Ornithologen so interessant, daß viele Zeitungen der Insel und auch des Festlands darüber berichteten.

Nach einem Erdbeben – sie waren in Mineo so häufig, daß Corredo Guzzanti, ein Freund von Luigi Capuana, im Jahr 1870 auf eigene Initiative eine seismographische Meßstation errichtet hatte – wurde die Stelle von einem Erdrutsch erfaßt. Felsvorsprünge brachen ab, andere bohrten sich in die Erde. Von dem Grab und dem Mandelbaum blieb nichts übrig. Heute werden sich nur noch wenige an ihn erinnern. An dem Ort wachsen jetzt nur wilder Fenchel, Steckenkraut, Brombeeren und rosa Weißdorn.

Und wer könnte beschreiben, wie sich hier das weit entfernte Licht des Ätna widerspiegelt, wenn der Gipfel des Vulkans ganz weiß ist!

XVI.

Ich erinnere mich, daß mit dem überschwenglichen Frühling, den nicht einmal die rasch vorüberziehenden Wolkenwände abschwächen konnten, in jenem März 1935 auch die Insekten, die im Austausch mit unserem Körper leben, sich ungewöhnlich stark vermehrten und übergroß wurden. Die Städte und Dörfer waren mit Läusen, Wanzen und Flöhen verseucht. In Begleitung unserer Eltern oder alleine gingen wir Jungen zu den Barbieren; unserer war Don Mario Baudanza, dessen Salon auf der Piazza Buglio lag. Er rasierte uns die Haare bis auf die Kopfhaut ab und fegte sie dann auf dem Boden zusammen, sammelte sie in alten Papiertüten und warf sie auf die Müllhalde der Mura. Manchmal entlausten uns auch unsere Mütter, wofür sie solche Ecken des Hofes wählten, in die das wechselhafte Licht des Mittags fiel. Sie teilten unsere Haare in lauter kleine Büschel und fanden so die Läuse, die sie zwischen den Daumennägeln zerquetschten. Oder sie zogen die Nissen von jedem einzelnen Haar ab, winzige, klebrige Eier, die sie in einen Eimer mit einer Mischung aus Essig und Rautensaft fallen ließen. Wenn wir zufällig eine Laus in unseren Haaren fanden, zerknackten wir sie zwischen den Zähnen. Es gab Jungen, in denen bei diesem knirschenden Geräusch unwiderstehlich die Erinnerung an Essen auftauchte, so daß sie die Läuse herunterschluckten.

Damit die Mädchen sich nicht alle Haare abscheren lassen mußten, die ihr Gesicht schmückten und sie auch dann noch schön machten, wenn der halbe Mond hinter den fernen Bergen aufstieg, bedeckten sie ihre Köpfe mit Hauben aus Baumwolle oder Seide, die am Saum gekräuselt waren.

Nachts, wenn wir in unseren Betten mit den strohgefüllten Matratzen lagen, griffen uns die Flöhe an. Auch wenn eine Wohnung ein paar Tage lang leer stand, vermehrten sie sich mit erschreckender Geschwindigkeit. Ich weiß nicht, wie sie das machten, da ihnen doch die Nahrung fehlte, welche für diese Parasiten das Blut ist, das sie den Schlafenden aussaugen. Wenn wir wieder ins Haus zurückkehrten, sahen wir die Flöhe in einem zuckenden Gewimmel über den Ziegelsteinboden springen. In den Zimmern flimmerte die Luft von winzigen roten Pünktchen.

Die Wanzen verkrochen sich lieber in den Löchern, Vertiefungen und Ritzen der Holzplatten, die als Unterlage für die Betten benutzt wurden, da es damals noch keine Rahmen mit Bettfedern gab. Mit ihren flachen, plumpen Körpern, die stanken und so groß waren wie zwei Johannisbrotsamen, krochen sie nachts heraus, um bis zu unseren Armen, dem Bauch, den Beinen vorzudringen. Wer sich von ihnen befreien wollte, mußte die Bettplatten auswechseln, wenn er sich das erlauben konnte, oder mit einer brennenden Lampe über die kleinen Astlöcher in den hölzernen Teilen des Bettes fahren und die Wanzen verbrennen. Wenn sie rösteten und zu Asche zerfielen, verströmten sie einen ekelerregenden Gestank.

Andererseits haben die Menschen leider von jeher mit winzigen, teilweise sogar unsichtbaren Wesen zusammenleben müssen. Heute sind das zum Beispiel die Milliarden und Abermilliarden Bakterien und Viren, die in unserem für sie ungeheuer großen Körper ein Universum aus Fleisch und pulsierendem Blut finden. Ebenso leben auch heute in jedem Bett Millionen von Milben von unseren Abfällen: Schuppen, winzige Partikel abgestorbener Haut und Urinflecken, welche die Unterhosen von Männern und Frauen tränken.

XVII.

Die andere Arbeit von Agrippina und der alten Eusapia bestand darin, die Plazenten der Wöchnerinnen einzusammeln und sie in dem klaren Bach zu waschen, der durch das Tal floß.

Von diesem seltsamen Brauch, den es auch in Lukanien gibt, spricht Ernesto de Martino in seinem Buch *Sud e magia* (Der Süden und die Magie). Auch der Portugiese Francisco Álvarez konnte bei einer seiner Reisen durch Äthiopien in einer dürren Gegend bei Amba Aradam Frauen sehen, die Plazenten bei sich trugen und diese dann mit Schwefelsteinen in dünnen Rinnsalen ohne Kiesbett wuschen. Im Jahr 1129 ordnete der Normannenkönig Roger II. von Sizilien an, daß Ochsenherden, die aus Flüssen oder Bächen tranken, in denen Plazenten gewaschen wurden, als unrein gelten sollten.

Agrippina wurde unverzüglich unterrichtet, wenn eine oder mehrere Geburten stattgefunden hatten. Dann ging sie zu den Wöchnerinnen in die Häuser oder in die *catoi* ohne Licht, ja sogar bis in die Bauernhöfe auf dem Land, wo die Verwandten oder Nachbarinnen sie erwarteten, um ihr die vor kurzem ausgestoßenen, bereits in saubere Tücher gewickelten Organe zu übergeben. Agrippina bezahlte im Durchschnitt fünfzig Lire für jede Plazenta. Diese verschloß sie in einer kleinen, mit Stanniol ausgeschlagenen Kiste aus Nußbaum, einem harten Holz, das eine kräftige Säuberung verträgt und riecht wie der Kern der Nuß. Damit die Plazenta nicht faulte und verdarb, wenn sie der Hitze ausgesetzt wurde, schlug Agrippina meist sofort den Weg nach Fiumecaldo ein, im Sommer eine ununterbrochene Folge von Kehren voller Kräuter, Klatschmohn und vertrockneter Büsche. Sie trug die Kiste unter dem Arm; konnte sie jedoch drei oder vier Plazenten auf einmal bekommen, stellte sie die Kisten auf einen Karren – er wurde an zwei leicht nach oben gebogenen Stangen gezogen – und ging damit zum Flüßchen.

Wenn Pippuzzo, mein Bruder und ich ihr im Mai auf dem Weg von Camuti zur Schule begegneten, fragten wir sie: «O Agrippina, Agrippinuzza, wohin tragen dich deine schlanken Beine so schnelle?»

Die Talebene war so geformt, daß sie beim kleinsten Geräusch Echos hervorrief, welche die Luft in Unruhe versetzten und lang nachhallten. Wenn wir also mit lauter Stimme gerufen hatten, verhundertfachte die Frage sich an Felsen, Schluchten, Höhlen und buschigen Bäumchen, ja sogar an den Flügeln der Spatzen und kehrte dröhnend zu Agrippina zurück: «… wohin tragen dich deine schlanken Beine so schnelle? schnelle? elleelle? elelele?»

Sie antwortete: «Jeder hat die Arbeit, die Gottes Ratschluß ihm zugedacht hat.»

Wir Jungen waren schon recht bewandert und wußten, daß die Frau nach der Geburt eine weiche, blutige Masse ausstößt, in der das Neugeborene wie in einem Sack eingeschlossen ist.

Das Waschen der Plazenten war ein altes, heute dem Vergessen anheimgefallenes Ritual zur Reinigung der Wasserläufe. In ihnen mischte sich – wenn das Blut austrat, ins Wasser strömte und dort von kleinen Fischen wie Döbeln,

Aalen oder sogar von Kaulquappen getrunken oder von wogenden Wasserpflanzen aufgesaugt wurde – das Menschliche und die vielfältig belebbare Natur. So verband sich das Heilige des körperlichen Lebens mit dem Göttlichen des Wassers und der aus ihrer Höhe strahlenden Sonne, außerdem bewirkte man damit eine Übertragung (heute würde ich sagen: eine Osmose) von etwas zutiefst Menschlichem auf Milliarden unendlich kleiner Wassergottheiten, den Überbringern des lichtfunkelnden Lebens und der Schwärze des Todes.

Jedenfalls hatte Agrippina, die zur Feier des Tages ein mit den blutenden Stigmata rot bemaltes Kruzifix um den Hals trug, für diese Arbeit den Freitag gewählt. Einmal beobachteten wir sie heimlich, wie sie unter einem krummen Mandelbaum saß, dessen Blätter und Wurzeln in der Hitze vergilbt waren. Sie hatte ihren braunen Kopf nach Süden gewandt. Auf der anderen Seite saß die alte Eusapia mit ihrer sonderbar beulenübersäten Nase. In Kristallgläsern, durch welche die Sonnenstrahlen drangen, preßten sie mit bloßen Händen zwei Plazenten aus, die sie zuvor mit graziösen Handbewegungen an einer Stelle ausgewaschen hatten, wo das Wasser des Fiumecaldo sich staute und seine Wellen gegeneinanderschlugen. Dort drang das in Rinnsalen und als dunkle Tropfen aus den baumwollartigen Plazenten tretende Blut wie lange, purpurne Fäden ins Wasser ein.

Ich war so einfältig, mich entdecken zu lassen, denn mir entfuhr die Frage: «Eusapia, Agrippina, spielt ihr mit dem Fiumecaldo?»

Als sie uns hinter einer großen Lakritzenstaude erblickten, versuchten sie, die weichen Fleischfladen in Blechbehältern zu verstecken.

«He, was macht ihr da? Wollt ihr euch Lakritzwurzeln ausziehen? Warum geht ihr nicht in die Schule? Die Sonne ist schon hoch wie eine Olivenbaumkrone», sagte Agrippina mit schneidender Stimme.

Eusapia, auf deren Gesicht der Tag sich in kleinen rosa Flecken abzeichnete, fügte als Antwort auf meine Frage hinzu: «Ihr Kinder seid noch zu klein, um in das Geheimnis Gottes einzudringen. Wenn wir dieses Auspressen nicht machen, wird der Körper Jesu blutbefleckt bleiben.»

Wir gingen weiter nach Mineo. Wenn wir uns ab und zu umdrehten, sahen wir Agrippina, die das Blut in Fläschchen aus schneeweißem Ton rinnen ließ.

Wer weiß, warum mir einfiel, meinen Bruder und Pippuzzo zu fragen: «Würdet ihr dieses Blut trinken?»

Mein Bruder verneinte dreimal, indem er den Kopf nach hinten warf, Pippuzzo ebenso. Hastig, ohne Luft zu holen, wie ein Verdurstender, sagte ich: «Doch, doch, ich würde es trinken, ich würde es trinken.»

Da die Brechung des Lichts an jenem Morgen sehr stark war, sahen wir Eusapias Körper durch das Kleid aus vielen bunten Flicken scheinen. Damals trugen übrigens sehr wenige Frauen Unterwäsche. Wir sahen Eusapias Beine, die weiße Scham, die Rippen. Ein paar Sekunden lang erschien uns die Alte wie ein Skelett mit einem Schädel ohne Augen.

«Oh, laßt uns gehen, schnell weg, diese beiden Frauen sind Hexen!» sagte mein Bruder.

Agrippina, die die Fläschchen aus Lentini-Ton mit dem ausgepreßten Blut füllte, zeigte uns, umrahmt von den Strahlen der aufgehenden Sonne, die von den Wassern des Fiumecaldo reflektiert wurden, im Gegenlicht ihren nackten Körper: klein und weiß die Brust, die Schultern jung, der Hintern vollkommen und rund, schwarz der Spalt des Geschlechts, der nach innen zwischen die Beine lief.

Auch Pippuzzo sagte: «Los, wir hauen ab, schnell.»

An diesem Morgen kamen wir sehr früh im Städtchen an.

Sobald die beiden Frauen mit ihrer Arbeit fertig waren und die Behälter in einem Korb verstaut hatten, machten sie sich wieder an den Aufstieg nach Mineo.

Mit dem Blut füllten sie Krüglein, die sie, gut verschlossen, in ihren Kellerräumen in einem Eimer verwahrten, der an einem Seil über der kühlen Frische der Zisternen baumelte. Da die meisten Kinder damals blaß und mager waren – die Faschisten ordneten sogar an, daß allen Schulkindern Lebertran vom Kabeljau verabreicht werden mußte –, verkauften Eusapia und Agrippina für wenig Geld diese Fläschchen mit Blut, das sie mit aromatischen Kräutern und Feigensaft versetzt hatten. Nicht wenige Mütter gaben es ihren Kindern löffelweise zu trinken.

«Trinkt, trinkt nur», sagten sie. «Das ist eine Medizin, die der Seele und dem Körper neue Kraft gibt.»

In unserem Hof kaufte allerdings keine einzige der Mütter diese gut gefüllten Tonkrüglein, denn sie sagten, daß Eier, Brot, Bohnen, Gemüse, Käse oder Fleisch, wenn es welches gab, die beste Medizin für das Wachstum kleiner Mädchen und Jungen seien.

Ich glaube, nur die Cunsolo benutzte die Mixtur. Sie wohnte hinter Incatasciato, der in zweiter Ehe eine Spanierin namens Areúsa geheiratet hatte, in zwei Zimmern im letzten Haus der Straße, an der Mauer, die der unseren gegenüber lag. Sie war Witwe, der älteste Sohn Masi arbeitete als Maurer, verdiente aber recht wenig. Winzig war sie, das Gesicht leichenblaß, die Haare schon weiß, und sie litt an trachomatöser Bindehautentzündung (das Trachom war damals sehr verbreitet), die sie mit Breiumschlägen behandelte. Agrippina bereitete diese Umschläge aus den Plazenten zu, wobei sie Ichthyol als Bindemittel benutzte.

Die Cunsolo schien das Elixier aber auch ihrem Sohn Santo zu geben, dessen Gesicht sich rosig färbte, wenn er es während bestimmter Monate im Jahr einnahm. Mehr als einmal sahen wir, wie er sich Blutstropfen von den Lippen leckte.

Der Breiumschlag aus Plazenta, den Agrippina und Eusapia verkauften, wurde bei Wunden, Pusteln, Abszessen, entzündeten Drüsen, Kratzern im Gesicht, die von stachligen Zweigen herrührten, bei Frostbeulen und bei Lippenherpes angewandt.

Wenn ein alter Mann den Plazentatrank zu sich nahm, schien er sich zu verjüngen, sowohl wegen des veränderten Tons seiner Stimme als auch wegen der Schnelligkeit, mit der er plötzlich ausschritt. Denke ich heute, nach Jahrzehnten, noch einmal darüber nach, meine ich, daß Agrippina und Eusapia bei der Verwendung der Plazentaextrakte als Medizin geahnt haben müssen, welch regenerierende Kraft in ihnen steckt. Heute würde man sagen, daß sie von dem Reichtum an Stammzellen herrührt, die jedes beliebige Zellgewebe unseres Körpers reproduzieren können.

Als sich der (später von den Gemeindebehörden und dem Gesundheitsministerium streng verbotene) Gebrauch des Plazentaextrakts verbreitete, priesen beide Frauen die Essenz lauthals und sangen Loblieder und Litaneien auf Gott, den Schöpfer alles Lebendigen.

Ich erinnere mich, daß der alte Bauer Giuseppe sich einmal, als er Korn mähte – während Grillen, Lerchen und Brachpieper über die Felder flogen und Schlangen, Eidechsen, Spinnen und goldfarbene Fliegen aus den Äckern flohen –, mit einer Sense in den kleinen Finger der linken Hand schnitt und diesen fast amputierte. Wir sahen ihn abends mit seinem klapprigen Esel zurückkommen, eine Hand mit einem Taschentuch umwickelt, und alle fragten, was geschehen sei. Als sie den baumelnden, am ersten Glied eingeschnittenen kleinen Finger erblickten, erboten sich die Schwestern Baccanelli, ihn mit einem Sud aus Rosen und Beifuß zu behandeln. Doch das beste Ergebnis erzielte der Bauer mit dem Umschlag aus Agrippinas Plazenten. Er strich den Brei dreimal am Tag auf die Wunde, wo der Finger noch mit ein paar Nervenzipfeln und -fädchen an der Hand hing. Alle konnten feststellen, daß er schließlich mit schönem neuen, rosigen und festen Gewebe wieder anwuchs.

XVIII.

Es geschah am 23. Oktober. Unter anderem wurden in diesem Monat wegen des Wechsels der Jahreszeit und anderer biologischer Rhythmen die Haare der Frauen schwächer: Sie verloren ihre glänzende Schwärze, einige Haare wurden weiß, und wenn die Frauen sich kämmten, blieben ganze Büschel in den Zähnen des Kamms hängen. Im ganzen Städtchen wie auch in den benachbarten Dörfern und Weilern sammelten nach altem Brauch die jungen und die alten Frauen ihre ausgefallenen Haare in kleinen Körbchen aus Flußbinsen, aus biegsamen Weidenruten oder aus den keimenden Zweigen junger Olivenbäume.

Just um diese Zeit zog Don Ciccio, ein Mann aus Catania, dem einige Schneidezähne fehlten, so daß er pfeifend sprach, mit seinem schon recht deutlich hervorstehenden Buckel durch die Dörfer und Städtchen. Bei seinen Streifzügen halfen ihm hin und wieder Fuhrleute oder die Omnibusse, welche von den weit entfernten kleinen Eisenbahnstationen bis nach Militello, Grammichele, Mineo, Licodia Eubea, Palagonia, Scordia oder Caltagirone fuhren.

Er blieb ein paar Tage in Mineo, wo man ihn mit zwei Kisten auf dem Rücken herumlaufen sah. In die eine legte er die Haare, welche die Frauen ihm verkauften, in der anderen brachte er Schals, Kämme, Bänder, Unterröcke, Ohrringe aus unechtem Gold, Armreifen aus Jade oder aus lackiertem Metall und Glöckchen mit. Wenn ein Mädchen mit diesen Glöckchen klingelte, locke sie damit, so behauptete er, im Frühling junge Männer, Bienen und Schmetterlinge an, aber auch umherirrende Vögel, rollige Katzen oder die fallenden Blütenblätter der Rosen von Dardania und Alidora in unserem Hof.

Der Mann aus Catania wußte zwischen den Haaren, die er den Frauen abkaufte, genau zu unterscheiden. Sein Ruf: «Wer von euch Frauen hat Haare? Wer hat Haare?» ertönte von Straße zu Straße.

Die Frauen traten vor die Tür, jede mit ihrem Körbchen, worin sie die zu Spulen aufgerollten Haarbüschel gesammelt hatten.

Don Ciccio zahlte mehr für die tiefschwarzen, glänzenden Haarschöpfe, besonders gut aber bezahlte er fuchsrote Haare wie die von Dardania.

Eigentlich handelte es sich um einen Naturalientausch, er gab dafür nämlich Spiegel mit Rahmen aus Goldimitat, Nähseidenröllchen, Tiegel mit Pomaden, Töpfe aus glänzendem Ton, Kämme, Ringe mit unechten Edelsteinen, Taftschleifen, manchmal auch Kameen und Silberkettchen.

Unsere Freundinnen Righetta, Sarah, Lola, Nina, Mariuccin und Vincenzinuccia gingen zu Don Ciccio und fragten ihn: »Können wir unser Haar nicht auch verkaufen?»

Der alte Händler lachte, so daß man das Fehlen zweier Schneidezähne deutlicher sah, und antwortete: «Ihr seid noch zu klein. Das wäre, als würde man einer Wiesenblume die Blütenkrone abschneiden.»

Nina, die unternehmungslustiger war als die anderen, hielt ihm mit zierlicher Geste die schöne Decke ihrer Haare hin und fragte: «Don Ciccio, sagt mir, ob das Haare sind, die viel kosten.»

Der Cataneser streckte die Hand aus und befühlte behutsam ihre Haarpracht, er roch, ob die Haare einen feinen, kaum wahrnehmbaren Duft hatten, und als er an ein paar Strähnen rieb, bemerkte er, daß sie kleine elektrische Funken sprühten.

«Das ist ein schönes Haar», stellte er fest. Auch die anderen Mädchen wollten nun seine Meinung hören, und obwohl der Alte müde war wegen des weiten Weges, den er zu Fuß von der kleinen Station in Mineo zurückgelegt hatte, stellte er sie alle zufrieden.

Soweit ich mich erinnern kann, hatten Dardania, Alidora, Donna Peppinella, die Mutter von Achille, und Caterina-Caterinella von allen Frauen in unserem Hof die schönsten Haare. Doch das größte Lob des Catanesers erhielten die Haare von Agrippina. Sie behandelte ihre Haare regelmäßig mit einer Plazentacreme, und sie glänzten so stark, daß wir zu bestimmten Stunden des Tages den Blick senken mußten, um sie nicht anzuschauen.

Wenn er an einer Haarsträhne roch, konnte Don Ciccio sogar erkennen, ob eine Frau in den ersten Monaten schwanger war oder ob sie jene Melancholie gut kannte, die uns ergreift, wenn der Abend kommt; außerdem bemerkte er, daß die Frauen über den Tod nachsannen, wenn die Mondphasen mit einem übermäßig starken Leuchten des Gestirns unregelmäßige Menstruationen bei ihnen verursachten.

Nun, wie ich schon sagte, es geschah am 23. Oktober. Ungewöhnlich stark war in jenen Tagen die Helligkeit, die sich auf die Schimmelpilze und die an den Mauern der Gasse wachsenden Moose oder auf die Schornsteine über jedem Haus ergoß.

Häufig kam uns mein Onkel Salvatore Bonaviri besuchen, den alle in der Gasse Tutù nannten. Er war der zweitjüngste Bruder meines Vaters, sechzehn Jahre alt, und arbeitete als Tischler in der Varanna bei Meister Turi Leone. Das war einer der besten Tischler des Städtchens. Auch mein Onkel Peppino, ebenfalls ein Bruder meines Vaters, damals zweiundzwanzig Jahre alt, war einer seiner Schüler. Peppino wurde der beste Kunsttischler von Mineo.

Von Meister Leone, der später nach Australien auswanderte, wo er auch starb, hatte mein Onkel Salvatore gelernt, Marionetten zu bauen.

An einem jener Nachmittage kam er uns im Hof besuchen und brachte in zwei Säcken seine Marionetten mit, denn er wollte eine Vorstellung mit den Puppen geben. Es waren Paladine, Sarazenen und Hofdamen von adeliger Herkunft.

Auch der jüngste Bruder meines Vaters, der sechsjährige Gino, war gekommen und aus dem Viertel San Francesco, wo weiß und rund die Statue der Jungfrau Maria über die Dächer ragt, Gino Maglione, neun Jahre alt. Bei uns Kindern war außer den Brüdern Niccolò und Leopoldo auch der elfjährige Gianluigi Mastandrea. Mein Onkel gab ihm eine kleine, flache Trommel mit einem Korpus aus dem Holz des Johannisbrotbaums und einem Fell, das an einer Stelle einen Riß hatte. Er sollte sie mit zwei vergilbten Stöcken schlagen, um den Kämpfen zwischen den Marionetten größere Dramatik zu verleihen. Gianluigi war nicht sehr vertraut mit dem Instrument, aber Tutù sagte zu ihm: «Spiel es nach dem Gehör.»

Als mein Onkel ankam, spielten wir gerade Radschlagen. Wir stürzten uns mit den Händen voraus zu Boden, und wem es gelang, mit den Füßen oben zu bleiben, der drehte sich einmal um sich selbst. Für mich war das ein ziemlich schwieriges Unterfangen. Nico Giostra, der eigens gekommen war, Turi Simili und auch mein Bruder taten sich dabei besonders hervor. Wie ein kleiner Gott aber erschien uns Nico, dem es gelang, bis zu zehn Drehungen um die eigene Körperachse zu vollführen, so daß wir in dem Gewirbel Arme, Beine und den Kopf nicht mehr voneinander unterscheiden konnten.

Da sich die Nachricht von der geplanten Vorstellung des Marionettentheaters verbreitet hatte, waren die Frauen des Hofs an die Fenster und auf die Balkone getreten. Tiefe Stille hatte sich breitgemacht, es schien, als schliefe der ganze Ort, und die Alten dachten an die «gute alte Zeit».

Righetta, Nina und die anderen Mädchen in ihren Kleidern aus Tüll oder weißem Taft bildeten einen Kreis um uns.

Doch weil wir Onkel Tutù mit den Säcken voller Marionetten gesehen hatten, beendete einer nach dem anderen das Spiel. Als letzter drehte Nico sich ungeheuer schnell dreimal um sich selbst (Nico, o Nico, heute bist du nicht mehr). Wir ruhten uns ein wenig aus, damit unser keuchender Atem sich beruhigte, und unsere Kameradinnen wollten uns zum Dank küssen. Nina küßte mich auf die Haartolle, die mir in die Stirn fiel. Wir wandten uns nun dem Marionettentheater zu.

Die Bühne wurde auf dem Laubengang aufgebaut, der eigentlich nur eine kleine Fläche am Ende der sieben Stufen vor der Tür von Donna Peppinella war. Diese freute sich über das Schauspiel, denn ihr Sohn Achille geriet immer in große Begeisterung, wenn er Helme, Schwerter und Rüstungen sah.

Wir banden drei Stühle, von denen einer schon wakkelte, mit einem Strick zusammen und hängten eine Decke darüber. Das war der Bühnenvorhang. Auf den Boden des Treppenabsatzes streuten Alidora, Caterina-Caterinella und Maruzzella Basilikum, Pimpinelle, Terebinthenblätter, Moos und ein paar Alraunen mit blauen Blüten, welche die Baccanelli-Schwestern im Unterholz von Olivenhainen gepflückt hatten. Es wurde ein richtiges Blütenbett, und es parfümierte die Luft, die wegen der wechselvollen Dämmerung in Wellen vorüberzog. Alidora, Dardania, Donna Peppinella, meine Schwester Vincenzuccia und Nina riefen aus: «Oh, welch ein schönes Reich besaß Karl der Große!»

Dreizehn Marionetten gab es, davon fünf Sarazenen mit schwarzen Gesichtern, und zu ihnen gehörten Ferragu, Sakripant und der König Marsilius; auf der gegnerischen Seite standen Karl der Große, Roland, Rinaldo, Bradamante, Rüdiger vom Weißen Adler, und schließlich gab es noch Angelica, die aus dem Reich Cathay stammte, und den Zauberer Merlin. Die Schwerter waren aus Blech, die Beinschienen aus Korkeichenrinde, die Helme aus großen Feigenblättern, die Rüstungen aus Pappe, aber sie schimmerten, weil sie bemalt waren.

Righetta, in deren Nähe mein Bruder oft stand, Nina, zu der ich mich stark hingezogen fühlte, Mariuccin und Vincenzinuccia waren eifrig damit beschäftigt, Angelica, die Bradamante und das Sarazenenweib Marfisa zu verschönern.

Dardania und ihre Schwester Alidora, die Capitanella und, wenn sie sich nicht gerade zurückgezogen hatte, um ihre Breiwickel und Cremes zuzubereiten, auch Agrippina halfen, indem sie Seidenschals, Röcke aus Cretonne und

Blättergirlanden beisteuerten. Also wollten die beiden Mädchen der Capitanella, die mit ihrer Fingerfertigkeit sogar sehr kleine Kleidungsstücke herstellen konnten, nun unbedingt auch etwas tun und boten an, heute würde man sagen, Slips für die Puppen zu nähen: in Rosa für Angelica, in Blau für die Bradamante und einen lila Slip für Marfisa. Diese Idee amüsierte unsere Freundinnen sehr. Sie lachten.

Mein Onkel Tutù wandte ein: «Habt ihr auf der Bühne von Don Mariddu dem Puppenspieler jemals Hofdamen mit Unterhosen gesehen?»

Die Frauen im Hof aber gaben den Mädchen recht.

Caterina-Caterinella sagte: «Auf diese Weise haben wir wenigstens auch etwas zu der Kleidung beigetragen, die wirklich sehr, sehr ärmlich ist. Wie hätte dieses Mannweib Angelica wohl ohne Unterwäsche in Cathay und in den Ardennen herumlaufen können?»

Maruzzella gab einen wunderschönen, in Kreuzstich gearbeiteten Umhang für Angelica, der über und über bestickt war mit winzigen Pavillons, dazu eine blaßgrüne Bluse, verblichen zwar, aber entzückend, so entzückend wie Maruzzellas weit geöffnete, runde Augen, deren Grün wie das Licht des Halbmonds auf einem Palmzweig schimmerte.

Alle Kostüme waren ein paar Tage früher vorbereitet worden, denn man wußte bereits, daß der junge Onkel Tutù kommen würde, um eine Vorstellung zu geben.

Aus Holzstücken, Sperrholz und Sägespänen hatte mein Onkel ein geflügeltes Pferd gebaut, leider mit einem lahmenden rechten Vorderlauf. Es war für Astolf bestimmt.

Zu dieser Vorstellung erschienen auch der alte Incatasciato, der sein Stück Land, auf dem er Getreide ausgesät hatte, nun nicht mehr bestellen konnte, und seine Frau

Areúsa, die Spanierin. Als sie diese ganze Inszenierung sah, sagte sie in ihrer irgendwie zungenlahmen Sprechweise: «*Maravelloso, o niños, maravelloso.*»

Sogar unser Onkel und unsere Tante, die Eheleute Casaccio-Bonaviri, zeigten sich, er hier, sie dort, an den beiden Fenstern ihres Hauses, die auf die Gasse gingen. Tante Agatella Bonaviri sagte zu ihrem Mann: «Antonio, lauf, lauf und hol das Buch über die fränkischen Paladine, damit wir sehen, ob diese Rotznasen die wahre Geschichte, wie sie dort erzählt wird, in allen Einzelheiten nachspielen.»

An diesem Nachmittag wollte Onkel Salvatore die große Schlacht darstellen, die vor den Mauern von Paris zwischen den Paladinen und den Sarazenen entbrannt war. Die Sarazenen wurden von König Marsilius angeführt, der den Zauberer Merlin auf seiner Seite hatte.

Im Grunde handelte es sich nicht um richtige, perfekte Marionetten, denn Tutù konnte kein Geld ausgeben, um sie zu verschönern und sie denen von Don Mariddu ebenbürtig zu machen. Der Puppenspieler kam gewöhnlich in diesen Monaten aus Catania, denn im Oktober war in Mineo Olivenernte, und wenn die Oliven abgeschlagen und verkauft waren, schenkten sie den Einwohnern eine Zeitlang einen gewissen Wohlstand.

Olivier zum Beispiel fehlte der Helm, und als Rüstung hatte er ein Stück weißbemaltes Blech; Rolands Schwert Durandarte aus Pappelholz gab nur einen dumpfen, matten Klang von sich, der in der Luft nicht widerhallte; die Beinschienen waren Lappen, die mein Vater, der Schneider, in aller Eile genäht hatte, um seinem Bruder zu helfen. Feragu hielt einen Krummsäbel, nicht länger als zwei Bauerndaumen; das seltsamste Bild aber gab Bradamante ab, die allen bekannte Kriegerin, zwischen deren Rüstung aus Eisendraht eine glyzinienfarbene Unterhose heraushing.

Wie mein Bruder und ich lispelte auch mein Onkel Tutù ziemlich, ja, sein stolperndes Sprechen wurde manchmal zu einem richtigen Lallen, das sich in Momenten wie diesem zu einem *lalalala* verstärkte. Zum Souffleur oder vielmehr zum offiziellen Sprecher wurde darum Neli bestimmt, der ältere Bruder von Pino Lauria. An diesem Tag war er, wie das Unglück es wollte, nicht zur Arbeit auf die Felder gegangen.

Da auch Gianluigi Mastandrea sich bei uns befand, baten Caterina-Caterinella, Dardania und Alidora, meine Schwestern, Nina und Righetta ihn, die Abenteuer der Sarazenen und Paladine nicht mit der Trommel, sondern auf seiner Hirtenflöte zu begleiten, indem er sie mal traurig, mal ernst und mal so fröhlich wie das Zwitschern der Spatzen spielte, passend zum Fortgang und zu den Verwicklungen der Geschichte.

Obwohl Neli erst vierzehn Jahre alt war, war er ziemlich groß, fast so groß wie Gianluigi. Schwarz glänzten seine Haare, und während der Vorführung verriet das Büschel über der Stirn durch seine Schwingungen, daß die Kämpfe zwischen den feigen Sarazenen und den mutigen Paladinen heftiger wurden. Sein Gesicht war blaß, wie bei einem Kind im Wachstum, die Hautfarbe oliv, die Augen nachdenklich. Er sprach von Natur aus wenig, da er sich, außer wenn sein Vater dabei war, gewöhnlich alleine auf dem Land aufhielt, auf den Feldern von Ruccuvè in der Piana, die voller Steine und kantiger Felsbrocken waren. Wenn er während der wechselnden Stunden des Tages dem sachten, eintönigen Rauschen der Johannisbrotbäume, des Schilfrohrs und der

Olivenbäume lauschte, wenn er Schnepfen im Flug in die Höhe steigen sah, das zufällige Fallen von Steinen hörte oder das Gepiepe soeben geborener Rotkehlchen in den Nestern, war es ihm zur Gewohnheit geworden, zu phantasieren und sich melancholischen Betrachtungen zu überlassen.

Nun, wo er zufällig an diesem Nachmittag in Mineo war, umringten wir ihn – mein Bruder, Turi Simili, der Jude Kòlovoz, Santo Cunsolo und ich –, um ihn zum Sprechen zu bringen. Und so von uns angestachelt, entschloß er sich, mit seiner sanften, leicht heiseren Jünglingsstimme zu reden.

Wir fragten ihn: «Stimmt es, Neli, daß du gelernt hast, viel zu denken, weil du immer auf den Feldern bist?»

Mit einem verstohlenen Blick auf uns, unsicher, ob er antworten sollte, sagte er, wenn er auf dem Land Hasen sehe, die zwischen dem Beifuß kauerten, oder wenn er die Wolken mit ihren sich wandelnden Formen betrachte oder die vom Wind geschüttelten Blätter, dann überfalle ihn die Melancholie.

Mein Bruder fragte: «Neli, was ist Melancholie?»

«Ha, Dummkopf», riefen ich und Kòlovoz, dessen wegen der Läuse geschorener Kopf rötlich glänzte, «das ist eine Betrübnis der Seele!»

Neli fuhr fort, den Kopf vor Schüchternheit gesenkt. «Ich weiß es nicht. Wenn du am Tag darauf rings um dich her das schwarze Gestein oder die runden Formen der Bäume von gestern wiedersiehst, merkst du, daß alles verändert ist und daß es nichts Feststehendes im Leben gibt. Das ist es, was mich auf dem Land beunruhigt. Hier im Ort ist es anders. Alle Dinge scheinen stillzustehen, unbeweglich zu sein.»

Nun, da es ihm gelang, seine Schüchternheit zu überwinden, erzählte er uns von den Wolken, davon, wie sie sich am Himmel verteilen und wandern und wie man daran erkennen kann, vor allem wenn sie wie verwirrte Kröten entlang einer Linie anhalten, daß bald der Regen kommt.

Während er diese Dinge sagte, wurde sein Atem zu einem Seufzen, denn auch die Weise, wie wir atmen, wird von unseren Gefühlen beeinflußt. Doch im Hof riefen die Leute schon: «He, ihr Jungen, legt ihr da eure Beichte ab? Wann fängt das Marionettenspiel endlich an?»

Neli nickte zustimmend mit dem Kopf, *ja, ja,* schien er sagen zu wollen, *es fängt sofort an.* Er lächelte, während in seinen Augen seltsamerweise gleichzeitig Melancholie aufschien, was ein Zusammenspiel von Licht und schwindendem Leuchten der Iris ergab.

Die Bühne war fertig, mein Onkel sollte mit Neli die Marionetten führen. Dieser würde den Christen und den Muselmanen seine Stimme geben.

Als Tutù sich hinter die Decke stellte und die ersten Sarazenen mit Merlin auf dem Treppenabsatz auftauchten, begann Neli zu sprechen: «Ich, der Zauberer Merlin, rufe alle Teufel aus der kleinen und aus der großen Hölle an, auf daß sie uns helfen, Paris und die Paladine zu vernichten.»

Ich unterbreche die Erzählung – wofür ich mich entschuldige –, um zu erwähnen, daß mein Onkel Michele Rizzo und seine Frau, Tante Pippì, die älteste Schwester meiner Mutter, immer wenn wir diese Vorführungen veranstalteten, für uns Bonbons aus Johannisbrot machten.

Die Johannisbrotbäume wuchsen auf hügeligem Gelände oder in den Talebenen, wo die Raben dunkel krächzten. Sie haben ledrige Blätter und eine rauhe Rinde, die sich eigentlich ganz angenehm anfühlt, sie werfen einen schönen Schatten und geben lange, fleischige Früchte, die im Oktober reif werden.

Mein Onkel Michele, der in seiner Jugend Schuster gewesen war und mit seiner Frau zweimal, 1902 und 1919, nach New York gezogen war, kaufte die Beeren – deren Samen die Araber zum Aufwiegen von Gold benutzten, womit sie die Karatmessung festlegten –, wusch sie, zerschnitt sie und brachte sie auf der Glut des Kohlebeckens in einem Töpfchen aus Terrakotta zum Kochen. Wenn sie sich in einen zähen, klebrigen Brei verwandelt hatten, wurde dieser aus dem Wasser geholt, mit Zucker und Honig verknetet und von meinem Onkel in kleine Vierecke geschnitten. Welche dann, verehrtes Publikum, die Bonbons ergaben.

«Johannisbrotbonbons!» riefen wir Kinder, wenn der junge Barbier Don Peppino Montemagno, ein Freund unseres Onkels, kam, um sie uns auf einem Teller zu bringen, bedeckt mit einem weißen Tuch. Jeder von uns bekam einen Teil. Die Mädchen lutschten sie auf andere Weise als wir Jungen, nicht so, daß sie sich gleich in der Spucke auflösten, die einem im Mund zusammenlief, sondern sie hielten sie in den Fingern und lutschten winzige Stücke davon ab, indem sie die rote Zunge herausstreckten und gleich darauf rasch wieder zurückzogen.

Da der Abend milde anbrach – denn er hielt den Sonnenuntergang noch eine Weile fern –, begannen zu dieser Stunde zwischen den großen Steinen, die das Ende der Gasse bildeten, dort, wo Incatasciatos Haus mit seinem schiefen kleinen Balkon lag, die Kellerasseln, oder Sankt-Antonius-Asseln, wie andere sie nennen, hervorzukommen: kleine Tiere, wie fünf Getreidekörner so groß, mit einem dunkelgrauen Rücken aus Chitin, lamellenförmig der Körper, die Bauchpartie ein einziges dichtes Gewimmel winziger Beinchen, die mich abstießen, ebenso meine Schwestern Mariuccin, Idolina und Vincenzinuccia.

Die Asseln rollten sich zu einer Kugel zusammen, um schneller voranzukommen, und füllten zu Dutzenden, zu Hunderten die Gasse, als hätte der Zauberer Merlin mit dem dicken Kopf sie aus der Unterwelt hervorkriechen lassen.

Righetta, die ihre dichten Haare mit einem gelben Band zusammengebunden hatte, bückte sich und begann sie einzusammeln, bis sie beide Hände voll hatte.

«Oh, wie süß sie sind», sagte sie, «wenn sie sich so zusammenrollen.»

In diesem Moment kam Roland, in sein Horn Olifant blasend, aus den Mauern von Paris heraus, um dem Sarazenen Ferragu im Kampf gegenüberzutreten.

Es waren ärmliche Marionetten; Roland hatte nur einen halben Helm aus Pappe; Ferragu trug nur eine Beinschiene, und seine Rüstung war aus Feigenblättern zusammengenäht; Karl der Große, der von einem Wehrturm der Stadtmauern aus zusah, war ein weißhaariger Alter mit einer Krone aus Lorbeerzweigen, dazwischen Rosen mit blauen Dornen. Den muselmanischen Verrätern hatte man das Gesicht mit dem rußigen Rauch aus zwei Töpfen von Massaro Giuseppe bemalt.

Righetta hatte sich unter den Treppenabsatz gesetzt, um nicht gesehen zu werden, und während die beiden Verteidiger der Christenheit und Allahs nun funkensprühend die Waffen kreuzten, fragte sie mich spöttisch: «Na, Giuseppe-Giuseppino, Peppino-Pippinello, mein süßer kleiner Mann, Pechvogel, Trauerkloß, auf niemandes Schoß, willst du die

Kellerasseln berühren, die an meinen Beinen höher und höher kriechen?»

Sie kannte meinen Abscheu vor diesen, wie ich heute sagen würde, Isopoden aus der Klasse der Krebstiere. Während Roland, zu Ferragu gewandt, ausrief: «Ha, feiger Lump, kämpfe mit mir, wenn Allah dir Mut genug verliehen hat!», spreizte Righetta die zarten, feinen, runden Beine, auf denen die schmutzigen Tierchen sich mit Tausenden zitternden Füßchen bis hinauf zu den Oberschenkeln schlängelten. Die eine oder andere Assel rollte sich vor lauter Staunen über diese weiße Reinheit zusammen und fiel zu Boden wie eine urplötzlich ermattete Hummel.

Neli sprach unterdessen im Namen Rolands: «Oh, elender Mohammedaner, deine letzte Stunde ist gekommen.»

Zwischen den beiden tobte der Kampf. Ferragu, obgleich von bescheidener Größe, verteidigte sich gegen den Angriff des großen Paladins, indem er gewandt das sirrende Schwert gebrauchte, das Roland wahrhaftig von allen Seiten zu umgeben schien. Um ihn herum bildete sich eine Art Funkenkreis. Der Paladin wurde zornig und verteilte Hiebe mit seinem Schwert Durandarte, das dröhnend widerhallte. (In ihrem Versteck schlugen mein Bruder und Pino dicke Steine gegeneinander). Alle Frauen standen auf den Balkonen und an den Fenstern. Seele und Herz bebten den Zuschauerinnen. Tante Agatella sagte zu ihrem Mann: «Lies, lies, sieh nach, ob der Kampf wirklich so stattgefunden hat.» Aber Onkel Antonio hatte Mühe, die richtige Seite zu finden.

Unterdessen strömten die Kellerasseln weiter in Gruppen, allein, in Reihen aus ihren Löchern und verbreiteten sich an den Rändern der Gasse, krochen über Staub, Erde und das niedrige Kraut, das hier und da wuchs. Niemand achtete auf sie, so gebannt waren alle von dem furchtbaren Gefecht.

Neli sprach und betonte dabei jedes einzelne Wort: «O Roland, Roland, deine letzte Stunde ist gekommen. Ergib dich!» Und er nuschelte, um die sarazenische Sprechweise des Ferragu nachzuahmen. Dann antwortete er selbst, der arme Junge, nun wieder mit der Stimme Rolands. Die Sätze überschlugen sich: «Verräter und Anbeter Allahs, bete zu deinem Gott, denn bald wirst du als toter Mann von ihm verschlungen werden!»

An dieser Stelle ließ Gianluigi statt der Hirtenflöte die Trommel ertönen, vereinzelte Schläge, die an den Haustüren widerhallten. Dann, als der Kampf zwischen den beiden Kriegern hitziger wurde, spielte Gianluigi mit Hilfe der beiden Schlegel einen rasenden Trommelwirbel, der uns schier betäubte.

Da flüsterte mir Righetta erregt zu: «Los, berühre meine Beine, berühre sie und die Asseln, Giuseppe-Giuseppinello, wenn du Mut hast, feiger Lump.»

Mir schien, als kämen die Worte wie Blasen, vermischt mit Süße und traurigbitterer Begehrlichkeit, aus ihrem Mund. Die Asseln drangen in ungeheuren Mengen auf den Hof und einige von ihnen auf Righettas Schenkel vor. Mein Widerwille wuchs, während ich sie beobachtete.

Bevor Ferragu unter einem Schwerthieb Rolands fiel, der seinen Körper in zwei Teile teilte, hob er ein letztes Mal den Krummsäbel. Genau in diesem Moment erblickten Turi Simili und ich dort, wo ihre Beine endeten, den makellosen Schnitt von Righettas Scheide (ihr Gesicht leuchtete), auf den einige Asseln zukrochen, und einen Augenblick lang glaubten wir, daß dieser Schnitt durch den letzten Säbelhieb des sterbenden Ferragu entstanden sei. Auf Righettas Schnitt verweilte das Licht des Sonnenuntergangs mit einem sehnsüchtigen rosigen Schein.

Wir hörten jemanden laut rufen: «He, Neli, warum kommst du nicht in den Stall, um dem Vieh Heu und Gras zu geben, statt deine Zeit auf der Treppe von Donna Peppinella zu vertrödeln?»

Es war Massaro Masi, sein Vater, der ihn rief. In seiner Stimme lag eine schwarze Kriechspur.

XIX.

Massaro Masi Lauria besaß zwei Esel: einen alten, räudigen mit einem runzligen Schwanz, das Fell von weißen Flecken durchsetzt und die fahlen Hufe ohne Glanz; das andere Tier war, wie wir wissen, die Eselin Ririrì, etwa zwei Jahre alt, mit glattem, weichem Fell und einem fröhlichen, lauten Schrei.

Als Neli auf den Ruf des Vaters hin die Schlacht zwischen Sarazenen und Christen verlassen mußte, die vor den Mauern von Paris entbrannt war, wo von den höchsten Rängen aus Edeldamen und Hoffräulein mit enganliegenden roten Kleidern auf das weite Schlachtfeld blickten, sollte gerade auf Befehl Sakripants und des großen Königs Marsilius ein dichter Regen von Pfeilen auf die Soldaten Karls des Großen abgeschossen werden.

«Die fränkischen Heerscharen müssen allesamt vernichtet werden!» ließ Neli den König Marsilius ausrufen. «Und auch die Edeldamen dürfen nicht verschont werden, die, aufgeputzt mit Röcken und Leibchen aus Seide, von den Wachtürmen und Zinnen aus das Schauspiel von Ferragus langsamem Tod genießen.»

Die Vorführung endete schlagartig, weil Neli, der sich mit den Worten: «Lebt wohl, lebt wohl», von uns verabschiedete, nun gehen mußte, um den Stall zu säubern, wo sich in gelben Haufen der Mist angesammelt hatte.

Die Frauen und wir Jungen riefen: «Tutù, mach du weiter! Diese Schlacht darf nicht mittendrin aufhören!»

Mein Onkel wehrte sich und wurde rot im Gesicht. «Wir werden sehen», sagte er.

Wir sahen Neli in gebückter Haltung in den *catoio* laufen. Sein magerer, kindlicher Körper zeichnete sich als ein scharf umrissener Schatten vor dem Eingang ab.

An den Stallwänden schaukelten zwischen unzähligen baumelnden Netzen Spinnen mit sehr langen Beinen. Um die Arbeit so schnell wie möglich hinter sich zu bringen, hob Neli mit der dreizinkigen Mistgabel Stroh auf und legte es den Tieren unters Maul. Dann nahm er rasch mehrere Armvoll Saatluzerne und wilden Hafer, die er auf dem Boden der Futterkrippe verteilte.

Er hörte die Rufe, die von draußen kamen, denn ich war von Onkel Tutù aufgefordert worden, ihm beim Sprechen zu helfen, damit die Vorstellung weitergehen konnte. Mich überkam jedoch ein schrecklicher Stotteranfall. Stotternd sprach ich Sakripant, Roland, den König Marsilius und die Hofdamen, die, einige in türkische Röcke aus Kaschmir gekleidet, auf ihren Mauerzinnen zu den Heiligen und Engeln beteten: «Oh, ihr En-en-gel-gel, o ihr Hei-hei-li-li-gen, helft un-un-un-se-re-ren Ver-tei-tei-di-di-gern des Hei-hei-li-li-gen Rö-rö-mi-mi-schen Rei-rei-ches!»

Von den Balkonen ermunterten mich die Frauen, unterstützt von Tante Agatella am Fenster: «Nur Mut, los, Pippinuccio, mach schnell, die Sarazenen, diese Verräter, müssen vernichtet werden!»

Gianluigi wußte nicht, was er nun spielen sollte, aus seiner Trommel kam ein unvollständiges, unregelmäßiges Gestammel. Tante Agatella rief ihm zu: «Spiel den Königsmarsch, denn die Christen werden siegen!»

Caterina-Caterinella, die Schwester des Priesterleins,

sagte zu ihm: «Gianluigi, Gianluigi, laß uns mit Hilfe der Trommel einen Lobgesang auf Gott anstimmen, damit er die Christen, seine wahren Kinder, zum Sieg führt.»

Weil er so schnell wie möglich den Christen und Karl dem Großen zu Hilfe eilen wollte, zumal dieser wütend geworden war wegen der plötzlichen Unterbrechung der Kämpfe, hatte Neli bei einer abrupten Bewegung nicht bemerkt, daß auf dem Boden zwischen Eichenlaub und Zittergras eine Hacke lag. Der Junge setzte aus Versehen einen Fuß darauf, und das Werkzeug schnellte mit einem Ruck und einer halben Drehung in die Höhe und verletzte ihn an einer Wange. Er trocknete das Blut mit Haferblättern, doch da es ihm nicht gelang, den dünn hervorschießenden Strahl zu stillen, ging er nach draußen.

In diesem Moment waren wir Jungen als Gehilfen von Onkel Tutù gerade damit beschäftigt, Flußbinsen durch die Luft zu werfen. Sie sollten die Pfeile darstellen, mit denen Marsilius die Christen beschoß. Roland griff mit unbezähmbarer Wut Sakripant an. Auf den Rat seiner Frau Agatella hin hatte mein Onkel Antonio die Trommel ergriffen – als Junge hatte er Trommel gespielt – und begann nun, einen wahren Wirbelsturm an Tönen, Geräuschen, an tosendem, die Luft einsaugendem Lärm zu entfesseln, so daß im ganzen Hof die Begeisterung auf dem Höhepunkt anlangte.

Als wir den blutenden Neli erblickten, unterbrachen wir augenblicklich die Theatervorstellung. Unser Kamerad hatte sich eine sehr schmutzige Wunde im Gesicht beigebracht. Die Ränder waren ausgefranst, und sicherlich hatte der Schlag mit der Hacke ihm auch die Muskeln verletzt.

Sofort kam seine Mutter, Donna Riricchia, herunter, um mit Unterstützung unserer Mutter und Dardanias den

Schnitt mit Wasser zu säubern und den schwachen Blutfluß zu stillen. Ja, Donna Peppinella, die ihrem Achille noch die Brust gab, holte sogar anmutig den rechten Busen hervor und ließ nun Milch auf die Wunde spritzen.

Vom Fenster aus sagte Tante Agatella: «Ja, das ist gut, sehr gut, was ist besser als Muttermilch? Ein wahrer Balsam ist das in solchen Fällen!»

Die Milch perlte auf Nelis Wange und bildete rote Blasen. Der Strahl brach ab, dann schoß er wieder hervor, bald wurde er gelbrosa wegen des Blutes.

Wie ich schon sagte, lag die Bühne nun verlassen da. Anstatt sich den langsamen Todeskampf von Ferragu anzusehen, reckten die Edelfräulein auf ihren zinnengekrönten Bollwerken aus Pappe den Kopf und spähten, die Schleppen ihrer seidenen Gewänder raffend, hinüber zu Neli, dem armen Jungen.

Aber es wollte nicht gelingen, die Wunde sorgfältig zu reinigen. Spuren von Stroh, Teilchen von Mist und sogar Fäden von Spinnennetzen saßen in den Zwischenräumen.

Als Agrippina gegen Abend von ihrer traurigen Arbeit, Kleidungsstücke der Tuberkulosekranken in den großen Erdspalt zu werfen, zurückgekehrt war, brachte sie Plazentasalbe in einem violetten Krüglein nach draußen und verrieb sie lange auf Nelis Gesicht, bis hin zur Lippe, die das plötzliche Hochschnellen der Hacke ebenfalls zerschnitten hatte.

Ein paar Tage vergingen, Nelis Wunde begann heftig zu brennen, und sein Mund verzog sich in Krämpfen.

Donna Riricchia, meine Mutter, Alidora Baccanelli und die alte Weberin Letterina waren den Doktor Sidoti holen gegangen (ein Enkel von Luigi Capuana). Der Arzt war ein kleiner, zurückhaltender, freundlicher Mann, der auf einem

Esel aus Pantelleria durch die Straßen zog, an die Türen klopfte und bei Bedarf seine Untersuchungen machte. Als er Neli sah, wiegte er den Kopf und sagte: «Er braucht ein Serum gegen Wundstarrkrampf, hoffentlich wirkt es, die Wunde ist nah am Kopf. Ich komme morgen zurück, um ihn zu untersuchen, aber besser wäre es, ihr brächtet ihn sofort nach Catania ins Krankenhaus.»

Der arme Junge brach am folgenden Tag auf, begleitet von seiner Mutter, Donna Riricchia. Sie gingen die stille Stradalunga hinunter, und an der Piazza dei Vespri nahmen sie den Bus, einen alten Lancia, der seit ein paar Jahren die Strecke zwischen Mineo und Catania befuhr.

Die Dämmerung verflog schon, sie löste sich zwischen Olivenbäumen, Steinhaufen und taufeuchten Kräutern in der Morgenröte auf.

Im Bus sank Neli an der Seite seiner Mutter in seinem verschossenen Mantel in sich zusammen. Der Blick war melancholisch, tiefschwarz waren die im Nacken zerzausten Haare. Er schaute hinaus, wo Bauern auf Eseln mit hängenden Ohren vorbeiritten.

In Fuoriporta passierten sie die Kurve, über der auf kleinen, in den gelben Tuffstein gegrabenen Terrassen dunkelgrün die Feigenkakteen von Donna Carolina standen. Wenig später sah Neli in unendlich weiter Ferne den Ätna, bedeckt von den ersten, sichelförmigen Schneefeldern, die in die Höhe strebten, als wollten sie sich zu Gott erheben.

«O Gott, warum all dieses Leiden in der Welt?» fragte sich Donna Riricchia.

Viele Passagiere schliefen mit gesenktem Kopf. Ein Alter mit einem Schal über den Schultern schnarchte.

XX.

Ein paar Tage später kam er zurück, in einem Krankenwagen, den ein knochiger junger Mann fuhr. Während der Fahrt wollte Neli aus dem Fenster auf die Landschaft schauen, durch die sie fuhren. Aber das war nicht möglich, weil es im Wageninneren keine Fenster gab.

Und so sah er, nachdem sie Catania verlassen hatten, an diesem späten Nachmittag nicht den Fluß Simeto, der langsam, über die kahlen Ufer tretend, dahinfloß; und er konnte, als sie die Straße nach Caltagirone eingeschlagen hatten, die Orangenplantagen nicht sehen, die, von Spalieren aus Feigenkakteen geschützt, von Tausenden reifer Früchte rötlich glänzten; ebenso sah er während der endlosen Windungen der Straße nicht die kleinen Täler vor Palagonia, die mal grün vom Getreide waren, mal steinig und ohne einen einzigen Grashalm; oder die Felder, wo Baumwolle angepflanzt wurde, die in runden weißen Flocken aus den geborstenen Schalen quoll.

Nah bei Neli im Wagen war seine Mutter, die ihm sanft mit den Händen über das Gesicht, das Kinn, die Arme und die wegen der Krankheit verkrampften Beine strich. Ein magerer Krankenpfleger, etwa dreißig Jahre alt, mit roten Haaren und schwermütigem Gesichtsausdruck, saß ein wenig abseits neben ihm.

Neli begriff, daß er in Mineo angekommen war – wo die untergehende Sonne größer wurde –, als er den Geruch der frischen Kräuter und der trockenen Kiesel wahrnahm, ja er erkannte es sogar am Duft der wenigen Eukalyptusbäume, die am Hang des Mura-Viertels standen.

Kaum hatten wir gesehen, daß das große Auto mit der abgeblätterten weißen Karosserie vor unserer Gasse hielt, rannten wir hin, um zu sehen, was los war. Wir erkannten Neli sofort, als er, auf einer Trage liegend, vorsichtig aus dem Krankenwagen gezogen wurde. Er lächelte uns traurig zu, als er uns sah, und sagte mit einer Stimme wie Honig, gar nicht wie seine eigene, ein wenig nuschelnd: «Bald werden wir mit dem Marionettentheater weitermachen.»

Die Krämpfe in den Wangen, den Lippen, am ganzen Körper und sogar im Brustkorb waren stärker geworden, darum atmete er mühsam. Vom Bett aus sah er nur die Schatten der Mutter, des Bruders Pino, des Vaters und der Nachbarn über die Zimmerdecke wandern. Wenn ein Tag vergangen war, sah er die Schatten schief verzogen, sie zitterten wegen des Lichts, das vom Hof aus hereinfiel.

In jenen Tagen sagte er immer wieder: «Helft mir, helft mir.»

Am 23. Oktober, als die Glocken aus den drei Stadtvierteln den Mittag einläuteten, trat bei Neli eine schwere Atemnot ein.

Er starb am 23. Oktober 1935 bei Anbruch des Abends. Im Tod war sein Gesicht weiß wie eine Lilie geworden, und seine Arme waren von einem blassen Gelb. Der gewohnte Schleier der Traurigkeit in seinen Augen verdichtete sich wie Nebel.

Wir alle in der Gasse wußten es sofort.

«Warum nur? Warum nur?» fragte mich meine Schwester Vincenzinuccia. Die anderen Mädchen bekreuzigten sich mit ihr.

Wir stiegen langsam die Innentreppe hinauf und sahen die Mutter, Donna Riricchia, reglos neben dem Sohn sitzen. Sie war eine alte Frau geworden, ihre Haare hatten einen seltsamen blauen Schimmer.

Vom Vater, Massaro Masi, sahen wir nur den Schatten an der Wand unter dem Bild der heiligen Agrippina, der Schutzpatronin des Ortes. Pino, der Bruder, erschien uns dünn wie ein Schilfrohr, er schaute uns nicht an und blieb stumm.

Von Neli sahen wir den langen Umriß, er füllte das ganze Bett aus. Uns schien, als verschwände sein Körper langsam im Dunst des Abends.

«Er ist nicht mehr da! Man sieht ihn nicht mehr», murmelte mein Bruder Salvatore.

In der Gasse entstand eine tiefe Stille. Es war nicht die gewöhnliche Stille: In der Stradalunga schien sie sich zusammenzukrümmen, sie hinterließ leere Räume, wo man nichts mehr sah, nicht einmal den herannahenden Abend. Das Haus der Familie Lauria stand offen, alle Frauen stiegen auf Zehenspitzen hinauf. Auch meine Mutter. Donna Letterina blieb zu Hause, um am Webstuhl das Leichentuch aus Linnen herzurichten.

Als der Abend weiter vorangeschritten war, wurde in der Gasse die Tellerlampe entzündet. Sie gab ein schwaches Licht, das auf halbem Wege in der Luft anhielt, der untere Teil der Mauern blieb in Dunkelheit getaucht.

Nelis schneeweiße, übereinandergelegte Hände konnte man in einem schwachen Lichtschimmer erkennen. Aber vom Körper unseres Freundes sah man nur eine formlose Reihe schwarzer Linien und Klumpen.

Die knienden Frauen beteten. Wir sahen weder Donna

Riricchia noch Massaro Masi, wir konnten nur ihre starren, dunklen Schatten an der Wand beobachten. Das Gemurmel der Betenden war leise. Auch unsere Freundinnen waren gekommen und beteten. Die Hühner unten im Stall ließen von Zeit zu Zeit im Schlaf ein kreischendes Glucken ertönen.

Ich sagte: «Laßt uns rausgehen, die Frauen beten.»

Draußen kam die Feuchtigkeit, sie senkte sich von oben herab, es war eine kalte Luft, die unsere Mützen durchnäßte. Von den Steinen des Hofes stieg mit einem leichten Hauch der Tau der Nacht auf.

«Sie kommen», erklärte Turi Simili, einer, der sich mit Naturphänomenen auskannte.

«Was?» fragte Kòlovoz, der sich zu uns gesellt hatte, um Neli die letzte Ehre zu erweisen.

«Ich sehe», mischte sich Nina ein, «ein schwaches Leuchten, das sich in der Gasse verbreitet.»

Ihre Schwester Lola sagte unter Tränen: «Ich sehe nichts.»

Weiß stach in diesem dunklen Abendhauch die von einem schmalen Haarkranz umgebene Stirn meiner Schwester Mariuccin hervor.

«O ja», stimmte ich ein, «ich sehe das Leuchten.»

Es waren die Glühwürmchen, die in die Gasse kamen, sicherlich lockte der Tau sie an.

Kòlovoz meinte: «Unser Gott sagt, daß man Licht in der Dunkelheit des Todes braucht.»

«Denk an was anderes, du Hohlkopf», schalt ich ihn.

Die Glühwürmchen kamen nun in Wolken an, *ffffiiii* hörte man im Hof, die Luft war von ihrem Zischen erfüllt und geriet mit rastlos schwirrenden Lichtfunken in erregte

Bewegung. Die Glühwürmchen sammelten sich vor allem in den Ecken, wo die Feuchtigkeit besonders stark war.

Mariuccin fügte mit sanfter Stimme hinzu: «Glühwürmchen, sagt unsere Mutter, weisen den Toten den Weg.»

Sie flogen über unseren Köpfen, wo sie für eine Weile Kronen aus glimmenden Punkten bildeten. So konnten wir die Gesichter unserer Kameradinnen gut erkennen. Es waren schmale, traurige kleine Gesichter, mir schien gar, als wären es nicht mehr die Mädchen.

Aus den Mauerspalten, den Ritzen der Balkone, aus den Löchern um die Fenster, auch unter den Dächern, die aus mit Gips und Zement verbundenem Schilfrohr bestanden, begannen nun die Fledermäuse hervorzukommen.

Wir beobachteten, wie diese Vespertillen eine nach der anderen aus bröckelndem Mauerwerk oder Spalten hervorkamen, leicht mit den Flügeln schlugen und nach kurzer Zeit die ganze Gasse füllten. Seltsamerweise flogen sie recht tief. Die Mädchen, auch Nina mit ihren olivfarbenen Augen, bückten sich, um nicht von ihnen gestreift zu werden. Righetta, die den Kontakt mit Würmern, mit allem kriechenden und fliegenden Getier liebte, senkte nur den Kopf.

Ich erinnere mich, wie wir Jungen, zusammen mit Vincenzo Bellino, dem Schneiderlehrling, an manchen Abenden in der Werkstatt unseres Vaters standen, der konzentriert an einem Stück Stoff nähte, und versuchten, unter Zuhilfenahme unserer Mützen oder irgendwelcher Stoffetzen ein paar Fledermäuse von der Decke fallen zu lassen. Gelang es uns, hielten wir sie fest, um ihnen die Flügel zu verbrennen, die Beinchen mit den Krallen, die großen Ohrmuscheln und sie, wenn sie brannten, fluchen zu hören, wie man damals glaubte. Wir benutzten die brennende Laterne, die Flügel brutzelten, aber nur ein einziges Mal war uns, als könnten wir eine alte Fledermaus Gott verfluchen hören. Meistens hörten wir Gewimmer, wirres Kreischen, wenige unverständliche Worte, vermischt mit tropfendem Blut.

Jetzt stießen diese fliegenden Tierchen matte, fast betrübte kleine Schreie aus, beim Fliegen hielten sie Abstand voneinander. Während die Nacht mit ihren finsteren Abgründen aufstieg, arbeitete Donna Letterina am Webstuhl, um das Leichentuch für Neli fertigzustellen. Wir sahen, wie die Öllampe sie von hinten beleuchtete. Das zuckende Licht dehnte sich als ein kleiner Kreis aus und schnitt, so könnte man sagen, Donna Letterina in zwei Hälften. Das ganze Zimmer lag im Halbdunkel.

Doch das regelmäßige Geräusch des Webstuhls, sein rhythmisches Klappern, wurde alsbald vom Läuten der Glocken übertönt. Wie es bis ungefähr 1940, bevor der Zweite Weltkrieg begann, Brauch war, läuteten jedesmal, wenn ein Kind oder ein junger Mensch starb, alle Glocken der drei Ortsteile, außerdem die kleinen, in den vielen auf dem Land verstreuten Kirchlein. Bei diesem Sturm hämmernder Glockenschläge bekamen wir Angst. Es läutete aus der Höhe des Städtchens und aus der Tiefe der Täler. Die Eulen sangen nicht mehr, die Käuzchen verharrten reglos auf den Eichen, die Füchse unter den Baumgruppen.

Mariuccin, das kleine Mädchen, fragte mich flüsternd: «Peppi-Pippinuzzo, können diese Todesglocken die Sterne zum Klingen bringen?»

Ich antwortete nicht.

Die Leute sagten, all diese Geräusche würden sich im Tal des Teufels sammeln. Jenseits der Felder, im Nordosten, in Richtung Santa Margherita, gab es zwischen Felsvorsprüngen eine Schlucht, in der sich aus ineinandergewachsenen Brombeerbüschen, Quitten, Mastixsträuchern, Apfelsinenbäumen, Erdbeerbäumen, wilden Oliven, Kirschen, Wildfeigen und Johannisbrotbäumen ein monströser Baum mit tausend mißgestalteten, krummen Zweigen gebildet hatte. Seine pockennarbigen, schwarzen Früchte mit violetten Flecken hatten einen bittersüßen, scharfen Geschmack. Massaro Angelo Spacchìmi (das war sein Spitzname) behauptete, in diesem Abgrund habe Gott sich vergraben, um den Menschen zu entfliehen.

Im Haus von Donna Riricchia blieben die Frauen noch lange, um im Dunkeln zu beten.

Mit bleichem Gesicht fragte uns Lola: «Worauf warten wir noch? Laßt uns nach Hause gehen.»

Meine Schwester Idolina, damals etwa fünf Jahre alt, sagte: «Oh, wie sie weinen im Haus von Donna Riricchia!»

Tatsächlich hörten wir das Wehklagen von Frauen: «O Neli, Neluccio, der du jetzt tot bist, schöner Junge, dein Baum ist vom großen Blitz gefällt worden. Welcher Gott hat dich getroffen?»

«Warum fliehst du aus unserem Herzen?»

«Welch furchtbare Pfeile haben die Götter gegen mein Haus geschleudert!» klagte Donna Riricchia.

Und weiter gingen die Klagen: «O Neluccio, du Quell klaren Wassers, bist du im Abgrund des Teufels versunken?»

Eine helle Stimme: «Gott wird ihn erstrahlen lassen.»

«Du, Sohn des Schöpfers von Korn und Oliven, bist verschwunden wie ein kleiner Gott, der von nun an nicht mehr wachsen wird.»

Unser Vater öffnete die Tür, streckte einen Arm heraus und zog uns fünf Kinder eines nach dem anderen ins Haus. Hinter der Tür steckte er die Stange zwischen zwei Löcher in der Mauer, wie es damals Brauch war, und gemeinsam stiegen wir die Innentreppe mit den Stufen aus gebrannten Lehmziegeln hinauf, die an den Rändern mit Holzleisten eingefaßt waren.

XXI.

In jenen Tagen tauchte in unserem Viertel ein alter Mann auf, den wir Mastro Ciccio Pisciacane nannten. Er trug eine zerrissene Jacke und Schuhe mit löchrigen Sohlen, lebte von Almosen oder vom Verkauf selbstgebundener Kränze und schlief unter den Brücken, die manche Straßen im Ort miteinander verbanden. Oder er wurde in einem *catoio* beherbergt und durfte neben dem Esel schlafen, wenn draußen der Wind pfiff, der aus Schluchten, Abgründen und Gräben aufstieg.

Da keiner genau wußte, woher er kam, wer er war und ob er womöglich übers Meer gefahren war, um nach Sizilien zu gelangen, hatten sich Legenden um ihn gebildet.

Linuccia Osario mit den sehr lebhaften Augen sagte zum Beispiel, daß der Alte ein Heiliger sei. Er wolle die Menschen erretten, die sich dem Verfall und der Sünde ergeben hätten. Da er über neunzig Jahre alt war, vergaß er manchmal, wer er war, und fragte uns: «Heda, ihr kleinen Wichte, wißt ihr, wer ich bin? Erinnert ihr euch daran?»

Er hatte nur noch zwei Eckzähne und wenige, gräßlich schwarze Backenzähne, er trug einen kleinen, gelben Hut und sehr schmutzige weiße Handschuhe.

Zu der Zeit hatte ich mir vorgenommen, eine Quelle zu suchen, die sich meiner Meinung nach in der Gegend des Trezzito oder auf dem Querceto befinden mußte und wahrscheinlich kühl und frisch in einer Höhle entsprang. Ich war überzeugt, dieses Wasser würde uns, wenn wir es auffingen und über unser Glied strömen ließen, mit seinem unablässigen Aufschäumen einen immensen sinnlichen Genuß bereiten. Pino Lauria jedoch entgegnete, dies sei das Wasser, aus dessen winzigen hervorquellenden Wellen Gott entstehe.

«Du denkst immer nur an die körperlichen Freuden», fügte er hinzu.

Egal – gemeinsam hatten wir, Turi Simili, Nico Giostra, Santo Cunsolo, Kòlovoz und auch Pino Lauria, der zum Zeichen der Trauer am linken Jackenärmel eine schwarze Stoffbinde trug, beschlossen, in die Wälder von Trezzito zu gehen. Doch die Anwesenheit des Alten weckte unsere Neugierde und lenkte uns von dem Vorhaben ab.

Don Ciccio war ein sonderbarer alter Mann, recht schrullig. Wenn er zum Beispiel Wasser lassen mußte, ging er zu einem Hund und bespritzte ihn mit seinem Urin. Darum wurde er Pisciacane, «Hundepisser», genannt.

Ein plötzlicher trüber Aufruhr in seinen Gedanken trieb ihn, stillende Mütter zu fragen, ob sie ihn ihre Milch saugen lassen würden.

Er würde ihnen dafür Kränze aus Lorbeerzweigen, aus biegsamem Olivenlaub oder den dichten Blättern der Myrte, aber auch Fächer aus Schilfrohr und Flußbinsen geben. Er machte sogar welche aus den winzigen Blüten der Feige.

All diese Girlanden oder Kränze trug er an seinem Wanderstab.

«He, Pisciacane», riefen wir ihm zu, wenn wir ihn sahen, «warum setzt du sie dir nicht auf den Kopf?»

Er hatte stark behaarte Achseln und stank wie ein Ziegenbock, aber manchmal verströmte sein Körper auch den Geruch von fließendem Bachwasser.

Die jungen Mütter jagten ihn davon: «Seit wann saugen

alte Männer Milch von unseren Brüsten? Willst du dich vielleicht verjüngen?»

Er antwortete mit zitternder, unsicherer Stimme: «Tut es für die Madonna der Quelle und für die Seelen eurer Verstorbenen.»

Außerdem hatten die Frauen Angst vor ihren äußerst eifersüchtigen Männern.

Selten gelang es ihm, die eine oder andere Bäuerin zu überreden, indem er sie mit zweideutigem Gebaren fragte: «Wenn ich Euer Vater wäre, was tätet Ihr dann? Habt Ihr denn die Fabel von der Tochter vergessen, deren Vater bei Wasser und Brot im Gefängnis saß und die ihm – da sie ein neugeborenes Kind hatte – heimlich durch die Gitterstäbe hindurch ihre Brust darbot?»

Ein einziges Mal geschah etwas Derartiges in unserem Hof, als Don Ciccio sich doch tatsächlich an Donna Peppinella wandte, die ihren kleinen Achille im Arm hielt, um ihn in den Schlaf zu wiegen.

Donna Peppinella bat meine Mutter um Rat (der Balkon und die Tür von Donna Riricchia blieben wegen der Trauer um den Sohn immer geschlossen), die gerade den Topf mit dem prallen, duftenden Basilikumstrauch wässerte. «Donna Giuseppina, darf ich dieses barmherzige Werk tun?»

Meine Mutter antwortete: «Was redet Ihr da? Was fällt Euch ein? Schickt diesen zahnlosen Alten fort!»

Doch Dardania, deren rote Haare leuchteten, machte Donna Peppinella ein Zeichen, sie solle ja sagen, während Caterina-Caterinella ihr einen mit Flitter und Glöckchen bestickten Schleier gab, damit sie sich die Brüste bedeckte.

«Den Armen», sagte Caterina-Caterinella mit flinker, junger Stimme, «verweigert Gott niemals etwas.»

Achilles Mutter machte eine Geste des Abscheus. «Weg, weg!» sagte sie, während sie die Finger der halbgeschlossenen Hände mehrmals abwehrend vorschnellen ließ.

An diesem Morgen waren die Dächer hell, die Felder lagen im Licht, die Hochebenen strahlten.

Caterina-Caterinella und Dardania hatten sich neben Donna Peppinella gestellt, der Alte war näher gekommen und hatte sich mit gefalteten Händen vor ihr niedergekniet. Wir, Santo, Turi Simili und ich, versteckten uns im *catoio* unseres Hauses, um nicht gesehen zu werden. Er grenzte direkt an den Treppenabsatz von Donna Peppinella – so konnten wir alles, wenngleich nur schräg von der Seite, ungesehen beobachten.

Achilles Mutter machte immer noch «weg, weg» mit den Händen, doch die Bewegung wurde allmählich langsamer, die Finger schwankten, hielten inne. Dardania sagte: «Gestattet mir, Euch zu helfen, bitte.» Und eine Hand auf die Schulter der Freundin gestützt, half sie ihr, die himmelblaue Bluse aufzuknöpfen. Beide, Dardania und Donna Peppinella, legten zart zwei Finger um die linke Brust und ließen sie hervorschauen. Caterina-Caterinella nahm Achille, der schon eingeschlafen war, auf den Arm.

Dardania strich mit ihren fuchsroten Haaren über Donna Peppinellas Brust und ließ dabei die Blütenblätter zweier spät blühender purpurroter Rosen, von denen sie sich eine in den Nacken, die andere hinter das Ohr gesteckt hatte, auf die Brust fallen.

Außer dem hellen Morgen war in diesem Moment nichts und niemand in der Gasse.

Donna Peppinella, die Haare zu zwei sauberen Zöpfen geflochten und zum Knoten verbunden, wehrte sich noch.

Es war Dardania, die dem Alten die Brust reichte, worauf er den Mund mit dem gelben Zahnfleisch öffnete und, nachdem er mit der Zunge über den Busen gefahren war, die Milch zu saugen begann.

Turi Simili sagte sehr leise: «Seht ihr dieses starke Licht? Schaut euch das an!»

Wir bemerkten, daß von den Körpern der drei Frauen, einer wahren Dreifaltigkeit, ein sehr helles Licht ausging, so daß sie wie von einem leuchtenden Tuch umhüllt schienen. In der Gasse herrschte tiefe Stille.

Das Saugen des Alten war unregelmäßig, wir sahen ihn kaum, eher hörten wir die Glöckchen, die Caterina-Caterinella an die Säume des Schleiers genäht hatte, der Peppinellas Brüste bedeckte. Diese atmete seufzend, unterbrochen von Pausen. Die Glöckchen ertönten, manchmal hell klingelnd, dann wieder mit einem kaum hörbaren feinen Bimmeln, bis sie eine Folge rascher Triller wie von Vogelstimmen erzeugten. Die beiden jungen Frauen standen noch immer neben der Freundin, Dardania stützte ihre Brust, und Caterinella versuchte ihr so gut wie möglich den Busen zu verdecken.

Der gesättigte Alte wollte schon einschlafen, aber sie halfen ihm, auf die Beine zu kommen und fortzugehen. «Worauf wartet Ihr, warum nehmt Ihr nicht wieder Euren Wanderstab?» forderte Dardania ihn mit weicher Stimme auf. Er ließ seine Kränze liegen, und während er sich gebückt, mit glückseligem Gesicht, entfernte, sagte er: «Donna Peppinella, Gott wird es Euch vergelten.»

Wir spielten noch eine Zeitlang mit ein paar *cisternini* im *catoio*, damit man uns nicht sah.

XXII.

In den letzten Oktobertagen – Neli war am 23. gestorben – änderte sich das Wetter. Wolken, weder weiß noch schwarz, die einen ganzen Tag lang unbeweglich über den Bergen von Militello gestanden hatten, wechselten erst mehrmals die Farbe und begannen dann, langsam auf uns zuzuwandern.

So wurde der hellblaue Streifen Himmel am Horizont allmählich dunkler. Eine um die andere türmten sich die Wolken übereinander und bildeten eine schwärzliche Decke, die ein paar Stunden lang über den Johannisbrotbäumen, den Oliven, den Feigenkakteenbüschen und über den feuchten Stoppelfeldern schwankte.

Am nächsten Tag regnete es. Wir bemerkten sofort, daß dieser Oktoberregen ungewöhnlich war. Er fiel als ein feines Tröpfeln, als würden die Wolken langsam zerbröckeln, doch nach und nach wurden die Tropfen dicker. Wenn man eine Hand ausstreckte, wie Nina es gerne tat, füllte sie sich augenblicklich.

«Oh, ist das schön!» rief sie aus. Lachend schüttete sie mir das Wasser auf die Nase und die Lippen.

Auch ich lachte. Es war eine fast eisige Erfrischung.

Zu mehreren spielten wir dieses Spiel, mein Bruder mit Righetta, Vincenzinuccia mit Kòlovoz, Lina mit Lucio Privitera.

Nina streckte ihre Hände aus, weiß wie Eierpflaumen und mit sehr zarter Haut, und begann zu singen:

Ihr Tropfen, Tröpfchen, leicht und schwer,
aus welcher Wolke kamt ihr her?
Schnurgrad kommt ihr gefallen,
fein und glänzend, mehr und mehr.
Lehrt Gott euch dies Zusammenballen?
All die Wolken, sie sind mein,
und mein ist, gack gack, Peppinello klein,
geboren im Schaum eines Bächleins fein.

Dieser hauchzarte, graue, von keinem Windstoß getriebene Regen wurde *inzuppavillàno*, «Bauerndurchnässer», genannt. Gegen Abend sahen wir auf dem Pfad an den Mura – er lag hinter unserem Hof, außerhalb des Städtchens – die Bauern mit ihren Eseln heraufkommen, denen sie Bündel dürrer Äste zum Verbrennen auf den Rücken geladen hatten. Da sie keine Schirme hatten, kamen sie völlig durchnäßt im Ort an, vom Regen troffen ihnen die Haare, die Wimpern, ja sogar ihre Seelen waren angefüllt mit aschgrauem Wasser.

Die Schwestern Baccanelli hatten die Töpfe mit Rosen, mit Rosmarin und mit dem Zitronellgras, das im Herbst ebenso blaß wurde wie der Beifuß, vom Balkon genommen.

Es regnete viele Tage lang, überall: auf den Hügeln, auf den Triften, auf die Wände der Felsen von Santa Margherita, in Ruccuvè, in Camuti, in Richtung Enna, auf der Gebirgskette der Erei und auf dem von Wolkenfetzen verhangenen Ätna. In den Straßen stieg gurgelnd das Wasser, in den kleinen Rinnen schäumte es auf, staute sich, bildete Tausende großer und kleiner Blasen, die Zisternen füllten sich wieder nach der langen, trockenen Sommerhitze. Die Balkone, die Dachluken, die Windmesser färbten sich heller; weggespült wurden die kleinen Gräser und Samenpflanzen mit ihren fleischigen Blättchen, die sich auf den Dächern ausgesät hatten.

Das Wasser fiel still, ungestört zerteilten sich kontinuierlich die Tropfen, der Horizont war in ein verschossenes Schwarz getaucht. Wenn umherirrende Windstöße oder Böen dieses gleichmäßige Fallen störten, wie am Rand des Friedhofs, wurde der Regen schräg, beugte sich über sich selbst. Die Frauen stellten Krüge, Näpfe und Flaschen nach draußen, damit sie sich füllten.

Als wir uns einmal im *catoio* seiner Familie im Vicolo Capra aufhielten, wo die beiden Maultiere des Vaters Esparsette und knusprige getrocknete Saubohnen wiederkäuten, fragte Turi Simili: «Ob es wohl auch auf den armen Neli regnet?»

«Seid still, seid still», sagte Nina, deren Augen sich plötzlich trübten, «sprecht nicht von den Toten.»

«Kommt, wir gehen ihn besuchen», fuhr Turi fort.

So gingen wir – es war ein Sonntag – gleich nach dem Mittagsläuten, bei dem selbst die Glocken verwässert klangen.

Bevor wir die abschüssige Straße einschlugen, sahen wir, daß die kleinen Manufakturen auf dem Hügel Ràbbato, wo Tonkrüge und andere irdene Gefäße hergestellt wurden, geschlossen waren. Die Strohhaufen vor ihren Toren – die das Feuerholz in den Öfen zum Glühen bringen sollten – waren in sich zusammengefallen, Wülste und Beulen traten daraus hervor. Das Wasser strömte den Abhang des Friedhofs hinunter, links floß es in einem kleinen Kanal, rechts ergoß es sich in das Tal zwischen die Olivenbäume mit ihren glänzenden Kronen.

Nelis Grab war nicht tief, es lag rechts vom Hauptweg, wo der Regen so hart niedergegangen war, daß er das Erdreich aufgewühlt und die Safranknollen freigelegt hatte. Wir machten das Kreuzzeichen und riefen ihn: «O Neli, Neli, wo bist du? O Neluzzo!»

Niccolò, der zusammen mit seinem Bruder Leopoldo gekommen war, fragte mit lauter Stimme: «O Neli, Neluccio, weißt du, daß du tot bist? Warum antwortest du uns nicht?»

«Wie soll er euch antworten, ihr beiden Brüder? Nur Gott könnte das an seiner Stelle tun», sagte Nina.

Wir blieben alle still stehen. «Wer weiß, ob er uns nicht doch hört», dachte jeder bei sich. Lola, Idolina und Mariuccin waren traurig geworden, mit bleichen Gesichtchen betrachteten sie die Knospen der entwurzelten Safrankrokusse.

Auf dem perlgrauen, mit Moos bedeckten Grabstein lasen wir: «Neli Lauria, geboren am 5. Januar 1921, gestorben am 23. Oktober 1935.»

Sperlinge saßen regungslos, unter ihren Flügeln zusammengekauert, auf den Zypressen. Nur ein Wiedehopf beobachtete uns.

Am nächsten Tag verzogen sich die Wolken, die Sicht auf die Berge in Richtung Militello wurde wieder klar, unsere Mutter hängte die Wäsche nach draußen, die alte Donna Letterina schlief am Webstuhl ein, wo ihr Kopf weiß schimmerte, die Schwestern Baccanelli öffneten die Balkontür, die Hühner pickten zwischen den Erdkrumen der Gasse nach Regenwürmern.

XXIII.

Durch den Regen lösten sich auf den Feldern die Schollen auf, und die Büsche und jungen Kräuter des Herbstes versanken im Erdreich. Hier und da gab eine ausgetrocknete Fläche nach und rutschte ab, zwischen den Steinhaufen, in den Weingärten und den Schluchten bildeten sich Rinnsale und wurden zu kleinen Bächlein. So entstand der Schlamm. Auf den Wegen oder entlang der Trampelpfade, welche die Hufe von Eseln und Maultieren hinterlassen hatten, oder auf den kleinen Erdwällen, die die Grenzen zwischen den Grundstücken kennzeichneten, bildete sich ein zäher Matsch, an manchen Stellen morastig, auf dem man die Spuren von Stiefeln oder Holzschuhen sah oder aus der Erde geschwemmte Wurzeln von Granatapfel- oder Feigenbäumen oder Trauerweiden. Rebhühner und Amseln mußten, bevor sie in die Luft steigen konnten, das Gefieder sträuben und heftig mit den Flügeln schlagen, um ihre Beinchen aus dem Schlamm zu befreien. Darauf hinterließen sie dann gerändelte Abdrücke ihrer Schwungfedern.

«Das Wasser ist Reichtum, Gold, das Gott über die Felder gießt», sagte Massaro Giuseppe, als er bei Einbruch der Dämmerung von seinen Ländereien zurückkam.

«Warum ist der Regen nützlich, Massaro Giuseppe?» fragte Vincenzuccia, die in jenen Tagen eine honigfarbene Mütze trug.

«Wie soll der Samen des Getreides sonst keimen?» antwortete ihr der Alte. «Die Kraft dafür bekommt er vom Wasser, das er trinkt. Wie sollen die Olivenbäume ihre Früchte wachsen lassen? Wie soll Gott es aushalten, immerfort trocken und ohne Säfte in den Himmeln zu sitzen?»

Im Städtchen bildete sich, nachdem der feine Regen aus winzigen *tropf-tropf*-Tropfen so lange gefallen war, eine andere Art von Schlamm. Zunächst war er gelb; Stroh, Blätter und manchmal auch die Baumwollfäden, die von den Webstühlen wehten, verfingen sich darin. Nach ein paar Tagen wurde er trübe, da schon kleine Tümpel von Wasser in ihn eingesickert waren und Erdkrumen und entwurzelte junge Kräuter in ihm staken. Nicht nur für uns war das Gehen schwierig, weshalb wir jetzt die kleinen Wege und abgelegen Pfade außerhalb des Ortes bewußt mieden, sondern auch für die Esel, die, mit Brennholz oder Säcken mit Oliven beladen, ihre Hufe aus dem schlammigen Brei ziehen mußten.

Auch die Stradalunga und die Piazza, die wir überquerten, um zur Schule zu gehen, waren ausgewaschen und sauber.

Im Lauf der Nachmittage lernten die Mädchen, mit flinken Händen den braunen Schlamm zu verarbeiten, der sich an den Seiten unserer Gasse zu Klumpen zusammengeballt hatte. Sie machten daraus Puppen mit kleinen Glasscherben als Augen, galoppierende Pferdchen, Wiegen in violetter Farbe, Kindchen mit Herz, Kopf, Beinen und sogar einem kleinen Penis aus Schlamm und glattgestrichenem Matsch, mit Kleidchen aus Stoffetzen, die sie bei meinem Vater in der Werkstatt erbettelten. Lola machte einmal eine Puppe, die Kòlovoz ähnelte, weil sie ihr die Haare rot gefärbt hatte, und Nina formte mich, mit einer Kartoffelnase und einem Haarschopf aus grünem Gras, und auf die schön geteilten Pobacken schrieb sie: «Pippino-Pippinello mein Liebster aus feinem Schlamm.» Wir Jungen schauten zu. Sogar Santo lernte, mit Unterstützung von meiner Schwester Mariuccin und von Linuccia Osario, die einen mit Geranien und rotem Baldriankraut bemalten Seidenschal trug, Karren zu machen, die von Eseln gezogen wurden.

Der Regen hatte auch die mit Kalk geweißten Straßenecken abgewaschen, in welche die Männer gewöhnlich urinierten. Wir sahen die Ecke links am Beginn der Stradalunga, wo der große Urinfleck jetzt nicht mehr grau, sondern hell war. Weil in den Mauerrissen und zwischen den Vorsprüngen der Steine Bergmelisse und büschelweise Raute sprossen, roch man hier statt des stechenden Uringeruchs nun den frischen, kräftigen, fast mit Händen zu greifenden Duft dieser beiden Kräuter. Auf der Hälfte der Rampen zu beiden Seiten der Straße stand ein Haus mit einem großen Raum, dessen Wände weiß von Salpeter waren. Hier probte die kleine Musikkapelle der Stadt klassische Musikstücke, zum Beispiel von Verdi, Rossini oder Wagner. Das damals schon säkularisierte Gebäude war früher ein Kapuzinerkloster gewesen.

Die Treppe endete an der Kirche San Francesco, wo ich als Kind, wenn ich bei meinem Onkel Michele Rizzo und meiner Tante Pippì wohnte, die kinderlos waren, nach einem Gewitter immer das «Licht des Schafhirten» sah: Das war eine leuchtende Liebkosung in blassem Rosa, die Gott an den Abendhimmel sandte, um dem jungen Schäfer zu helfen, mit seiner Herde über unwegsame Pfade heim ins Dorf zu finden. Auf den Straßen sah man Hühner, sie pickten nach Würmern, nach Schmetterlingen und Nachtfaltern oder nach Kakerlaken, die sich im Morast verkrochen hatten. In manchen Gäßchen konnte man sogar Pfauen sehen, welche die Mauern und Pflasterkiesel grün färbten, wenn sie mit ihren Schwanzfedern ein Rad schlugen.

Nun, wo der Altweibersommer näher kam, schien es, als drehte Mineo sich um die eigene Achse, denn da es nach Westen gewandt war, wurde es hell, füllte sich mit einer klaren Bläue, und gegen Mittag schien der Himmel sich schichtweise in einem ungewöhnlichen Glanz über dem Ort zu erheben.

Nach vielen Tagen, die er im Haus verbracht hatte, dessen Balkontür stets halb geschlossen blieb, kehrte Pino Lauria zu uns zurück und erzählte, die Trauer seiner Mutter bestehe aus Tränen, die wirklich und wahrhaftig Tropfen glühender Lava seien. Da er wegen des halbgeschlossenen Balkons fast immer im Dunkeln gesessen hatte, war es ihm zur Gewohnheit geworden, mit den Schatten zu spielen, die er auf die Wände warf und mit Namen rief, um sie sich zu Freunden zu machen.

Das Wetter wurde mild. An einem jener Abende – es wehte ein lauwarmer Windhauch – kamen mein Onkel Michele und Tante Pippì (beide waren 1877 geboren) uns in der Gasse besuchen. Obwohl sie sechzig Jahre alt war, hatte Tante Pippì noch blonde Haare, die sich über ihrer Stirn zu natürlichen Locken kringelten. Sie war klein, wie alle Casaccios, und hinkte leicht wegen einer nie ausgeheilten Fistel am rechten Knie.

Als sie die beiden erblickte, sagte Areúsa, die zweite Frau des Incatasciato, eine Spanierin aus Mazarrón, dem Städtchen in der Murcia, wo das Land ein Wechsel von felsigen Terrassen und Zitronengärten ist: «O Señor Miguel, o Señora Pippì, welch eine Freude, Euch in unserem Hof zu sehen!»

Auch wir Jungen freuten uns. Die Signa Marannella bot ihnen sofort zwei Stühle an. Pamela Areúsa rief gleich nach ihrem Mann.

«Massaro Ciccio, kommt her, *en seguida* ..., sofort, der Onkel Miguel, der *bondadoso*, ist da.»

Wir wußten mittlerweile, daß sie ihn so nannte und ihm mit diesem Namen eine Eigenschaft zuschrieb: der Gütigste.

Viele Leute traten vor die Tür, andere zeigten sich an den Fenstern oder auf dem Balkon. Massaro Agostino, der Vater von Achille, kam in diesem Moment mit seinem Maultier an, das zwei Olivensäcke auf dem Rücken trug (es war die Zeit der Olivenernte), und sagte: «Oh, Don Michele, Donna Pippì, seid willkommen!»

Immer wenn er diese seltenen Auftritte bei uns hatte, las Onkel Michele ein paar Seiten aus dem Buch *Himmelskunde für das Volk* von Camille Flammarion oder aus wissenschaftlichen Werken von Autoren wie Galileo Galilei vor. In der Gasse hörten ihm alle gerne zu, denn er erklärte die schwierigen Stellen. Als junger Mann war er Schuster gewesen, doch nachdem er auf der Suche nach Arbeit mit seiner Frau nach New York ausgewandert war, wo er mit meiner Mutter und ihrer Schwester Sebastiana in der East 97th Street wohnte, hatte er begonnen, solche Bücher zu lesen, die es dort in italienischer Sprache gab.

Onkel Michele war ein schöner Mann, kräftig, mit weißen Haaren, einer Adlernase, einem scharfen Blick und einer festen Stimme. Mit einem Meter siebenundsechzig war er größer als der damalige Durchschnitt. In der Weste hatte er eine Uhr an einer Goldkette. Unsere Tante trug ein Kleid aus Cretonne, Schühchen *alla polacca* und einen Schal, der mit kleinen Nelken bestickt war, ähnlich denen, die sie in bauchigen Vasen auf den drei Balkonen ihres Hauses in der Via Luigi Capuana züchtete (ich erinnere mich an ihren sehr starken Duft).

Jeder brachte den beiden ein Geschenk. Onkel Michele bekam einen Zweig, an dem viele Orangen hingen, zwei Handvoll getrocknete, schwarze Brogiotto-Feigen und zwei Granatäpfel. Alidora, die an jenem Abend eine schöne purpurfarbene Schürze trug, schenkte Tante Pippì eine duftende Quitte und eine Weintraube mit sehr kleinen Beeren; von der Capitanella bekam sie Weinmost, der *sapa* genannt wird, das bedeutet «stark gekocht». Dardania – ihre roten Haare leuchteten in der Gasse wie eine Flamme – bot ihr einen kleinen Laib Ziegenkäse an, und Pamela schließlich wollte ihr späte Blüten der Balsamine schenken.

Unsere Mutter war aus dem Haus getreten, um ihre ältere Schwester zu küssen, die sie mit ihrem amerikanischen Namen ansprach: «Josì, Josephin, geht es dir gut?»

Donna Peppinella war mit dem zweijährigen Achille gekommen, dem Onkel Tutù einen schönen Helm aus Werg mit einem Federbusch aus den Flaumfedern von Stieglitzen gemacht hatte.

Gevatter Michele (so nannte ich ihn, da er bei meiner Taufe per Prokura aus New York mein Patenonkel geworden war) dankte für all die willkommenen Gaben und sagte in scherzhaftem Ton zu Achille: «Das ist ein prächtiger Helm. Du wirst gewiß mal ein Paladin werden. Wißt ihr eigentlich» – damit wandte er sich an die Anwesenden –, «daß, als ich ein junger Mann und Schuster war, Rinaldo von Montalbano auf seinen Wanderungen einmal durch Mineo kam und ich ihm den Schild, der gerissen war, mit Lederflicken ausgebessert habe?»

Man rief auch Donna Riricchia, die sich nach vielen inständigen Bitten mit einem schwarzen Schal um den Kopf zu uns gesellte. Ihr Schatten schien sich im Hof zu vervielfachen.

Zufällig hatte der jüngste Bruder – siebzehn Jahre war er alt – der Schwestern Baccanelli in diesen Tagen seine Pferche in den Bergen verlassen und war in den Ort gekommen. Er trug den sonderbaren Namen Catulio (den viele zu Catullo verdrehten). Lang war er und wirkte schmächtig, das Gesicht war von der starken Sonneneinstrahlung gebräunt, und sein Gang hatte etwas Schlaksiges, weil er daran gewöhnt war, über Felder mit klumpigen Erdschollen und Buckeln aus langen Reihen unzähliger Steine zu wandern. In der Iris seiner Augen flimmerte Melancholie.

Um die Anwesenheit von Don Michele Rizzo zu feiern, wollte er ein altes Lied auf seiner Hirtenflöte spielen, die aus dem Holz eines sehr jungen Süßmandelbaums gemacht war. Auf dieser Flöte blies er in den Bergen, wenn dort flammend der Sommer ankam. Dann versammelten sich Schlangen, Zeisige und Igel um ihn; die Federwolken, so sagte man, hielten am Himmel inne, und die Ziegen schliefen, eng aneinandergedrängt, unter den Johannisbrotbäumen ein.

Wir wurden still, um ihm zuzuhören.

Catulio solfeggierte gut, er wußte die Hände wie im Schlaf zu gebrauchen, seine Finger wechselten mit flinker Grazie von einem Loch der Hirtenflöte zum anderen, beim

Spielen senkte er aus Schüchternheit den Kopf. Er hatte eine schöne, traurige Stimme.

Ballade von Catullo, dem Mann aus Mineo

O Ziegenhirte Giovanni, o Giovanni, bis ins hohe Alter
hast du die Ziege Selenia geliebt, und in den Klüften
hast du sie gestreichelt, wenn der heiße Sommer
in den Olivenhainen und Erdspalten schlief.

Du schliefst mit Selenia in der Höhle,
draußen sangen Nachtigallen und Grillen.
Als prall der Mond in die Nacht herabsank,
ward meuchlings die Ziege mit Messern erstochen.

Giovanni, o Giovanni, sie haben dein Herz gebrochen.
Nie mehr wirst du Selenias zarten Leib haben,
ihre Knochen suchst du in Schluchten; rein war dein Herz
aus Liebe. O wie du sie riefst in dunklen Wäldern!

Sie schrie, sie schrie, die alte Ziege, als sie starb,
sie rief dich, im August, in der düsteren Grotte.
Du hast dich an einem Johannisbaum erhängt; als er aufging,
weinte der Mond in den tiefen Tälern.

Im Hof lauschten alle Catulios Gesang. Seine Stimme war von so inbrünstiger Glut, als wolle sie die im August abgestochene Ziege wieder lebendig machen.

Donna Peppinella sagte: «Catulio, du willst uns zum Weinen bringen. Warum bist du nicht bei deinen Herden geblieben?»

Donna Riricchia weinte, die Tränen benetzten ihren Schal. Auch Righetta hielt sich die Hände vor die Augen, und Nina trat zu mir, um mir zuzuflüstern: «Solche Lieder singt man nicht, wir Mädchen haben die gleichen Gefühle wie die Ziege.»

Tante Pippì klopfte mit einem Fuß auf den Boden, ich weiß nicht, ob sie dieses Lied mißbilligte oder ob sie an das Unglück des alten Ziegenhirten dachte.

Im Hof spürte man am Schluß eine stickige, vom Weinen durchtränkte Luft, die wich, als die Hirtenflöte leiser wurde. Alidora war nach draußen gekommen, nahm den Bruder am Arm und sagte: «Das reicht, du hast eine traurige Ballade gesungen.»

Mein Onkel Michele schwieg eine Weile nachdenklich. Ich betrachtete Ninas schöne Ohren, die von zwei hängenden grünen Steinchen verziert wurden.

Aus seiner Werkstatt in der Stradalunga kam Don Nanè mit seinem unschuldigen Kinderlächeln an, viele Nadeln steckten an seiner Jacke.

«Ich grüße Euch, Gevatter Michele», sagte er, «seid Ihr gekommen, um den Kindern ein paar Seiten vorzulesen?»

Er setzte sich neben ihn auf einen Schemel, den ihm die Capitanella angeboten hatte.

Da inzwischen alle herausgekommen waren, hatte die Gasse sich gefüllt, es fehlte nicht einmal die Cunsolo. Ihre vom Trachom entzündeten Augen waren kleiner geworden, und sie hatte keine Wimpern mehr.

Wir bemerkten, daß nun die Geckos aus den Rissen, den Löchern und aus kleinen, gewundenen Gängen unterhalb der Mauern hervorkamen. Bekanntlich ähneln sie den Eidechsen, aber sie sind plumper und runder, und sie unterscheiden sich durch das ruckartige, blitzschnelle Hervorschnellen ihrer Zunge, mit der sie Fliegen, Spinnen, Kakerlaken, Mücken und sogar die auf den Blättern des Glaskrauts schlafenden Fliegen fangen. Langsam kletterten sie an den Mauern empor.

«Wer die meisten Geckos zählt», sagte Onkel Michele lachend, «darf als erster eine Seite aus einem dieser beiden Bücher vorlesen. Aber ihr dürft nicht schwindeln. Ernsthaftigkeit und Ehrlichkeit sind die größten Tugenden.»

Und er zeigte uns die *Himmelskunde für das Volk* von Camille Flammarion, ein Buch mit einem grauen Kartoneinband. Darunter lag ein anderes Buch, dessen Titel wir nicht erkennen konnten.

Turi Simili, das Fuchsauge, war überzeugt, er würde die größte Anzahl dieser Taranteln der Mauern zählen können. Er entdeckte sie sofort, verfolgte sie auf ihren Wegen und konnte sie sogar zählen, wenn viele von ihnen gleichzeitig herauskamen. Ich war langsamer. Righetta stellte sich beim Zählen sehr geschickt an. Vor unserer Haustür sitzend, folgte sie den Geckos mit schnellen Blicken über die lange Hauswand von Tante Agatella. Mein Bruder, auch er ein aufgeweckter, heller Kopf, ließ sich von Righetta ablenken, die ihn absichtlich schubste, damit er beim Zählen durcheinanderkam. «Halt, laß das», sagte er und faßte sich von Zeit zu Zeit an die Mütze, die er spitzbübisch schief auf dem Kopf sitzen hatte.

Diese Nachteidechsen kamen auch aus den Glaskrautbüschen hervor, die das Haus von Massaro Ciccio Incatasciato grau färbten.

«Ich habe dreiundneunzig gezählt!» rief Turi Simili, den Blick starr auf die Dachziegel der Baccanelli gerichtet, unter denen, einer nach dem anderen, die Geckos hervorkrochen. Sie kamen nur langsam voran, da sie sich in umgekehrter Richtung, von oben nach unten, bewegen mußten, eine Gangart, bei der es ihnen mehr Mühe macht, die Saugnäpfe ihrer Füße an den Zement der Wand zu heften.

Nachdem er sich ein wenig von Righetta entfernt hatte – die Ponyfransen machten ihr Gesicht noch schöner –, war mein Bruder bei hundertzehn Geckos angekommen.

Mein Onkel sagte: «Wer beim Zählen schummelt, bekommt keins von den Johannisbrotbonbons, die ich in dieser Tüte mitgebracht habe.»

Unaufhörlich drangen die Geckos in Scharen hervor, einige krochen auch aus den morschen alten Tragbalken der *catoi*.

Tante Pippì bemerkte: «O Michele, warum hat Gott nur so häßliche Tiere geschaffen? Können wir sie nicht mit Feuer ausrotten?»

Während sie sich die Schürze auszog, mit der sie auf den Hof gekommen war, meinte die Capitanella: «Wenn die Sattler uns ihre dicken Nadeln leihen würden, könnten wir den Kindern erlauben, auf Leitern zu steigen und sie zum Spaß alle aufzuspießen.»

Ich war bei neunundachtzig angekommen, aber Nina, Sarah und meine Schwester Mariuccin lenkten mich vom Zählen ab. Während wir Jungen laut unsere Zahlen aufsagten – neunzig, einundneunzig, zweiundneunzig –, ließen sie nämlich ruckartig ihre Zungen hervorschnellen, wie diese Echsen, und als sie sich die Kleider zerknitterten, die Finger krümmten und die Augen verdrehten, erschienen sie uns tatsächlich wie riesige Geckos.

Dardania sagte: «Man müßte an den Mauern Rautenblumen und Ranken mit Beifuß wachsen lassen oder Rosengirlanden darüberhängen. Deren Geruch ertragen diese Tiere nicht, sie würden verschwinden.»

Da der Schein der Laterne an der Ecke des Hofes sich auf der Wand des Hauses von Tante Agatella konzentrierte, krochen alle Geckos unerbittlich auf diesen leuchtenden Schleier zu, wo (wehe ihnen!) unzählige Nachtfalter herumschwirrten. Dieser Abschnitt der Mauer begann nun zu funkeln, als wäre er aus winzigen Diamantsplittern.

Überraschend fragte Pippuzzo Amarù, der aus dem Viertel Santa Agrippina, wo er bei den Großeltern wohnte, zu uns gekommen war, ob er zusammen mit meinem Bruder eine Seite lesen dürfe. Salvatore war nämlich Sieger geworden, er hatte zweihundertfünf Geckos gezählt.

Mein Onkel lächelte, seine Adlernase zeichnete sich scharf ab. Er sagte: «Frag den Sieger des Wettbewerbs, er wird sicherlich gnädig sein.»

Mein Bruder dachte stirnrunzelnd einige Augenblicke lang nach: «In Ordnung», sagte er dann, «du bist ja mein bester Freund.»

Onkel Michele öffnete aufs Geratewohl das zweite Buch, auf dessen Rücken ich nur lesen konnte: *Galileo Galilei*. Ich wollte gerade fragen: «Gevatter Michele, wer war denn das?», da hörte ich Righetta zu ihren Freundinnen sagen: «Vielleicht ist es ein Buch über Geckos.»

Salvatore und Pippuzzo lasen mit zittrigen Stimmen, sie konnten die einzelnen Worte nicht getrennt betonen, sondern verkneteten sie miteinander wie einen Zopf aus zähem Teig. Fast niemand in der Gasse konnte lesen, aber alle lauschten in respektvollem Schweigen. Massaro Giuseppe und der Incatasciato wiederholten die Worte, als würden sie beten, womit sie eine groteske Echolalie aus Schnalzlauten oder Glucksern und aus entfernt nachhallenden Worten erzeugten.

«Beginnen wir also, von der Seite des Mondes zu sprechen, die unserem Blicke zugewandt ist, welchselbige ich, um der Verständlichkeit willen, als aus zwei Teilen bestehend betrachten werde, einem helleren und einem dunkleren Teil. Der hellere scheint die gesamte Halbkugel zu umringen und auszufüllen; der dunklere hingegen trübt die Mondseite wie eine Wolke und läßt sie befleckt erscheinen.»

Als die Lesung beendet war und der leise Widerhall der Echolalie verklang, meinte mein Vater, ein sehr belesener Mann – aus Schüchternheit sprach er mit gesenktem Kopf: «Wenn wir fortfahren würden, dieses Buch zu lesen, würden wir, obwohl er für euch eine dunkle Farbe hat, die ganze Welt des Mondes mit ihren Tälern, steilen Felsen, Meeren ohne Wasser und dunklen Bergen ohne Blumen kennenlernen.»

«Wollt Ihr damit sagen, Don Nanè», fragte Dardania, deren Haare unter der schwachen Laterne in einem abgetönten Beige erschienen, «daß man die Augen oft zum Firmament erheben sollte?»

«Ja, Dardania», antwortete mein Vater und senkte den Kopf noch tiefer, «aus dem Firmament ist das Leben gekommen.»

Pamela hatte von der Wand ihres Hauses Bergmelisse gepflückt, wo sie zwischen dem Glaskraut in kleinen Zweigen oder mit Blütenkronen wuchs, die vom vergangenen Sommer ausgedörrt waren. Nun reichte sie den Anwesenden mit anmutiger Geste einen kleinen Zweig, damit sie das stark duftende Aroma rochen.

Zu Don Nanè sagte sie: «Nehmt, dies ist für Euch. Erfreut Eure Seele damit. Ihr seid ein Kenner des Himmels, und Eure Frau Giuseppina ist eine ausgezeichnete *narradora de cuentos.*»

Das Gespräch wäre noch weitergegangen, doch wir wurden abgelenkt – mein Bruder entdeckte es als erster –, weil plötzlich eine merkwürdige Sichel aus rosa Licht über dem Dach von Tante Agatella aufgetaucht war. Eigentlich handelte es sich um einen Wechsel unterschiedlich getönter Lichtstrahlen.

Dardania blickte immer wieder auf die Stelle und sagte: «Es ist ein Hagel von Pfeilen aus Licht.»

In diesem Moment erreichte uns, in fast unmerklichen Wellen, der Geruch von Klee aus dem Stall von Massaro Giuseppe. Righetta, Lola und Idolina, die geübt waren im Erschnuppern von Gerüchen, bemerkten, den Geruchs- und den Gesichtssinn unfreiwillig vermischend: «Das sind Strahlen duftender Luft, die sich über dem Dach ausgebreitet haben.»

Der Geruch wurde intensiver, indem er sich mit anderen Aromen vermengte, denn Pina, die Tochter von Massaro Giuseppe, hatte begonnen, in ihrem *catoio,* wo die Flamme einer Lampe zitterte, das Abendessen zuzubereiten. Sie röstete Brotkrumen, die sie zuvor gerieben hatte, und als diese ein wenig angebräunt waren, gab sie Basilikum, Petersilie und Knoblauch hinzu. Diese Mischung diente dazu, die Pasta zu würzen, welche die Bauern abends als sättigendes Nachtmahl zu sich nahmen.

Die Geckos bewegten sich nicht mehr. Die Hauswände, die Dachrinnen, sogar die Schornsteine waren so voll von ihnen, daß sie ganz mit einem grauen Grün überzogen schienen. Jene leuchtende Stelle über dem Dach von Tante Agatella nahm innerhalb weniger Minuten die Form eines purpurnen Bogens an. Um ihn herum kamen die ersten Sterne hervor, von ihrem Funkeln erzitterten mit einem unregelmäßigen Blinzeln die Dachziegel.

Lola, die eine Wollmütze trug, deren lange Schleife ihr im Nacken baumelte, sagte zu meinem Bruder: «Salvatore, warum zählen wir nicht die Sterne, die am Himmel erscheinen?»

Salvatore wandte sich an uns und fragte: «Wollen wir Lolas Vorschlag aufnehmen? Ich werde bis fünftausend zählen, um ihr eine Krone aus Sternen zu machen, und ich werde glänzende und blasse Sterne, kleine und auch die allerkleinsten Sterne zählen, die ihr nicht sehen könnt.»

«Und mir machst du keine Krone?» fragte Righetta, die schon zum Himmel blickte.

«Dir mache ich eine Girlande aus Geckos, die ich an den Sternen befestige. Geckos und Sterne, Geckos-Geckos-Sterne-Sterne.»

Und er lachte auf seine Weise mit halbhochgezogener Lippe.

«Dein Lachen ist ganz klein, wie das von einem Gecko», sagte Righetta.

Auch mein Onkel Michele – seine Haare erschienen jetzt sehr weiß – blickte in die Höhe und maß mit den Augen den Streifen am Himmel. Dort hatte sich das Licht verändert, ein purpurroter Stern war erschienen, den man jetzt deutlich sah.

Das Gestirn war sehr langsam hinter dem Schornstein von Tante Agatellas Haus, der es eine Weile verdeckt hatte, hervorgekommen und wanderte nun auf die Mitte der

Gasse zu. Von ihrem Treppenabsatz aus gab Donna Letterina der Capitanella – die mit einem Umhang über den Schultern auf dem Hof saß – durch Gesten zu verstehen, daß sie diesen Stern auf ein Tischtuch sticken würde, um es Donna Riricchia zum ewigen Gedenken an Neli zu überreichen.

Alle, auch wir Kinder, verfolgten in gespanntem Schweigen die Bahn des Gestirns. Nina und ich spürten, wie auf dem Glaskraut, auf den reglosen Geckos, auf der Tellerlampe und auf dem Schlamm, der an den Rändern des Hofes trocknete, die Stille leise vibrierte. Der alte Incatasciato saß da auf einem Stuhl mit einem Schal über den Schultern, den Körper nach oben gereckt. Als wolle er aus seinem eigenen Körper entweichen, ließ er von Zeit zu Zeit mit einem Furz Luft ausströmen.

Mein Bruder, der so feine Ohren hatte wie eine Katze, hörte es zuerst. Er sagte zu uns: «Hört ihr das? Der Incatasciato furzt ganz leise!»

Man hörte ein sachtes, geruchloses Blasen, ein paar Rotkehlchen schienen nach den Blättern des Erdbeerbaums zu picken. Pamela Areúsa, seine Frau, die neben ihm stand, hörte nichts, so gebannt war sie von dem Gestirn. Immer wieder murmelte sie: «Welch *hermosa estrella*, eine *hermosa estrella*.»

«Die Dächer scheinen in Flammen zu stehen», sagte Massaro Giuseppe. «Das muß eine göttliche Warnung sein.»

Seine Frau, die Signa Angelella, erklärte: «Wir wollen das Kreuzzeichen machen. Bekreuzigen wir uns.»

Nun, da der Stern die Mitte des Hofes erreicht hatte, war das rote Strahlen in der klaren Abendluft stärker geworden.

Mein Bruder sagte zu Nina: «O Nina, es kommen sehr

viele Sterne heraus, ich kann sie nicht alle zählen, ich muß immer auf diesen Himmelskörper schauen.»

Meine Schwester Vincenzuccia – ihre Augen wurden noch heller – sagte rasch mit weicher Mädchenstimme: «Oh, oh, Incatasciato verändert seine Form. Er wird immer länger!»

Während er weiter furzte, *pff, pff, pff,* schien der Alte mit den kräftigen Schultern, die er immer noch so starr nach oben reckte, fadenförmig zu werden. Der blutrote Stern überflutete seinen Körper mit Licht.

Turi Simili zog sich den Gürtel der langen Hose enger, die er für gewöhnlich trug, und bemerkte: «Er entweicht wirklich aus seinem Körper, noch nie habe ich einen Menschen so verschwinden sehen.»

Nachdem sich seine erste Verwunderung gelegt hatte, konsultierte mein Onkel Michele das Buch von Flammarion; er wollte erklären, um welchen Stern oder Planeten es sich handelte. Dieser wanderte etwa dreißig Grad tiefer, als seine Bahn ihm vorschrieb, darum hing er nun, nachdem er mit einem anmutigen Schlenker drei Schornsteine überwunden hatte, in denen er sich, wie wir glaubten, fast verfangen hätte, leuchtend hellrot zwischen dem Balkon der beiden Schwestern Baccanelli und dem Treppenabsatz von Donna Letterina, die ihn wie gelähmt anstarrte.

Donna Peppinella saß mit erhobenem Kopf auf ihrem Balkon zwischen zwei Töpfen, in denen sich das Basilikum purpurrot färbte, und auch in der Gasse wandte niemand den Blick vom Himmel ab. Das rote Licht traf direkt auf Achilles Blechhelm. Das Firmament wuchs gewaltig an, es öffnete sich aus seiner Mitte heraus und dehnte sich zu unermeßlich großen neuen Sphären aus.

Agrippina, die zwei blaue Ohrringe trug und die tiefschwarzen Haare im Nacken zum Knoten gebunden hatte, flüsterte vor sich hin: «Bei solchen unvermuteten Einwirkungen der Himmelskörper blähen sich die Plazenten auf, sie wachsen und spenden dem Ungeborenen gute Nahrung. Glückselig wiegt es sich in diesen Wassern. Das sind die kostbarsten Plazenten, sie sind mit Himmel durchdrungen.»

Von einem Fenster aus sprach Tante Agatella mit ihrem Mann, Onkel Antonio Casaccio, der sich aus dem anderen Fenster nebenan lehnte: «O Antonio, ich habe viele Bücher gelesen, aber in keinem ist die Rede von einem roten Stern, der über den Himmel wandert.»

Die Geckos, die rings um die beiden Fenster reglos an der Mauer klebten, umrahmten Tante Agatellas Kopf und den ihres Mannes.

Dicht nebeneinander stehend, verfolgten Nina, Lola, Righetta und Vincenzina die langsame Bewegung, mit der das Gestirn von Osten nach Westen zog.

Anfangs war er in Gedanken versunken gewesen, aber nun sagte Onkel Michele, wobei er sich mit einer Hand an die Stirn schlug, zu meinem Vater: «Nanè, das ist Mars, der Planet mit den rostfarbenen Ebenen.»

Nanè betrachtete eingehend den Stern, der nun auf dem äußersten Zipfel der Dachziegel der Baccanelli wie von Blut dampfte, und nickte.

Onkel Michele sprach mit warmer Stimme und in wohlgesetzten Worten: «In diesem Hof kann man aus mehreren Gründen gelegentlich eine blaue Luft sehen, wenn die Sonne untergeht. Heute abend indessen weist der Mars eine ungewöhnliche feuerrote Verfärbung auf. Diese weiche, leichte und mit lauer Wärme durchtränkte Luft bewirkt außergewöhnliche Lichtbrechungen in der Atmosphäre.»

Als der Planet das schräg abfallende Dach der Familie Baccanelli hinter sich gelassen hatte, wobei er einen exzentrischen Kreis um sich selbst drehte, ließ er purpurne Reflexe auf dem Webstuhl von Donna Letterina aufflammen und warf, weiter hinten, einen strahlenförmigen Abglanz auf die morsche alte Tür der Signa Angelella und auf Achille, der in den Armen seiner Mutter schlief. Vom Helm des Kindes wanderte das Licht weiter auf den dichten Basilikumbusch unserer Mutter. Die in Don Nanès Jacke steckenden Nadeln erstrahlten in einem zinnoberroten Widerschein. Mit ihrem flimmernden Aufleuchten formten sie eine hauchfeine Aureole um den von einem schwarzen Schal verhüllten Kopf von Donna Riricchia.

Die abertausend Geckos fielen in den Halbschatten zurück und wurden zu riesigen, grauen Flecken. Wir atmeten angstvoll und hielten von Zeit zu Zeit keuchend die Luft an, damit wir den Mars auf dem letzten sichtbaren Abschnitt seiner Bahn nicht aus den Augen verloren. Nina, das wunderschöne Gesicht wie aus Perlmutt, sagte zu mir: «Pippino-Peppinello, erheben wir uns jetzt in die Luft?»

Der Abend hatte die Dämmerung überholt, von der gelbe Streifen über der Stradalunga und zwischen den Dächern über den Windmessern zurückblieben.

Die Luft in der Gasse begann sich – zum Erstaunen meines Onkels Michele – in einem zarten, schwankenden Blau zu färben.

Er hatte sich die Jacke angezogen, um den Glanz zu verdecken, der unablässig von der goldenen Uhr in seiner

Westentasche ausging. Nachdem er sich umgeblickt hatte, sagte er, den launenhaften Sprüngen seines scharfen Geistes folgend: «Nun verflüchtigen sich die leuchtenden Korpuskeln des Planeten allmählich, darum wird die Luft im Hof aufgrund ihrer Klarheit von der letzten violetten Farbe des Mars erfüllt.»

Er sprach mit sich selbst, niemand hörte ihm zu. Ohnehin hätten wir ihn nicht verstanden, angespannt, wie wir alle, auch Linuccia Osario, nach oben blickten.

Massaro Ciccio Incatasciato, dessen kräftige Schultern schmaler zu werden schienen, wirkte zartgliedriger, ja er schien fast in der Luft zu schweben.

«Oh, löst er sich jetzt auf?» flüsterte mir Nina zu, die sich neben mich gestellt hatte. Von den Körpern unserer Freundinnen – es lag daran, daß sich die laue Wärme und jene nun entstehende, ein wenig dunstige, helle Bläue miteinander verbanden – ging ein Geruch nach blühenden Mandelbäumen aus. Aus Angst, uns vom Hof in die Luft zu erheben, hatten wir Jungen und Mädchen einander instinktiv bei den Händen gefaßt.

Der bläuliche Dunst hatte seinen Höhepunkt erreicht und wurde schwächer, er war nur mehr ein vages, blaugefärbtes Lüftchen, das niedersank. Der Mars hatte das Dach der Baccanellis hinter sich gelassen, um in die tiefen Täler unterhalb von Mineo vorzudringen. Wer weiß, ob er sich dort am Himmel verlieren oder in den Tälern versinken würde. Wir standen in einen aschfarbenen Dämmer getaucht, kaum ragten unsere Köpfe daraus hervor. Ich spürte den süßen Hauch aus Ninas Nasenlöchern, aber ich sah sie nicht mehr.

Nach einem Stimmengewirr aus vielen unterschiedlichen Tönen war plötzlich eine männliche Stimme zu vernehmen: «Es ist das Nichts, nur das Nichts.»

Und mit einem schönen Klang in der Stimme sagte Linuccia: «Das Licht wird zurückkommen.»

Niemand hörte sie, nur ich und mein Bruder, der jetzt nicht mehr ist.

Frosinone, 3. März 1999 – 19. Mai 2002

Anmerkungen

1 In meinem Dorf wurde die Anrede *signa* für die Bäuerinnen benutzt. Woanders wurde daraus *gnura* oder *gna*. Die Anrede *donna* wurde für die Frauen der Handwerker benutzt, und mit *signora* sprach man jene an, die zu dem kleinen Kreis der Angestellten, der Grundschullehrer oder der reichen Grundbesitzer gehörten. (Anm. d. A.)

2 In dieser Episode hat der Autor sich vorgestellt, daß der Bruder, der am 17. August 2000 starb, ins Leben zurückkehrt und immer noch ein Kind ist. (Anm. d. A.)

3 *trusciare* bedeutet «langsam und mit leichter Hand stehlen». (Anm. d. Ü.)

4 Wortspiel zwischen *fazzoletto* (Taschentuch) und *faccia* (Gesicht). (Anm. d. Ü.)

5 Luigi Capuana (1839–1915), sizilianischer Schriftsteller. (Anm. d. Ü.)

6 Das Wort *catoio* (Plural: *catoi*) hat griechisch-byzantinische Ursprünge und existiert nur in Sizilien als Bezeichnung für ebenerdige oder Kellerräume, die als Stall, Vorratsraum oder Speisekammer genutzt wurden. Oft lebten aber auch ganze Familien zusammen mit ihren Tieren in diesen Räumen. (Anm. d. Ü.)